写给孩子的美丽诗经

林画 著

华龄出版社
HUALING PRESS

责任编辑：高志红
责任印制：李未圻
封面设计：曹柏光

图书在版编目（CIP）数据

写给孩子的美丽诗经 / 林画著. --北京：华龄出版社，2019.3
ISBN 978-7-5169-1357-4

Ⅰ. ①写… Ⅱ. ①林… Ⅲ. ①古体诗－诗集－中国－春秋时代②《诗经》－少儿读物 Ⅳ. ①I222.2

中国版本图书馆CIP数据核字（2018）第283523号

书　　名：写给孩子的美丽诗经
作　　者：林画　著

出 版 人：胡福君
出版发行：华龄出版社
地　　址：北京市东城区安定门外大街甲57号　邮　编：100011
电　　话：010-58122246　传真：010-84049572
网　　址：http://www.hualingpress.com

印　　刷：三河市东兴印刷有限公司
版　　次：2020年10月第1版　2020年10月第1次印刷
开　　本：710mm × 1000mm　1/16　印　张：14
字　　数：151千字
定　　价：39.80元

序言

Preface

打开上古社会的画卷

在介绍这本书之前，我先来问大家一个问题：你是不是曾经对恐龙很感兴趣？估计这时你的眼珠可能都要瞪出来了：恐龙？它跟《诗经》有什么关系吗？大家请先不要质疑，我问这个问题，其实只是想证明，你是一个“好奇宝宝”。

事实上，我们人类就是一个好奇物种，对于一切未知总是抱有极大的兴趣。未知主要向两个方向延伸，一个是未来，一个是过去。由于对未来好奇，才会出现那么多科幻作品；由于对过去好奇，才会使我们拼命考古、挖掘历史。

恐龙在人类诞生之前就已经灭绝了，留给我们的只有地下那一点化石遗迹，恐龙热潮的长盛不衰，恰是人类好奇心大爆发的最好证明。与对恐龙的未知相比，其实我们对于人类自身历史的未知更加热衷。

你有没有想过，我们的老祖宗们到底过的是一种什么样的生活呢？他们都吃什么东西？他们都有什么娱乐？他们的穿着如何？他们彼此之间会不会开玩笑？假如你到了那个时代，你能不能听懂他们说话？

只可惜，历史留给我们的信息太少了，没有音频也没有视频，只有一点点文字，和石洞里那几幅简单的壁画。大概有许多文化人都曾经不止一次地设想，如果要能带上摄像机，到那个远古的时代拍一部纪录片该有多好啊！当然，这种设想只能是梦想。

每当这时，大家就会从心底不由得感叹一句：幸亏我们还有《诗经》啊!

不错，幸亏我们还有《诗经》。

正如大家所熟知的：《诗经》是我国古代诗歌的开端，也是最早的一部诗歌总集，它收集了西周初年至春秋中叶的诗歌，换算成公元纪年的话，应该是公元前11世纪至公元前6世纪共计500年的历史跨度。

大家想象一下，距离现在3100年的老祖先曾经唱过的歌，我们今天仍然能够唱出来，这是多么难得的历史资料。最为关键的是，《诗经》中的诗歌并不是像我们现在有些歌手唱的那种无病呻吟的作品，它大部分来自民间，真实地反映了当时人们的生活面貌，里面不仅有婚恋，更有国家、民俗、农业、祭祀、战争、狩猎；不仅有痴男怨女，更有没落贵族、农民、小官吏、征夫、奴隶，等等。可以说，它就是一部周代社会的百科全书，同时也是一幅上古社会的历史画卷！它里面所隐藏的历史信息、文化信息，简直能让任何一个文化学者都热泪盈眶。

我之所以鼓励同学们学习《诗经》，不仅仅是让大家把它当成诗歌来吟诵，更是想让大家回到我们的文化源头，去体会我们古老的历史，寻找远古的足迹。

下面，我简单给大家介绍一下《诗经》的整体情况。

《诗经》共有311篇，其中6篇只有标题，没有内容，其作者佚名，绝大部分已经无法考证，传为尹吉甫采集、孔子编订。

在内容上，《诗经》分《风》《雅》《颂》三类。《风》是周代各地的民间歌谣；《雅》是周人的正音雅乐，又分《小雅》和《大雅》；《颂》是周王庭和贵族宗庙祭祀的乐歌，又分为《周颂》《鲁颂》和《商颂》。

《诗经》是简单的。它体例清晰，篇目分明；赋、比、兴三种艺术手法，贯穿全书；通篇以四言为主，简洁明了；韵律优美，富有节奏；便于诵读，朗朗上口。同时，《诗经》又是复杂的。洋洋洒洒三百篇诗，用字、本义、主旨，无不晦涩难解；赋、比、兴，常常你中有我，我中有你，使得诗篇要旨多变；四言句式，言简义丰，造成歧义不断，难有定论。

我的这本《写给孩子的美丽诗经》，就是想要让复杂变简单，从选篇到解读，都是为了让孩子能够读懂《诗经》，并产生学习的兴趣。

该说的已经说得差不多，下面请大家打开这幅上古社会的美丽画卷，跟我一起来静静地欣赏它吧。

目录

Contents

爱情篇

爱情教育的好途径........ / 002
最美的爱情诗........ / 006
古代的野蛮女友........ / 011
最甜蜜的时光........ / 014
古人咋说甜言蜜语........ / 018
如果爱情不被祝福........ / 022

嫁娶篇

为结婚发愁的人们........ / 028
几家欢喜几家愁........ / 034
上古婚礼是什么样的........ / 038
祝贺新婚要有诗........ / 043
春秋的一场世纪婚礼........ / 047

婚姻篇

上古的贤妻啥标准 .... / 052
勤快妻子与懒丈夫 .... / 056
为了家，请你不要走 .... / 060
当婚姻走到尽头 .... / 064
“悼亡诗”中的真情 .... / 070

劳作篇

享受劳动的快乐吧 .... / 076
劳动诞生爱情 .... / 080
工作要劳逸结合 .... / 083
上古时代的周扒皮 .... / 088
披星戴月的小吏 .... / 093
来自百姓的反抗声音 .... / 097

战争篇

比奴隶更悲惨的人 .... / 104
战争到底多残酷 .... / 109
远征者那一抹乡愁 .... / 111
什么样的战争必须打 .... / 116
春秋时代的一场车战 .... / 120

忧愁篇

我的忧愁其实你不懂 .... / 124
乱世只有悲歌 .... / 128
说不尽的昏君与暴政 .... / 132
国殇里的盛世繁华 .... / 137
身为弱者的悲哀 .... / 141
一个流浪者的孤独 .... / 146

捕猎篇

古代的体育明星 .... / 152
打猎离不开猎犬 .... / 156
两个惺惺相惜的猎人 .... / 158
古代的军事演习 .... / 161
盛大的帝王围猎 .... / 164

讽刺篇

什么是讽刺诗 .... / 170
是赞美，还是讽刺 .... / 175
酣畅淋漓的痛骂 .... / 179
古代的仇富心理 .... / 182
吝啬鬼与没落贵族 .... / 187
谗言的危害 .... / 191
丑陋可怕的人殉 .... / 195

赞颂篇

众望所归的周文王........ / 200
气定神闲的周公........ / 202
甘棠树下的召公........ / 204
访贤求策的使臣........ / 206
世上只有妈妈好........ / 209
隐士的生活真美妙........ / 212

爱情篇

爱情教育的好途径
最美的爱情诗
古代的野蛮女友
最甜蜜的时光
古人咋说甜言蜜语
如果爱情不被祝福

爱情教育的好途径

对于爱情话题，我们传统的教育系统总是讳莫如深。在家，家长不会讲；到学校，老师更不敢教。其实，这不仅是一种掩耳盗铃的行径，也完全没有必要。一方面，在这个信息发达的时代，你守口如瓶的事，孩子通过网络、影视、游戏早就见怪不怪了；另一方面，爱情知识就像科学知识，不教是学不会的，你想让孩子形成正确的爱情观，就得恰当地引导孩子。

那么，爱情该怎么教呢？学古诗词就是一个不错的方法。在古诗词里，什么样的爱情都有，足够你去发挥。在这一节，我就来给大家说一说邂逅的爱情。

爱情有很多种形式，但大体可以归为两类，要么是“一见钟情”，要么是“日久生情”。事实上，所谓的“一见钟情”，就是邂逅的爱情。“邂逅”这个词很有意思，它与相遇虽然词义相近，但含义却不同。相遇的可以是熟人，也可以是陌生人；相遇可以是偶然的，也可以是约定的。然而，邂逅却是两个陌生人的偶然相遇。这当中就有些暧昧的成分了，似乎有一种缘分天注定的意思。

事实上，“邂逅”这个词，从诞生那一天起便和爱情有关。它最早出现的地方，就是《诗经》中的《野有蔓草》。下面，咱们就来看看这首诗。

yě yǒu màn cǎo
野有蔓草

《国风·郑风》

yě yǒu màn cǎo líng lù tuán xī yǒu měi yì
野有蔓草①，零②露漙③兮。有美一

rén qīng yáng wǎn xī xiè hòu xiāng yù shì wǒ yuàn xī
人，清扬④婉兮。邂逅相遇，适我愿兮。

yě yǒu màn cǎo líng lù ráng ráng yǒu měi yì rén
野有蔓草，零露瀼瀼⑤。有美一人，

wǎn rú qīng yáng xiè hòu xiāng yù yǔ zǐ xié zāng
婉如清扬。邂逅相遇，与子偕臧⑥。

①蔓草：蔓延生长的草。②零：降落。③漙：形容露水很多。④清扬：目以清明为美，扬亦明也，此处形容眉目漂亮传神。⑤瀼瀼：形容露水很浓。⑥臧：善；好。

“邂逅”这一美妙的词语，就出自这篇《郑风·野有蔓草》。之后在《唐风·绸缪》中也有沿用：“今夕何夕，见此邂逅。”直到《后汉书》的“邂逅发露，祸及知亲”都有体现，即使是在现代，这个古老而曼妙的词语也仍被沿用着，因为“邂逅”始终是爱情中最美的时刻。

这是一首委婉悠扬的抒情曲，先以“野草露珠”写景起兴，再对人物进行细致入微的肖像描写，最后抒情深入主题，一步一步由浅到深，衔接恰当，水到渠成。全诗共两章，每章六句，每句四言，其中夺人眼目的是诗中风光旖旎的大自然与人物的情感合二为一。诗以山野郊外作为背景，象征着一种对自由的向往，草肥露浓更意在描写情感的笃厚，达到了情景交融、浑然一体的完美境界。

“野有蔓草，零露漙兮。有美一人，清扬婉兮。”这优美的诗句，可与《蒹葭》媲美。湛蓝的天空中飘着朵朵白云，时而团团如轮，时而飘飘如丝，时而绵绵如雪，清晨的露珠依在嫩绿的叶子上，阳光打在上面折射出七彩光芒。有位倾国倾城的佳人，她长相秀丽清纯，最迷人的是那双水汪汪的大眼睛，平生万种情思悉存眼底。

从第一章的“清扬婉兮”和第二章的“婉如清扬”中可以看出，这个女子满眼柔情、清纯透彻、眉目流转传情。曼妙的姑娘让诗中的男主人公一见倾心。“邂逅相遇，适我愿兮。”世界上最美丽的时刻便是不期而遇之时，两颗惺惺相惜的心，碰撞出了火花。这两句将全诗推向了高潮，如此貌美如花的女子在这样一个草长莺飞的季节里与诗中的男主人公不期而遇，这是缘分，更是上天注定。诗的第一章将人笼罩在一种浪漫唯美的世界里。

第二章与第一章的句式以及内容基本一致，形成了一种回环往复的复沓美。“野有蔓草，零露瀼瀼。”同样的方法，以景衬情。放眼望去野草遍地，由远及近，颜色由深及浅，阵阵微风吹来，那些柔软的野草像波浪一样一层一层涌向远方。“有美一人，婉如清扬。”有位俏美人，清纯安静，她就像一条清澈的小河缓缓地、清凉地穿过人的心扉，刹那间让人眼前一亮。“邂逅相遇，与子偕臧。”席慕蓉曾说，一次邂逅是五百年前在佛前祷告才修来的缘分，今日他们的相遇必定都是前世的盼望，男主人公似乎难以抑制这份惊喜和兴奋，对这份突如其来的“恩赐”，他显得手足无措，只希望眼前的可人儿与他一同分享这份快乐和欣喜。

宋代的朱熹看到此诗时言道：“男女相遇于田野草蔓之间，故赋其所在以起兴。”能看到朱老夫子这样客观而又坦然的评论实在难得。的确，这首诗浪漫唯美，于千万人之中，没有早一步，也没有晚一步，刚好遇上，万般美好便从邂逅开始。

下面这首《宛丘》，同样是一场美丽的邂逅。

wǎn qiū
宛丘①

《国风·陈风》

zǐ zhī dàng xī wǎn qiū zhī shàng xī xún yǒu qíng xī ér wú wàng xī
子之汤②兮，宛丘之上兮。洵③有情兮，而无望兮。

kǎn qí jī gǔ wǎn qiū zhī xià wú dōng wú xià zhí qí lù yǔ
坎④其击鼓，宛丘之下。无冬无夏，值⑤其鹭羽。

kǎn qí jī fǒu　wǎn qiū zhī dào　wú dōng wú xià　zhí
坎其击缶，宛丘之道。无冬无夏，值
qí lù dào
其鹭翿⑥。

①宛丘：陈国丘名。②汤："荡"之借字。此处形容舞姿摇摆奔放。③洵：确实，实在是。④坎：击鼓声。⑤值：持。⑥翿：即诗中的"鹭羽"，是一种用鹭鸟羽毛制作的伞形舞蹈道具。

《宛丘》这首诗，讲述的是诗人对一位巫女舞蹈家的爱慕之情。男主人公在宛丘的游乐盛会上，爱上了一位能歌善舞的女子。两人佳期相会，在歌舞之中互相倾诉衷肠。全诗三章，着力描写女子"无冬无夏，值其鹭羽"的舞，及击鼓、击缶等舞蹈动作，表现出男主人公对跳舞者的倾心。

本诗的题目《宛丘》对于理解诗的内容有重要的作用，诗中"宛丘之上""宛丘之下"和"宛丘之道"可以看作舞者跳舞地点变换的线索。古代"宛丘"的形状像倒扣的碗底；有防洪、军事防御等作用，古代都城基本上都建在丘上，如今黄淮流域——周代以前曾为东夷集团之太昊伏羲氏的主要活动范围——还保存了许多以"丘"为名的城市，比如，商丘、沈丘、封丘等。

在这样的地点，诗的首章是以浓烈的感情拉开了幕布，诗人以欣赏舞蹈者的眼光写巫女优美的舞姿，不仅让诗人沉醉其中，连读者也会不由自主地沉入舞蹈的画面。随着舞姿变换，诗人的心情发生了微妙的变化。两个"兮"字，看似寻常，实则深具叹美之意，流露出诗人对舞蹈之女喜不自禁的爱恋之情。巫女自顾欢舞，哪里能察觉那位观赏者心中涌动的情愫，一边单恋的诗人不禁心生惆怅，发出了"洵有情兮，而无望兮"的慨叹。

诗的第二、三章用白描手法描绘的巫舞场景，虽全是描写的语言，并无抒情的语句，但却可见出其中情意。"坎其击鼓，宛丘之下"，在欢腾热闹的鼓声、缶声中，巫女不断地跳着舞，从城里舞到城外，从寒冬舞到炎夏；时空变化了，她的舞蹈却仍是那么热烈奔放。同时，正是因为有诗人的一双眼睛始终深情地关注着她，记录着她的每一个舞步。所以，读者读此诗时，不仅对诗人所流露的痴情印象深刻，更能体会到一种真正原始的活力与自然的魅力。

“值其鹭羽”“值其鹭翿”说明诗中歌舞的女子是位领舞人；她用“鹭羽”来指挥全场，让众人的动作整齐划一。与现代舞蹈的观赏性不同的是，古代舞蹈与劳动关系密切，不可分割。在获得好的收成时，人们通常都会载歌载舞，用以庆贺。

陈地人民能歌善舞的特点，充分体现出他们对美好生活的向往。诗中舞蹈所表现出来的蓬勃生命力，令人心折。诗人对舞者的爱恋也自然而然，质朴清纯，《宛丘》似一口清泉为现代人浮躁疲惫的心灵找到了律动的源头。

最美的爱情诗

爱情是诗歌中永恒的主题，作为我国最早的诗歌总集，《诗经》中的爱情诗不仅数量众多，而且质量高，所以历来也最为人们看重。

很多时候，好东西多了就容易挑花眼，有人曾经问我：如果在《诗经》中选出最美的一首爱情诗，你会选哪一首呢？我选来选去，觉得一首实在难选，于是就选了两首，即《国风·周南·关雎》与《国风·秦风·蒹葭》。

俗话说，“文无第一，武无第二”。文学欣赏原本就“仁者见仁，智者见智”，是一件很主观的事，所以我认为的“最美”不一定符合大家的标准。因此，同学们也可以选出自己认为的“《诗经》中最美的爱情诗”。我选的这两首如果不说“最美”，而说“流传度最广”，想必大家应该是没有异议的吧。

下面，我们就先来学这两首诗。

guān jū

关雎

《国风·周南》

guān guān jū jiū zài hé zhī zhōu yǎo tiǎo shū nǚ jūn zǐ hǎo qiú

关关①雎鸠②，在河之洲。窈窕淑女，君子好逑③。

cēn cī xìng cài zuǒ yòu liú zhī yǎo tiǎo shū nǚ wù mèi qiú zhī

参差荇菜④，左右流⑤之。窈窕淑女，寤寐求之。

qiú zhī bù dé wù mèi sī fú yōu zāi yōu zāi zhǎnzhuǎn fǎn cè

求之不得，寤寐⑥思服。悠哉悠哉，辗转反侧。

cēn cī xìng cài zuǒ yòu cǎi zhī yǎo tiǎo shū nǚ qín sè yǒu zhī

参差荇菜，左右采之。窈窕淑女，琴瑟友之。

cēn cī xìng cài zuǒ yòu mào zhī yǎo tiǎo shū nǚ zhōng gǔ yuè zhī

参差荇菜，左右芼⑦之。窈窕淑女，钟鼓乐之。

①关关：鸟鸣之声。②雎鸠：一种水鸟的名字，据说这种鸟用情专一，不离不弃，生死相伴。③逑：配偶。④荇菜：一种可以食用的水生植物。⑤流：同“求”。⑥寤寐：寤，睡醒；寐，睡着。⑦芼：择取。

这首《关雎》是《诗经》的第一篇，写一位青年男子对一位姑娘一见倾心，而后朝思暮想、备受熬煎的感受。全诗可以分为三章，前四句为第一章，中间八句为第二章，后八句为第三章。

“关关雎鸠，在河之洲。窈窕淑女，君子好逑。”关关和鸣的水鸟，相互依偎在河的碧洲。纯洁美丽的姑娘，是不凡男子的好配偶。首章写男主人公见到一位艳丽美好的姑娘，对她一见倾心，爱慕之情无法自制。他见到河中沙洲上雄雌水鸟相互依偎，由此想象：她若能成为我的妻子，两人天天如这水鸟一样相依该有多好。

“参差荇菜，左右流之。窈窕淑女，寤寐求之。”长短不齐的鲜嫩荇菜，顺着水流左右采。醒来梦里都希望那位纯洁美丽的姑娘与我携手。主人公回想日间姑娘采摘荇菜的样子，她苗条的身材、美丽的面庞在眼中和心间挥之不去，男子心中的深情已难以言表。

“求之不得，寤寐思服。悠哉悠哉，辗转反侧。”美好的她难以得到，醒时睡中都想得我揪心。情深悠悠欲理还乱，翻来覆去思念不休。第二章的末尾讲述主人公内心爱她又不好表白的心情，他心乱如麻，不知她是否瞧得上自己，因而觉得很痛苦，翻来覆去睡不着觉。

“参差荇菜，左右采之。窈窕淑女，琴瑟友之。”遍地鲜嫩的荇菜，随手采摘不需要担忧。我要弹琴鼓瑟，让纯洁美丽的姑娘知我心中所求。那日姑娘采摘荇菜时的婀娜形体在主人公的眼中和心间一直萦绕不去，他暗自设想自己要弹着琴鼓着瑟去向她示好，看看能否打动她的芳心。

“参差荇菜，左右芼之。窈窕淑女，钟鼓乐之。”遍地鲜嫩的荇菜，任你挑选不需要烦恼。我要击鼓鸣钟，让那纯洁美丽的姑娘永久跟随我。那一日，红晕娇容的姑娘采摘荇菜的景象在主人公脑海里无法抹去，他经受不住这痛苦的折磨，下定决心，要不顾一切击鼓鸣钟去向她求婚。

《关雎》这首诗的妙处在于对爱的叙述直白又含蓄：男子不敢当面向她表白，却让自己沉浸在爱的幻想中。这是中华民族传统的爱慕方式，含蓄内敛，悸动而羞涩。《诗经》中有关爱情描写的篇章有许多，有场景式的描写，也有对话式的叙述，更多的却是如《关雎》这样矜持、羞怯的心理描绘，这种爱，朴素而健康，纯洁而珍贵。下面这首《蒹葭》也是一样。

jiān jiā
蒹葭①

《国风·秦风》

jiān jiā cāng cāng bái lù wéi shuāng suǒ wèi yī rén
蒹葭苍苍②，白露为霜。所谓伊人，
zài shuǐ yì fāng sù huí cóng zhī dào zǔ qiě cháng sù yóu
在水一方。溯洄从之，道阻且长。溯游
cóng zhī wǎn zài shuǐ zhōng yāng
从之，宛在水中央。

jiān jiā qī qī bái lù wèi xī suǒ wèi yī rén zài
蒹葭凄凄，白露未晞③。所谓伊人，在
shuǐ zhī méi sù huí cóng zhī dào zǔ qiě jī sù yóu
水之湄④。溯洄从之，道阻且跻⑤。溯游
cóng zhī wǎn zài shuǐ zhōng chí
从之，宛在水中坻⑥。

jiān jiā cǎi cǎi bái lù wèi yǐ suǒ wèi yī rén zài
蒹葭采采，白露未已。所谓伊人，在
shuǐ zhī sì sù huí cóng zhī dào zǔ qiě yòu sù yóu
水之涘⑦。溯洄从之，道阻且右⑧。溯游
cóng zhī wǎn zài shuǐ zhōng zhǐ
从之，宛在水中沚⑨。

①蒹葭：芦苇。②苍苍：鲜明、茂盛貌。下文“凄凄”“采采”义同。③晞：晒干。④湄：水和草交接的地方，也就是岸边。⑤跻：登，升。⑥坻：水中高地。⑦涘：水边。⑧右：不直，绕弯。⑨沚：水中的小沙洲。

《蒹葭》这首诗可分为三章，每章八句，同样写一个男人痴情苦恋的心理感受。

“蒹葭苍苍，白露为霜”，河畔的芦苇青郁葱葱，深秋的白露霜凝渐浓。作者以苇草苍苍、白露成霜的清凉景象起笔。

“所谓伊人，在水一方”，那位让我日夜想念的人，就在河水对岸的那一方。主人公是一名青年男子，他一直神不守舍、魂牵梦绕地想着一位姑娘，如此秋景寂寂秋水漫漫的景象更让他痛苦地思念着她。他仿佛在微风吹拂的秋苇中望见了对岸雾气笼罩中的她，心也随之飞到她的近前，缠绕在她身上不去。

“溯洄从之，道阻且长”，我想逆流而上去追寻她，可是道路艰难阻隔又怎么赶得上。这句表面上是说青年追寻苦恋的姑娘的路上有艰难障碍使他追赶不上，但在青年心里，哪里真的是路难使他追不上，其实是她如水中仙女一样高贵难攀，但他又放不下这颗朝思暮想的心。

“溯游从之，宛在水中央”，我想顺流而下去寻找她，她宛然就站立在水中与我相望。青年男子心中设想着从水中游向她的身边，这样也许能够得到她，可他尝试过，就是游不到她的近前。其实是他此时出现了幻想、幻觉，姑娘变成了一个浮动的人影，扑朔迷离亦真亦幻，仿佛立在水中央向他招手，也仿佛对他轻蔑一望随之隐去身影。因而他在水边眺望对岸和水中，神魂不安，视觉模糊，出现向她游过去的幻象。他这是爱得太深以至失魂了。青年男子迷恋某人又求之不得时常会有这种失魂落魄的感觉，两千多年前的《蒹葭》即把这种心理感受描写得入木三分。

下面两章较第一章只换少许字词，迭唱的效果加深了诗的意旨，翻译过来就是：

河畔的芦苇青郁葱葱，清晨的露水未干天色朦胧。那位让我日夜想念的人，我想逆流而上去追寻不停，可是路有艰难阻隔我又怎么赶得上而去跟从。我想顺流而下去寻找她，她宛然就站立在水中与我心意相通。

河畔的芦苇更是繁盛，清晨的露水仍在晨色中弥漫。我那苦苦思念的人，就伫立在茫茫的对岸或水中。我想逆流而上去追寻她，可是路有艰难阻隔我力不从心。我想顺流而下去寻找她，她宛然就站立在水中与我心相通。

全诗反复咏唱“未晞”“未已”，变换使用“湄”“跻”“坻”“右”“沚”，绘画的是一幅白露横江、雾锁清河的迷蒙图景，描写的是求情难得、如隔深水、水中望月、镜中看花的惘然况味，表现了一种痴迷的情感，使整个诗篇都涂满了迷茫而伤感的色调。

“所谓伊人，在水一方”一句诗，不但把主人公折磨得想要发狂，也让多情的世人展开无限联想。“在水一方”，烟水笼罩的隔岸或水中，一定是那淡雅如水的美姿娇容，令人魂牵梦绕。怪不得“有位佳人，在水一方”的吟唱会让人进入一种幻美境界，这恐怕就是《蒹葭》为我们营造的一种佳人和水组合而成的朦胧美效应。

古代的野蛮女友

我不知道同学们听没听说过“野蛮女友”这个词，好不好奇？野蛮女友到底是什么样的？简单来说，野蛮女友大概就是有“女神的外貌，女汉子的行径”。

事实上，“野蛮女友”并不是今天才有的。在我国古代，就曾有过一位“野蛮女友”，而且还被写进了《诗经》。不信的话，请看下面这首《褰裳》。

qiān cháng
褰裳

《国风·郑风》

zǐ huì sī wǒ, qiān cháng shè zhēn. zǐ bù wǒ
子惠①思我，褰裳②涉溱③。子不我

sī, qǐ wú tā rén? kuáng tóng zhī kuáng yě jū
思，岂无他人？狂童④之狂⑤也且⑥！

zǐ huì sī wǒ, qiān cháng shè wěi. zǐ bù wǒ sī,
子惠思我，褰裳涉洧⑦。子不我思，

qǐ wú tā shì? kuáng tóng zhī kuáng yě jū
岂无他士？狂童之狂也且！

①惠：见爱，即爱我。②褰裳：提起下衣。③溱：郑国水名，发源于今河南密县东北。④狂童：谑称，犹言“傻小子”。⑤狂：痴。⑥且：语助词。⑦洧：郑国水名，发源于今河南登封市东阳城山。溱、洧二水汇合于新密。

南方的女人总留给人阴柔之美的印象，北方的女人却是大气爽朗的化身。《褰裳》是一首采自郑国的诗歌，郑国是周朝分封的诸侯国之一，位于现在的陕西一带，后东迁都新郑，也就是现在的河南，皆属于北方范畴。这首诗就形象而生动地刻画了北方女子旷达乐观的情怀。

本诗讲述的是一个开朗豪爽的女子日夜思念自己的爱人，但她没有古代其他女子的那份矜持和羞怯，而是快人快语，爽朗泼辣。她没把思念藏掖在心中，而是大胆地表达出来，这种豪爽令人瞠目结舌，同时又不免让人生出几分赞叹。

“子惠思我，褰裳涉溱。”你要是想我爱我，那就立刻提起衣裳的前后襟，蹚过这宽阔的溱河来看我。这是开篇第一句，读起来有几分赫然，让人不敢相信。

“子不我思，岂无他人？狂童之狂也且！”你以为你不想我，就没有别人再想我了吗？狂妄的小子，不要把你自己想得太高高在上，即便没有你，我的生活依然精彩。这三句话简直不能用快人快语来形容，这已几近泼辣和野蛮了。

“子惠思我，褰裳涉洧。子不我思，岂无他士？狂童之狂也且！”这一段内容与第一段基本一致。你要是思念我啊，你就痛痛快快地卷起衣角，蹚过这清澈的洧河。男子汉大丈夫不要婆婆妈妈犹豫不决，你不再喜欢我了，难道就没有男人喜欢我了？你这个轻狂的小子啊，简直是狂妄至极。

这首诗塑造了一个心直口快、爽朗、泼辣的北方女子形象，无论是开头“子惠思我，褰裳涉溱”的直截了当，还是结尾“狂童之狂也且"的野蛮与讽刺，都让人觉得闻其语似见其人，不愧为上古时代的野蛮女友。然而，这样表面泼辣的女子，内心却往往是脆弱而敏感的。下面，我们再来看一首《狡童》。

狡童①
jiǎo tóng

《国风·郑风》

bǐ jiǎo tóng xī, bù yǔ wǒ yán xī. wéi zǐ zhī gù, shǐ wǒ bù néng cān xī.
彼狡童兮，不与我言兮。维②子之故，使我不能餐兮。

bǐ jiǎo tóng xī, bù yǔ wǒ shí xī. wéi zǐ zhī gù, shǐ wǒ bù néng xī xī.
彼狡童兮，不与我食兮。维子之故，使我不能息③兮。

①狡童：狡猾的少年。②维：因为。③息：安稳入睡。

爱情总是让人欢喜让人忧。你侬我侬时哪怕是天上的星星都能为你摘下，而斗气吵架时又食难下咽、夜不能寐，久久难以释怀。爱情不是一个人的事，因为彼此在乎对方，所以哪怕是极其细微的动作或表情，都牵动着另一半的心。《狡童》里的情侣似乎闹了什么矛盾，在生气冷战，男子每一个冷漠的表情都让那女子痛苦不已，寝食难安。

"彼狡童兮，不与我言兮。维子之故，使我不能餐兮。"用"狡猾"形容这个男子也着实好笑，有一种似嗔似喜的感觉。女子好像在撒娇，又好像对这个男子又爱又恨，总之表现出她一种骂中有爱、恨中带恋、爱恨交织的复杂细微的情感。闭目细想，我们似乎能感觉到这个女子正在心中暗暗指责那男子："你这个狡猾的小子啊，竟然不跟我说话，本来没有太多的事情，难道你就不能主动一点吗？都是因为你，害得我食难下咽。"

“彼狡童兮，不与我食兮。维子之故，使我不能息兮。”你这个狡猾的小子啊，竟然还不跟我一起吃饭，我想不透你心里到底是怎么想的，都是因为你，弄得我精力憔悴，夜不能寐。仔细判断，两人的矛盾好像不但没有冰释，反而进一步激化了。从开始的时候是“不与我言兮”升级到后来的“不与我食兮”，先是不理不睬，到最后不一起吃饭。让我们不得不怀疑这个男子的动机，他是否想借吵架之由与女子彻底决裂也未可知。

《狡童》在运用复沓的写作手法的同时，还运用了循序渐进的结构方式，使全诗非常有层次，可谓异彩纷呈。从“不与我言”到“不与我食”形象生动地表现了这对恋人之间矛盾的白热化，寥寥几笔就展现了一个逐步从冷淡到疏离的发展过程。

爱里有幸福和甜蜜、关心和惦念、生气和暴怒，也有相守和背叛。纵然时间在变、环境在变、地点在变、服饰在变、语言在变，但不变的是这爱的意义。从先秦到今天，爱的内容依然是那样隽永。聪明的男人永远不会让自己心爱的女人像《狡童》里的女子那样食难下咽，夜不能寐。他会伸开忍让的双臂。阴雨的日子谁都会经历，谁敢保证自己的天空永远万里无云？爱情就是这样，似惊而喜、似喜而悲。有矛盾的时候两个人要静下心来好好谈一谈，没有什么结是解不开的。

最甜蜜的时光

在咱们的印象里，古代的婚姻都是“父母之命，媒妁之言”，男女双方结婚前那都是不能见面的，所以也就毫无爱情可言。同学们可能不知道，那种包办婚姻是后来的事，在《诗经》的时代，青年男女是可以自由恋爱的。要想证明这一点其实很简单，只要看一看《诗经》中大量存在的关于青年男女约会的篇章就行了。

在这里，我只选有代表性的两首介绍给大家。

静女①

《国风·邶风》

静女其姝②，俟我于城隅。爱而③不见，搔首踟蹰。

静女其娈④，贻我彤管⑤。彤管有炜⑥，说怿⑦女美。

自牧归⑧荑⑨，洵⑩美且异。匪女之为美，美人之贻。

①静女：贞静娴雅之女。朱熹《诗集传》："静者，闲雅之意。"②姝：美好。③爱而：隐蔽的样子。④娈：面目姣好。⑤彤管：一说红管的笔，或红色的管乐器。一说和下文的"荑"应是同一物。⑥炜：盛明的样子，有光彩。⑦说怿：即"悦怿"，喜悦。⑧归：借作"馈"，赠。⑨荑：初生的白茅，象征爱情，犹如现在的玫瑰。⑩洵：实在，诚然。

爱是一种抽象的概念，它看不见抓不着，而《静女》将这种抽象的情感具体化，让爱真真切切地存在于人们眼前。《静女》一诗历来备受关注，因为它美，且美得别有风韵，不仅文字熠熠生辉，诗中的女子亦文静美好，令人神往。

"静女其姝，俟我于城隅。爱而不见，搔首踟蹰。"由此句可知，这首诗是以一个男子的口吻叙述他对自己恋人的外貌极尽赞美，对她待自己的情意极尽宣扬，当然也可以看出他的喜悦心情，仿佛在向全世界昭告，有一个美丽的女子在等待他。他迫不及待地早早赶到约会地点，四处张望，但是前面似乎有什么树木房舍之类的东西挡住了他的视线。于是他抓耳挠腮，焦急难耐，在原地来回徘徊。“搔首踟蹰”一句，通过动作描写形象细腻地传达出人物的心理状态，刻画出男子的痴情。

“静女其娈，贻我彤管。彤管有炜，说怿女美。”小伙子站在那里等着，心中开始回忆起两人的甜蜜过往。他想起心爱的女孩送给他的彤管，这个礼物精美至极，色泽鲜艳，一如姑娘的容颜，所以小伙子对它爱不释手。

第三章是全诗情感的巅峰之处。“自牧归荑，洵美且异。匪女之为美，美人之贻。”这个有心的女孩从牧场归来时，采摘了一株荑草送给男子。男子认为它比彤管还要珍贵，因为他知道这是女孩跋涉远处郊野亲手采来的，所以他把这株普通荑草看得“洵美且异”。后世南朝宋陆凯《赠范晔》诗中有一句“江南无所有，聊赠一枝春”，从中也可以看出赠物重的是情感的寄托与表达。礼物是否贵重并不重要，外观美丑也不重要，关键要看是谁送的，要看这种礼物代表了怎样的心意。

《静女》一、二两章都以“静女”开头，首章“其姝”，次章“其娈”，一字之差，含义自然也有所区别。第三章则与一、二章完全不同，由此使这首诗既不乏节奏感和音乐美，同时也有较大的内容含量和表现力。

这首诗在艺术上最显著的特点是采用直陈其事的“赋”的手法。这一手法的运用使这首简短的诗能用最洗练的字句，描写出约会的进程，既有地点、人物、情境的描绘，又有回忆和心理活动的叠加。

《静女》一诗语言清新活泼，生动有趣。无论是男子欣喜若狂、满脸爱意的神态，还是女子姣好的容貌和活泼可爱的性格，都如在目前，使它无愧享有“写形写神之妙”（陈震《读诗识小录》）的美誉。

如果说《静女》是从男孩的视角来写一场甜蜜的约会，那么下面这首《山有扶苏》则是以女孩的口吻进行表现，大家对比看下有何不同。

shān yǒu fú sū
山有扶苏①

《国风·郑风》

shān yǒu fú sū xí yǒu hé huá bú jiàn zǐ dōu
山有扶苏，隰②有荷华。不见子都③，
nǎi jiàn kuáng jū
乃见狂且。
shān yǒu qiáo sōng xí yǒu yóu lóng bú jiàn zǐ chōng
山有桥④松，隰有游龙⑤，不见子充⑥，
nǎi jiàn jiǎo tóng
乃见狡童⑦。

①扶苏：树木名。一说是桑树。②隰：洼地。③子都：古代的美男子。④桥：通“乔”，高大。⑤游龙：水草名，即水荭、红蓼。⑥子充：古代良人名。⑦狡童：狡猾的少年。

这首《山有扶苏》，描写的是一对热恋中的男女约会时打情骂俏的有趣场景，女孩定是个生性好强却不失情调的年轻姑娘，等不到心上人来赴约心生焦急与不满。恋人姗姗来迟，姑娘心里欣喜，嘴里却骂道：子都那样的美男没有来，却来了个你这样的狂妄之徒；子充那样的良人还没到，你这样的狡猾少年却来了！

将“子都”“子充”这种古代的美男子放在言语之中，以对恋人的迟来表示不满，可见当时的男女们已具有了很高的审美水平和恋爱的心得，处于热恋中的古代青年男女，在表达欢会中的愉悦心情时，可谓不拘一格，也不仅仅停留于平铺直叙的倾诉。诗中所描写的那种俏骂，把小儿女热恋时的情态刻画得入木三分。“狂”与“狡”并不是褒义词，但也不是真正的贬低，故意戏谑所爱的人，恐怕是每个女孩子对心上人撒娇的本性。

由此可见，《诗经》中的爱情诗不仅有唯美、有伤感、有温馨，也有这般的活泼与自然的人性流露，《山有扶苏》就为我们提供了一个别开生面的约会画面。正是这些生动的人物、各具特色的性格、语言与爱情的融合，才让《诗经》保持了流传千古而不褪其色的无穷魅力。

不过，值得注意的是，诗中首章与末章都以“山有扶苏，隰有荷华”“山有乔松，隰有游龙”这样的句式起始，描写的尽是山中的树，低谷的花，并未见一人。其实这并不是情侣约会的地点和景色的描写，因为在《诗经》中，“山有……，隰有……”是常用的起兴句式，如《简兮》中有“山有榛，隰有苓”；《山有枢》中有“山有枢，隰有榆”“山有漆，隰有栗”等。

古人咋说甜言蜜语

在爱情获得之前，需要大胆表白，否则便是单相思。当得到爱情之后，仍然需要持续的表白，因为只有不断将爱意传递给对方，才能使这份感情更牢固。这样的表白，就是我们所说的“甜言蜜语”了。

事实上，甜言蜜语不仅要说，还得会说，整天将“我爱你”挂在嘴边固然没错，但时间久了也会麻木，还会显得格调不高。如果实在不会说的话，咱不妨跟古人学学，那说的，真是太有水平了。下面，咱们就来看看古人是咋说甜言蜜语的。

出其东门
chū qí dōng mén

《国风·郑风》

chū qí dōng mén，yǒu nǚ rú yún。suī zé rú yún，fěi wǒ sī cún。gǎo yī qí jīn，liáo lè wǒ yún。

出其东门，有女如云。虽则如云，匪[1]我思存[2]。缟[3]衣綦巾[4]，聊[5]乐我员[6]。

chū qí yīn dū　yǒu nǚ rú tú　suī zé rú tú
出其闉阇⑦，有女如荼⑧。虽则如荼，
fěi wǒ sī cú　gǎo yī rú lǘ　liáo kě yǔ yú
匪我思且。缟衣茹藘⑨，聊可与娱。

①匪：非。②思存：想念。思，语助词；存，一说在，一说念，一说慰藉。③缟：白色，素白绢。④綦巾：暗绿色头巾。⑤聊：愿。⑥员：语气词。⑦闉阇：外城门。⑧荼：茅花，白色。茅花开时一片皆白，此亦形容女子众多。⑨茹藘：茜草，其根可制作绛红色染料，此指绛红色蔽膝。

"唯一"在字典里的解释言简意赅只有四个字"独一无二"，看似简单，但在爱情中要做到却难。《红楼梦》第九十一回中宝玉说过："任凭弱水三千，我只取一瓢饮。"后来这句话慢慢用来表现情侣间对爱忠贞的宣誓。《出其东门》将这个宣誓化成一首诗，表现了男子对意中人至死不渝的爱，堪称世上最甜蜜的告白。

"出其东门，有女如云。"不农耕的日子总是悠闲而自在的，漫步出了城门东门，看到这边的美女如天上的云朵一样，时不时从我身旁走过。实际上这句话直到今天还是极为常见，"美女如云"就是从这来的。

"虽则如云，匪我思存。缟衣綦巾，聊乐我员。"虽然美女这么多，可是却没有能打动我心的人，因为我的心里已经有了日日夜夜思念的人，只有那个穿着白裙子系着暗绿色头巾的女子才是我心之所倾，只有她才能让我怦然心动。

"出其闉阇，有女如荼。"这时候男子已经踱步至外城的门，看见美女多得像山上的茅花一样，个个鲜艳夺目，香气袭人。无论是上文所提到的"如云"，还是本段的"如荼"，都是对美好的女子由衷的惊讶和赞叹。美丽的姑娘成群结队在街上闲走，像是一道道美丽的风景，勾起了男主人公对心上人无尽的思念。

“虽则如荼，匪我思且。缟衣茹藘，聊可与娱。”虽然美女这么多，可是却没有能打动我心的人，因为我的心里已经有了日日夜夜思念的人，只有那个穿着白裙子系着鲜艳红色蔽膝的女子才是我心之所倾，只有她才能让我怦然心动。

全诗的意思很简单，而文字温雅灵动、气韵平和、通俗易懂、情思的清纯和恳挚丝丝进入人的心田。用“如云”和“如荼”形容美女数量之多，“如云”意在说明美女体态轻盈，有“飞燕”之美；“如荼”形容女子灿烂如花，夺人眼目。两章回环复沓，反复强调。这些都是主人公之所见所感，然而却是为了突出主人公在如此多的美女当中，仍能毫不动心，表现出他对爱情的专一和对心爱女子的痴情。

此外，这首诗在结构上也很讲究，其前半部分是正面描写，后半部分连用了两个“虽则……匪我……”的转折句，就是为了强调和突出后半句的内容，男主人公用坚定不移的神态和斩钉截铁的口气，表达着他对那位“缟衣綦巾”的女子的情有独钟。一个女人能得到男人如此专一的爱，着实让人羡慕。

诗篇当中，男主人公对这个“缟衣綦巾”平凡女子坚定不移的爱让人钦佩，在那些盛装打扮香气袭人的美女面前，主人公仍钟情于他的“缟衣綦巾”，有爱的支撑，再平凡也是独一无二，再朴素也是弥足珍贵。

如果你觉得《出其东门》中的情话是世上最动人的情话，那你就错了，因为下面这首《采葛》中的情话也毫不逊色。

采葛①
（cǎi gě）

《国风·王风》

bǐ cǎi gě xī，yí rì bú jiàn，rú sān yuè xī。
彼采葛兮，一日不见，如三月兮。
bǐ cǎi xiāo xī，yí rì bú jiàn，rú sān qiū xī。
彼采萧②兮，一日不见，如三秋③兮。

彼采艾④兮！一日不见，如三岁兮。

bǐ cǎi ài xī yí rì bú jiàn rú sān suì xī

①葛：一种蔓生植物，块根可食，茎可制纤维。②萧：植物名。蒿的一种，即香蒿。有香气，古时用于祭祀。③三秋：通常一秋为一年，后又有专指秋三月的用法。这里的三秋长于三月，短于三年，义同三季，九个月。④艾：植物名，菊科植物，可制艾绒灸病。

对于热恋中的情人来说，哪怕是一刻的分离，对他们来说也是难以忍受的痛苦，历来无数文人描摹了这一主题。《采葛》正是表达对恋人思念的情歌，一位小伙子喜欢上了以采集为生的姑娘，她常外出采集，不易见面，小伙子饱受相思之苦。在诗中，诗人借简短精练的语言，充分表达了长相思的恋情，反映出坚贞、纯朴、真挚的爱情。

本诗抓住“相思”这种普泛的情感，反复吟诵，细致刻画了情感的煎熬。诗篇感染了历代饱受相思之苦的人们，诗人以“一日三秋”这种形象的描写，比拟分离的情人内心遭受的巨大折磨，可谓十分贴切。

这是一种“艺术夸张”的手法，反映的不是事实上的真实，而是艺术上的真实，因而应该“言过其实”“辞过其意”，其所追求的效果是真挚，而不是科学。在现实生活中，“一日”不可能等同于“三月”“三季”“三年”，但是，在陷入爱情的人心中，这种错觉，正是他们为别离所折磨的表现。这一悖理的“心理时间”看似疯癫痴狂，但由于融汇了恋人真挚的情感，将这样的歌唱给爱人听，她能不被深深打动吗？

《采葛》一诗中，每一次对“一日不见”的心理刻画，都比前一次增加了时间长度，以反复递进、层层深入的写法，将相思的感情逐步提升。这样通过回环、排比和递进，使诗节奏和谐，语言简洁，充满了形式美和音乐美，有效地加强了诗的感情色彩。

如果爱情不被祝福

最近这两年，时常有明星在微博上公布恋情。当一段恋情公布以后，网友们的反应无外乎两种，大部分当然是各种祝福，但唱衰甚至谩骂的也屡见不鲜。事实上，这些吃瓜群众的意见没啥用，祝福固然好，反对也无效。对恋人来说，重要的意见还是来自亲友，尤其是父母。

在古代，如果一份感情得不到父母的祝福，其结果往往以悲剧收场，比如像《孔雀东南飞》中的焦仲卿与刘兰芝、南宋诗人陆游和唐琬。当然，面对这种情况，古人除了殉情和分手，还有一条道路可以选择，那就是私奔，比如司马相如和卓文君，好在两人后来还是得到了家人的谅解，最终以圆满收场。

在《诗经》里，有两个女孩就遭遇了刘兰芝、唐琬和卓文君的情况，她们是怎样做的呢？咱们来看一下吧。

bǎi zhōu
柏舟

《国风·鄘风》

fàn bǐ bǎi zhōu, zài bǐ zhōng hé. dàn bǐ liǎng máo, shí wéi wǒ yí. zhī sǐ shǐ mǐ tā. mǔ yě tiān zhǐ, bú liàng rén zhǐ!
泛彼柏舟，在彼中河。髧[1]彼两髦[2]，实维我仪[3]。之死矢靡它[4]。母也天只[5]，不谅[6]人只！

fàn bǐ bǎi zhōu, zài bǐ hé cè. dàn bǐ liǎng máo, shí wéi wǒ tè. zhī sǐ shǐ mǐ tè. mǔ yě tiān zhǐ, bú liàng rén zhǐ!
泛彼柏舟，在彼河侧。髧彼两髦，实维我特[7]。之死矢靡慝[8]。母也天只，不谅人只！

①髧：头发下垂的样子。②两髦：古代男子未行冠礼前，头发齐眉，分向两边的样式。③仪：配偶。④靡它：无二心。⑤只：语助词。⑥谅：相信。⑦特：与上文的“仪”同义。⑧慝：改变。

与《诗经》中大多数描写爱情的纯真与唯美的诗相比，这首诗的不同之处在于，它反映了《诗经》时代民间婚恋的状况。在那个年代，人们仍享有一定的爱情自由，原始的婚俗仍占有一定地位；但是，正如《诗经》中所体现出来的那样：“取妻如之何？必告父母”“取妻如之何？匪媒不得”（《齐风·南山》），烦琐的礼教已经开始侵入人们的生活。因此，青年男女为了争取婚恋自由而产生的反抗意识，开始在《诗经》中显示出独特的艺术魅力。

诗的第一章以柏舟起兴：那漂荡的柏舟，就在水中央。舟上垂发的男子，是我心仪的爱人，我对他的感情至死不渝！母亲啊，苍天，为什么你们不能体谅我的心成全我呢？诗的起始便发出了震人心魄的誓言：“之死矢靡它”，诗意的表达直接而强烈，“母也天只”呼娘呼天，“娘啊天啊”这一句并不是对娘的斥责，而是情感的迸发，爱上一个人却不能相守的焦急与顾盼流露于呐喊之中。

诗的第二章是为重唱，两章重章叠句，意味相同，只为加强语气，这在《诗经》中是惯用的手法。与第一章稍有不同的是，此时的柏舟已经漂到了河的边缘。说明时间在改变，舟上垂发的男子，依然是我心仪的爱人，我对他的感情至死不渝！母亲啊，苍天，为什么你们不能体谅我的心成全我呢？诗至此戛然而止，留白的结局为读者留下了疑问与回味：母亲为何要阻止这二人在一起？结局是大团圆还是劳燕分飞？

这首抒情诗的背景是鄘国（今河南淇县一带），《鄘风》中有相当多的情诗，描绘当时男女青年在婚恋过程中的各种情况，与礼法制度相矛盾的家庭生活等。从《柏舟》这首诗中可以看出，当时的婚恋有一定的自由，但父母的意见也常常左右着这些年轻人的爱情。诗中的女子对于母亲的干涉很不理解，因而采取发誓和呼告的方式表达抗议，并在诗中告白自己对爱情的至死不渝，以及对礼教束缚和包办婚姻的不满。女子呼告的对象是“母亲”，由此不难看出，母系社会的习惯势力在当时还有体现。

放下当时那些烦冗的教条与寓意纵观全诗，《柏舟》最富震撼力的仍是女子“之死矢靡它”“之死矢靡慝”的铮铮誓言，这让人不能不联想起汉乐府诗歌《上邪》中“山无棱，江水为竭”一段感天动地的爱情誓言。爱情无论在哪个时代，都有振聋发聩的誓言与呐喊，都有痛彻心扉的体验与感悟，《柏舟》也是如此。

与《柏舟》中女子的刚烈相比，下面这首《将仲子》所描述的女孩就显得有些唯唯诺诺了。

qiāng zhòng zǐ
将①仲子②

《国风·郑风》

qiāng zhòng zǐ xī wú yú wǒ lǐ wú zhé wǒ shù qǐ
将仲子兮，无踰③我里④，无折我树杞。

qǐ gǎn ài zhī wèi wǒ fù mǔ zhòng kě huái yě
岂敢爱⑤之？畏我父母。仲可怀也，

fù mǔ zhī yán yì kě wèi yě
父母之言，亦可畏也。

qiāng zhòng zǐ xī wú yú wǒ qiáng wú zhé wǒ shù sāng
将仲子兮，无踰我墙，无折我树桑。

qǐ gǎn ài zhī wèi wǒ zhū xiōng zhòng kě huái yě zhū xiōng
岂敢爱之？畏我诸兄。仲可怀也，诸兄

zhī yán yì kě wèi yě
之言，亦可畏也。

qiāng zhòng zǐ xī wú yú wǒ yuán wú zhé wǒ shù tán
将仲子兮，无踰我园，无折我树檀。

qǐ gǎn ài zhī wèi rén zhī duō yán zhòng kě huái yě rén
岂敢爱之？畏人之多言。仲可怀也，人

zhī duō yán yì kě wèi yě
之多言，亦可畏也。

①将：愿，请。一说发语词。②仲子：相当于称二哥。③踰：翻越。④里：邻里。古代以二十五家为里。⑤爱：吝惜。

这是一首爱情诗，一对热恋中的男女相会时，女主人公告诫爱人不要心急，不要翻墙进来压坏了花草树木，否则是要受到严厉批评的。

“将仲子兮，无踰我里，无折我树杞。”仲子哥，你来我家的时候，千万不要翻越我家门户啊，也千万别折了我种的杞树。细细玩味这句话很有意思，仿佛是一对青年男女正要约会，女子却一再叮咛男子不要……不要……似乎在害怕着什么。

“岂敢爱之？畏我父母。仲可怀也，父母之言，亦可畏也。”这几句正好回答了上面的种种疑问，并不是我舍不得那几株杞树啊，而是我害怕我的父母看见。你鲁莽心急实在让我担心，父母的话让我心生畏惧，所以你可千万不要那样做。显然，对于两人这一段感情，女孩的父母是反对的，所以她才会如此战战兢兢。

“将仲子兮，无踰我墙，无折我树桑。岂敢爱之？畏我诸兄。仲可怀也，诸兄之言，亦可畏也。”这一章基本是对首章的重复，起到了加强、加深文意的作用，在情意上也达到了层层递进的效果。

二哥啊，你来我家时可千万不要翻越围墙，也千万不要折了我种的绿桑，我并不是舍不得那几株绿桑，我是害怕我的兄长看见，你这个人粗心大意让我实在担心，但是兄长的话也的确让我畏惧。

这场相会可谓是小心翼翼，两人都很想念彼此，但又不敢大胆张扬地表现出来，毕竟人言可畏！女子的谨慎也从侧面表现出了礼法的森严和约束。

“将仲子兮，无踰我园，无折我树檀。岂敢爱之？畏人之多言。仲可怀也，人之多言，亦可畏也。”二哥啊，我们会面之时你千万不要越过我家菜园子，千万别折了我种的青檀，我倒不是舍不得那株檀树，而是害怕左邻右舍的人看见之后说一些不着边际的闲话，二哥你实在让我牵挂，但是邻居的流言蜚语也实在让我害怕。女子想爱却不敢爱，怕人说她轻浮不懂自重，因而心绪显得十分无助和焦急。

从“无逾我里”到“无逾我墙”“无逾我园”，可以看出女子对这个年轻气盛的男子的牵挂和担忧，其中深含绵绵爱意。女孩毕竟是矜持的，无论她如何爱他，也受不了闲言碎语的攻击，所以恐惧的对象和范围也在一点点地扩大，从家庭扩展到社会，女主人公也一次比一次显得焦急和恐惧。

本诗是以一个女子的口吻叙述，对男子即将要进行的“翻墙”“折树”的行为加以劝告，所以有一种娓娓道来的感觉，使诗境也有了絮絮之语的独特韵致。流言是一种很神奇的东西，它有“众口铄金，积毁销骨”的力量。这一可怕的力量让《将仲子》中的女主角怀着十分矛盾的心理，想爱而不敢爱、欲爱不成、欲罢不忍，陷入两难处境之中，读起来让人心生怜惜。

嫁娶篇

为结婚发愁的人们

几家欢喜几家愁

上古婚礼是什么样的

祝贺新婚要有诗

春秋的一场世纪婚礼

为结婚发愁的人们

青年男女，到了一定年龄就会步入婚姻的殿堂。可是，在我们的生活当中，有不少人都30多岁了还没有结婚。对于这一群人，现在有个流行的词儿叫作“剩男”“剩女”。可能一些小朋友的亲友当中就有这样的，或许是哥哥姐姐，或许是叔叔阿姨，不管是谁，你可别用“剩男”“剩女”称呼他们，否则挨打我可不负责。

事实上，“剩男”“剩女”并不是现在才有的，《国风·召南》当中的名篇《摽有梅》就讲了一个大龄未婚女子渴望出嫁的故事。下面，咱们就一起来看下。

摽(biào)①有(yǒu)②梅(méi)

《国风·召南》

摽(biào)有(yǒu)梅(méi)，其(qí)实(shí)七(qī)兮(xī)。求(qiú)我(wǒ)庶(shù)③士(shì)④，迨(dài)其(qí)吉(jí)兮(xī)。

摽(biào)有(yǒu)梅(méi)，其(qí)实(shí)三(sān)兮(xī)。求(qiú)我(wǒ)庶(shù)士(shì)，迨(dài)其(qí)今(jīn)兮(xī)。

摽(biào)有(yǒu)梅(méi)，顷(qīng)筐(kuāng)⑤塈(xì)⑥之(zhī)。求(qiú)我(wǒ)庶(shù)士(shì)，迨(dài)其(qí)谓(wèi)⑦之(zhī)。

①摽：坠落。②有：语助词。③庶：很多。④士：未婚的男子。⑤顷筐：簸箕。⑥塈：一说取，一说给。⑦谓：开口说话，告诉。

在古代，人们的平均寿命短，所以结婚要早些。《周礼》规定，男子年满二十可娶，女子年满十五可嫁，而贵族男女的婚嫁年龄往往更加提前，“人君十五生子”为“礼”。古人认为，婚嫁年龄从速不从迟，因为在农业社会，人口数量的多少直接影响着农业生产的发展，提早婚嫁可为农业增加人口。《周礼》还规定，“仲春之月，奔者不禁”，《毛诗正义》解释说：“言三十之男，二十之女，礼虽未备，年期既满，则不待礼会而行之，所以藩育民人也。”意即若男子超过三十岁未娶，女子超过二十岁未嫁，那么在仲春时节，男方只要向女方打声招呼，两人就可以成婚。这种规定的目的也在于增加人口。

由此可知，诗中主人公正是一个年逾二十尚未出嫁的女子，她的迫切求爱之心是合情合“礼”的。

诗以落梅起兴，而“梅”与“媒”谐音，引出婚嫁之意。女主人公看到成熟坠落的梅子，不禁想到光阴无情、青春易逝，而自己仍未婚嫁的现实，于是以梅起兴，唱出了这首叹息青春、渴求爱情的诗歌。

“摽有梅，其实七兮。求我庶士，迨其吉兮！”树上的梅子落了三成，还剩七成，意味着时间还不算太晚，女子期盼趁着吉时，有合乎心意的男子来向她求婚。巧妙的是，明明是主人公自己在寻求意中男子，却不说“我求庶士”，而说“求我庶士”，用被动的语气来表达主动的愿望，表现出这个大胆求爱的女子面对婚姻时，内心的些许羞涩，直白中透着委婉。

时间继续流逝，原本七成的梅子此时只剩下三成，可是还没有合适的人来向她示爱。女子之前还算从容的心态此时急切起来，于是她说：“求我庶士，迨其今兮！”光阴不等人，只要有合意的男子求爱与我，那么就在今朝，我就可以跟他成婚。女子言辞之间，满是待嫁的焦急心绪。

“摽有梅，顷筐塈之。求我庶士，迨其谓之。”可是直到梅子落尽，女子也没有等到一个求娶她的男子。时间已是暮春，如果再没有求婚的男子出现，就只好等到明年春天了。可到那时，女子又老了一岁，只怕更难有人来向她求婚了。因此主人公说道："求我庶士，迨其谓之。"已经不期望能在这个春天出嫁了，但是仍希望有男子来向我说一声，今年成不了婚，我们可以等明年啊。人生苦短，谁都禁不起太长的等待，女子看似大胆、热烈的求爱实则包含着一丝辛酸和无奈。

诗篇分为三章，落梅逐渐增多，暗示时光在等待中渐渐消逝；三次提及"庶士"，表明女子一直在寻找可嫁之人。诗在重章复唱中循序渐进，层层逼近，生动地展示了主人公渐趋急迫的心理发展过程。

女子愈龄未嫁心中着急，那男子到了适婚年龄会怎么样呢？自然也着急。下面，咱们接着来看一首《伐柯》。

伐(fá)柯(kē)①

《国风·豳风》

伐(fá)柯(kē)如(rú)何(hé)？匪(fěi)斧(fǔ)不(bú)克(kè)。取(qǔ)②妻(qī)如(rú)何(hé)？匪(fěi)媒(méi)不(bù)得(dé)。

伐(fá)柯(kē)伐(fá)柯(kē)，其(qí)则(zé)③不(bù)远(yuǎn)。我(wǒ)遘(gòu)④之(zhī)子(zǐ)，笾(biān)豆(dòu)⑤有(yǒu)践(jiàn)。

①伐柯：采伐制作斧头柄的木料。②取：通"娶"。③则：原则，方法。此处是强调砍伐时应遵照一定的方法。④遘：通"觏"，遇见。⑤笾豆：笾，竹编的礼器，用来盛果脯；豆，木质、金属质或陶质的器皿，用来盛放腌制的食物和酱。在古时，家庭或社会举办盛大喜庆活动时，会用笾豆等器皿盛满食品，整齐地排列于活动场所，这就是"笾豆有践"。这里是指迎亲的礼仪有条不紊。

我们前面讲过，在《诗经》的时代，男女是能够自由恋爱的，但这并不意味着不需要媒人。即使是在现在这个自由时代，媒人大多时候仍然是不可或缺的角色。这首《伐柯》，就是描写未婚男子渴求媒人为他做媒的诗。

全诗共有两节，诗人通过设问的方式和比喻的手法，生动形象地表明了古代男女双方家庭约为婚姻的习俗，说明“媒妁之言”是当时人们建立家庭的前提，也是每一对男女想要百年好合必须遵守的行为准则。

分析《伐柯》一诗，可以从它语义上的两重意义来展开，一是文本的表层语义，一是引申出来的深层语义。

本诗表面上描写的是斧把与斧头，这两种物品引申出来的含义就是：斧把代表妻子，斧头则代表丈夫，一个成年的男子想要找一个意中人做妻子，就像一把斧头必须有一个合适的斧把一样。

如果斧把过粗、过细，就难以插进斧头眼中，这样斧头就不能使用了；如果砍来的斧把有结疤或对榫有问题，那么这把斧头同样会因为不称手，而变得难以使用；如果砍来的斧把七歪八扭，斧子使用起来一定会非常别扭，所以只有合适的斧头和斧把结合在一起，才能很好地完成工作。同样的道理，要找到自己的意中人，娶回心仪已久的意中人，就要有一定的方法和程序，这就是媒人的存在意义。

古代诗歌中常有很多的谐音。这首诗中的“斧”字就和“夫”字相同，柄子配斧头，就是指的妻子配丈夫。而诗中的“匪媒不得”“笾豆有践”，则展示了古时娶妻的具体过程：首先是媒人替两家人介绍牵线，然后经过多道程序，双方同意结为亲家，最后两家人为新人举办隆重的结婚典礼。

《伐柯》中的男主人公渴望婚姻，最终也步入了婚姻的殿堂，可谓圆满了。下面这首《丰》中的主人公，就没有他那么幸运了。

丰(fēng)①

《国风·郑风》

zǐ zhī fēng xī, sì wǒ hū xiàng xī, huǐ yú bú sòng xī。
子之丰兮，俟我乎巷兮，悔予不送②兮。

zǐ zhī chāng xī, sì wǒ hū táng xī, huǐ yú bù jiāng xī。
子之昌③兮，俟我乎堂兮，悔予不将④兮。

yì jǐn jiǒng yī, cháng jǐn jiǒng cháng。shū xī bó xī, jià yú yǔ xíng。
衣⑤锦褧衣⑥，裳锦褧裳。叔兮伯兮⑦，驾予与行。

cháng jǐn jiǒng cháng, yì jǐn jiǒng yī。shū xī bó xī, jià yú yǔ guī。
裳锦褧裳，衣锦褧衣。叔兮伯兮，驾予与归。

①丰：丰满，标致。②送：从行。③昌：健壮。④将：同行。⑤衣：作动词用，穿。⑥褧衣：用绢或麻纱制作的罩衫。⑦叔、伯：此指迎亲之人。

《丰》是一首倾诉悔恨的诗，讲的是男子前来提亲，女子没答应，后来却又后悔不已。

“子之丰兮，俟我乎巷兮，悔予不送兮，”我到现在还清楚地记得，他身材魁梧，体格健硕，在巷口痴痴地等着我，现在想想我是多么后悔当时没有过去，仔细想想，他一定在那儿来来回回，徘徊不定，因为还没有等到我的答复，他不甘心就那么走掉。这是以一个女子回忆往昔的口吻来叙述的，从这里的一字一句可以看出，女子对自己当初愚蠢的决定后悔不已。

“子之昌兮，俟我乎堂兮，悔予不将兮。”想想你的容貌是那么的相貌堂堂，端正标致。那天你把自己收拾得干净利落，华丽的衣衫更显你的风流倜傥。你一直在厅堂里面焦急地等着我的回复，而我现在是多么后悔当初没有果断地做出决定。诗中的女主人公对男子的容貌还记得一清二楚，无论是出于爱情还是出于对当初决定的后悔，都不难看出，她日日夜夜都思念着这位英俊的男子。第一章与第二章，诗人运用了细节描写，尤其是通过女主人公的话语对男子进行肖像描写，突出了女子满腹的悔恨之情，使人仿佛都可以听到她的声声叹息。

“衣锦褧衣，裳锦褧裳。”这是多么美丽的衣服，每一件都金灿灿地闪烁着耀眼的光芒。这两句实际上是女子对自己穿上婚宴礼服的幻想，大红袍子上绣着活灵活现的凤凰，整个轮廓用金边镶嵌着。礼服外面还有一个外套，也可以说成是披肩，精致的衣服往往都有华丽的外套衬着。“叔兮伯兮，驾予与行。”我的叔叔和大伯们啊，你们驾上车吧，载着我，我们一起前往。

“裳锦褧裳，衣锦褧衣。”这一段几乎是对上一段的重复和强调，美丽的衣服一件件，个个鲜艳又耀眼，金银花边真耀眼，搭配外套更可爱。女主人公对爱情真是极度渴望，她多想穿上那华丽的婚宴礼服，这几句将她急迫恳切的心情刻画得淋漓尽致。“叔兮伯兮，驾予与归。”叔叔啊大伯啊，快快驾上美丽的车，绑上绣满鸳鸯的大红布，疾驰着驶向我心爱的男子他们家。

诗人对诗篇的安排称得上独具匠心，前两章是对过去事情的回忆，当男子来向女子提亲，女子犹豫不决迟迟不给对方答复，不管原因是什么，毋庸置疑的是，男子尔后便没有再来。而现在男子不再提着聘礼来迎娶她时，她却心急如焚，后悔当初愚蠢的决定。

诗中所有的情景都来自对女主人公心理的描写，读者完完全全可以通过对主人公内心的窥探，了解她那份因为满腹悔恨而对未来生活充满向往的复杂心情。主人公没有祝英台的那份果断，更没有“与君化蝶”的那份勇气，她只是默默地、慢慢地接受眼前这个可悲而又不可改变的命运。但她并没有把生活看成是暗无天日的黑洞，而是仿佛在缝隙中看到了一丝希望，那就是她对未来幸福生活的向往。

几家欢喜几家愁

看到这个标题，你可能会觉得奇怪：什么意思？结婚是一件大喜事，怎么还“愁”上了？我估计，大部分小朋友都曾跟着爸爸妈妈参加过亲友的婚礼，有的甚至可能还当过花童。不知道你当时有没有仔细观察，在婚礼上是不是有人哭？即使在婚礼现场你没有留意，在影视剧里你应该也见到过。那么，谁会哭呢？新娘以及她的父母。为什么要哭呢？当然是不舍，或者还有一些感动。

事实上，中国自古就有哭嫁的习俗，但过去一般都是新娘哭，其原因主要有两个：一是新娘念及父母养育恩情，对离别心生伤感；二是新娘面对身份转换，对前途感到担忧。大家可以想象一下，现在交通便利，姑娘嫁出去以后，可以随时回娘家看看，而古代就不同了，嫁得近一些还好，如果是远嫁，那这一别可能就是永别了。另外，古代女性的地位低，嫁作人妻后一切便全凭夫家安排，公婆再好，那也是和亲生父母没法比的，新娘心生忧虑是很正常的。因此，新娘会在婚礼上大哭一场，也就容易理解了。

在《国风・邶风》中有一首《燕燕》，讲的就是一场哭泣的婚礼，但泪流满面的人既不是新娘，也不是新娘的父母，而是她的哥哥。下面，我们就一起来学习这首感人至深的诗。

yàn yàn
燕燕

《国风・邶风》

yàn yàn yú fēi, cī chí qí yǔ. zhī zǐ yú guī
燕燕于飞，差池①其羽。之子于归②，

yuǎn sòng yú yě zhān wàng fú jí qì tì rú yǔ
远送于野。瞻望弗及，泣涕如雨。

yàn yàn yú fēi xié zhī háng zhī zhī zǐ yú guī
燕燕于飞，颉③之颃④之。之子于归，

yuǎn yú jiāng zhī zhān wàng fú jí zhù lì yǐ qì
远于将⑤之。瞻望弗及，伫立以泣。

yàn yàn yú fēi xià shàng qí yīn zhī zǐ yú guī yuǎn
燕燕于飞，下上其音。之子于归，远

sòng yú nán zhān wàng fú jí shí láo wǒ xīn
送于南⑥。瞻望弗及，实劳我心。

zhòng shì rèn zhī qí xīn sāi yuān zhōng wēn qiě huì
仲氏任只，其心塞⑦渊。终⑧温且惠⑨，

shū shèn qí shēn xiān jūn zhī sī yǐ xù guǎ rén
淑慎其身。先君之思，以勖⑩寡人⑪。

①差池：义同“参差”，形容燕子张舒其尾翼。②于归：出嫁。③颉：上飞。④颃：下飞。⑤将：送。⑥南：指卫国的南边，一说野外。⑦塞：诚实。⑧终：既，已经。⑨惠：和顺。⑩勖：勉励。⑪寡人：寡德之人，国君对自己的谦称。

清代诗人王士禛将《燕燕》一诗推举为“万古送别之祖”（《分甘余话》）。从王维“劝君更尽一杯酒，西出阳关无故人”的珍重，以及李叔同“长亭外，古道边，芳草碧连天”的依依不舍中，仍旧依稀可辨《燕燕》的影子。

“燕燕于飞，差池其羽。”燕子不时在天空中盘旋着，呢喃着，追逐着，像是约好要一起去赴会，又像商量着要见什么客人，油黑的羽毛长短不齐，莺莺的叫声时落时起。此处开篇比兴，将活泼的小燕子作为乐景的主角。

“之子于归，远送于野。瞻望弗及，泣涕如雨。”哥哥与妹妹感情笃厚，今天妹妹就要远嫁了，身为君王的哥哥心中自是百感交集，有几分不舍，更有几分惦念，恋恋不舍地把妹妹远远送至郊外，直到看不见妹妹的身影时，一直伫立着目送妹妹的哥哥终于忍不住泪如雨下。妹妹出嫁，哥哥送了一程又一程，然而送君千里，终须一别，于是一幅感人的画面呈现在世人眼前：“瞻望弗及，泣涕如雨”。清人陈震在《读诗识小录》中说：“哀在音节，使读者泪落如豆，竿头进步，在‘瞻望弗及’一语。”

“燕燕于飞，颉之颃之。”燕子叽叽喳喳叫个不停，飞过来飞过去，与妹妹相互道珍重之后，看着妹妹远去的背影，哥哥一时感慨万千，潸然泪下。燕子也仿佛看穿了我的心思，低头诉说着愁怨，再往前走把妹妹送到了南边。看着妹妹逐渐消失在视线里，哥哥的心悲伤不已。

“仲氏任只，其心塞渊。”为何如此牵肠挂肚？“终温且惠，淑慎其身。”原来妹妹善良、诚实、重情重义，性情温柔而又和善，从不与兄长相争，平日里也修身养性，有良好的学识和素质，为人处世小心谨慎，临行前还不忘提醒哥哥不要忘记先王的嘱托和厚望，一句句真诚之言勉励着哥哥做百姓的好国君。

俗话说，“长兄如父”，在中国古代的家庭伦理中，如果父亲去世了，那么兄长就自然而然地担负起父亲的职责，成为家里的顶梁柱。《燕燕》中的主人公，正是以这样一个角色送妹妹远嫁的，因此，我们也就不难理解他为何哭得如此伤心了。

正如这一节的标题所说，有人忧愁，自然就有人欢喜。那么，在婚礼上最欢喜的人是谁呢？自然是新郎。下面，我们通过一首《车辖》，来看看新郎在迎娶新娘过程中的内心独白吧。

chē xiá
车辖

《小雅·甫田之什》

jiān guān chē zhī xiá xī sī luán jì nǚ shì xī fěi jī
间关①车之辖②兮，思娈季女逝③兮。匪饥
fěi kě dé yīn lái kuò suī wú hǎo yǒu shì yàn qiě xǐ
匪渴，德音来括。虽无好友，式④燕⑤且喜。

yī bǐ píng lín yǒu jí wéi jiāo zhēn bǐ shuò
依⑥彼平林，有集维鷮⑦。辰⑧彼硕
nǚ lìng dé lái jiào shì yàn qiě yù hào ěr wú yì
女，令德来教。式燕且誉⑨，好尔无射。

suī wú zhǐ jiǔ shì yǐn shù jī suī wú jiā yáo shì shí
虽无旨酒，式饮庶几。虽无嘉殽，式食
shù jī suī wú dé yǔ rǔ shì gē qiě wǔ
庶几。虽无德与女，式歌且舞。

zhì bǐ gāo gāng xī qí zuò xīn xī qí zuò xīn qí
陟彼高冈，析其柞薪。析其柞薪，其
yè xǔ xī xiān wǒ gòu ěr wǒ xīn xiè xī
叶湑⑩兮。鲜⑪我觏尔，我心写⑫兮。

gāo shān yǎng zhǐ jǐng háng xíng zhǐ sì mǔ fēi fēi
高山仰止，景行⑬行止。四牡騑騑⑭，
liù pèi rú qín gòu ěr xīn hūn yǐ wèi wǒ xīn
六辔如琴。觏尔新昏，以慰我心。

①间关：车行时发出的声响。②辖：车轴头的铁键。③逝：往，指出嫁。④式：发语词。⑤燕：通“宴”，宴饮。⑥依：茂盛的样子。⑦鷮：长尾野鸡。⑧辰：通“珍”，美好。或训为善，亦通。⑨誉：通“豫”，安乐。⑩湑：茂盛。⑪鲜：犹“斯”，此时。⑫写：通“泻”，宣泄，指欢悦，舒畅。⑬景行：大路。⑭騑騑：马行不止貌。

关于《车辖》的主题，朱熹在《诗集传》中说：“此燕乐其新婚之诗。”这首诗通过描写新郎的内心表白，以及积攒起来的情话，展现了新郎迫不及待的内心世界。在诗中，诗人还赞美了新婚者的德行。

第一章主要描写男子娶妻起程的场面。娶亲从“间关”的车声开始，让男子朝思暮想的女孩就要嫁给他了。字里行间都可以看出男子流露出来的喜悦。“匪饥匪渴，德音来括。”这两句点明男子之所以这样高兴，并不是因为贪图女子的美色，而是因为敬慕她的美德。

第二章写婚车越过平林的场面。“依彼平林，有集维鷮。辰彼硕女，令德来教”，看到林莽中成双成对的野鸡，男子联想到了坐在车中的拥有美好教养和品德的女子，这些都让男子感到十分兴奋和喜悦。他发誓说：“式燕且誉，好尔无射。”就这样对女子许下了终生不渝的誓言。

第三章是继续描写男子对女子真切的情意。男子向女子表白，虽然自己没有美酒佳肴，也不是具有高尚品德的人，但是他相信自己有一颗和女子相亲相爱的心，能够永远爱护女子。这样的语言，发自肺腑，感人至深。

第四章写婚车进入了高山。在高山里有着茂盛的柞树。当时有一句谚语说“析薪如之何？匪斧不克；取妻如之何？匪媒不得”，所以看到柞树的男子通过“析薪”想到了娶妻，于是就有了“陟彼高冈，析其柞薪。析其柞薪，其叶湑兮”这一句。这里柔嫩鲜艳的绿叶，是用来比喻那美丽可爱的新娘的，表现了男子对新娘的喜爱。最后两句“鲜我觏尔，我心写兮”直接抒发了男子的情怀，他对于能够在今天和女子结为伴侣，感到十分高兴。

最后一章主要写婚车越过高山，进入大路的情景。只是男子抬头仰望着高山，他看着在大路上的女子，一时间心中充满了喜悦，他发自肺腑地说：“高山仰止，景行行止。”这几句虽然是在叙事、写景，但同时也是在说新娘美丽的形体和坚贞的德行。“四牡騑騑，六辔如琴”，两句直抒胸臆，情结全篇，同时这两句和第一节的“间关车之辖兮，思娈季女逝兮”相互呼应，形成了回环往复，如琴弦的六辔是男子对婚后美好和谐生活的憧憬。

上古婚礼是什么样的

在喜欢《诗经》的小朋友当中，有不少是好奇宝宝，上古的一切对他们来说都充满了谜之诱惑，他们总是不断地问东问西，想要弄明白是怎么回事。只可惜，当时的资料保存的太少了，很多事情我们现在是没有办法弄明白的。有时，我真想带上一部摄像机，穿越到那个时代，拍一部纪录片给大家看。

不过话说回来，虽然没有当时的影音资料，但幸亏我们还有《诗经》，从而可以部分地还原历史。下面，我就借助《诗经》中的篇章，带大家回到上古的婚礼现场，看一看那时的婚礼到底是啥样的。

chóu móu
绸缪①

《国风·唐风》

chóu móu shù xīn　sān xīng　zài tiān　jīn xī hé xī
绸缪束薪②，三星③在天。今夕何夕？
jiàn cǐ liáng rén　zǐ xī zǐ xī　rú cǐ liáng rén hé
见此良人④。子兮子兮，如此良人何？
chóu móu shù chú　sān xīng zài yú　jīn xī hé
绸缪束刍⑤，三星在隅⑥。今夕何
xī　jiàn cǐ xiè hòu　zǐ xī zǐ xī　rú cǐ xiè hòu hé
夕？见此邂逅。子兮子兮，如此邂逅何？
chóu móu shù chǔ　sān xīng zài hù　jīn xī hé xī
绸缪束楚⑦，三星在户⑧。今夕何夕？
jiàn cǐ càn zhě　zǐ xī zǐ xī　rú cǐ càn zhě hé
见此粲⑨者。子兮子兮，如此粲者何？

①绸缪：缠绕，捆束。②束薪：喻夫妇同心，情意缠绵，后象征结婚。③三星：即参星。④良人：丈夫，指新郎。⑤刍：喂牲口的青草。⑥隅：指东南角。⑦楚：荆条。⑧户：门。⑨粲：漂亮的人，此处指新娘。

本诗的开头是“绸缪束薪”这四个字，“绸缪”的意思就是缠绕，也可以引申为缠绵，“束薪”两字原本的意思是扎起来的柴火，因为古代的娶嫁都是燎炬为烛的，所以束薪是一种比兴手法，暗示着娶亲。事实上，《诗经》里所有关于娶妻的诗，都是使用“析薪”来暗示的。

本诗共用三章，通过戏谑的口吻，描绘出了一副贺新婚时闹新房的场面。诗中写出了新婚之夜的三个典型场景，通过这些场景表现出了新人的甜蜜和闹洞房的人们的欣喜。“绸缪束薪，三星在天”这两句告诉了我们婚礼举行的时间，春秋时期娶亲大多在傍晚进行，那是暮色未降，三两颗小星挂在天边，在柔和的光线下，新郎新娘期待着相见的时刻。

第一章是在戏谑新娘。婚礼刚刚结束，道贺的人们刚刚离开，这时星星三三两两升上了天空，准备闹洞房的人们将新娘团团围住，他们询问新娘子“今夜是个什么夜”，他们逼着沉浸在甜蜜的幸福之中的新娘子一定要说出答案。对于新娘来说，这天夜里显然是决定她终生命运的时刻，过了今天她就是人妇了，所以面对这样的问题，新娘感到非常羞涩。但是闹洞房的人们完全不打算放过新娘，他们继续询问着脸上已经泛红的新娘：“你是如何碰见这么好的新郎的？”这样的话语让新娘感到更加的害羞，也许她会把自己的恋爱经历告诉这些人，然后人们会感叹道：“有福气的你呀，把这个可心的新郎怎么办？”这是再让新娘子表态自己将来要怎样孝敬公婆和侍候丈夫。总之，他们一定要把新娘弄得面红耳赤才肯罢休。

第二章则是在问新郎。“三星在隅”这一句告诉我们，现在屋子外面收拾桌椅板凳和锅碗瓢盆的那些大嫂们已经离开了，那些星星已经升到了中天。刚刚那些闹过新娘的人们又开始戏谑新郎了。他们询问新郎：“今夜是个什么夜？”对于新郎来说，今夜同样是非常重要的一夜，是人生四大喜之一，在面对幸福的婚礼的同时，人们也在提醒新郎幸福的背后还有责任和义务，他们询问新郎：“你是如何偶遇这么好的新娘的？”对于这些闹洞房的人们来说，即使他们已经从新娘那儿知道了恋爱的故事，但是他们还想通过新郎的角度来听听这段故事。他们想知道新郎是怎样获得了姑娘的芳心。听完故事之后，他们同样会感叹：“有福气的你呀，把这个漂亮的新娘怎么办？”这里闹洞房的人们同样是在期待新郎表态，说出自己打算怎样呵护自己的新娘，将来一定会和她比翼齐飞，白头偕老。

第三章是人们对新人的祝福。这时夜已经深了，人们大都已经休息了，甚至已经可以听见进入睡梦中的人们的鼾声了，新婚的夫妇期盼着他们的洞房花烛夜，这时，星星已经对着窗户了。人们感叹道："今夜是个什么夜？"今夜是一个幸福的夜，一对幸福的男女在月下老人的牵线之下，终于佳偶天成。人们赞叹新娘的美丽："我们何时得见这么美丽的新人？"娇羞的新娘妩媚百态，看得满脸红光的新郎都沉醉了，闹洞房的人们不忍心再耽误新人的美好时光。他们询问新人："有福气的你们呀，面对光彩美丽的对方怎么办？"其实答案大家都心照不宣，这些话语中充满着善意和祝福，本诗到这里也达到了高潮。

在人们闹新房的过程中，新郎的父母进来了很多次，他们通过给闹洞房的人们发放美食，来冲淡一下热烈的气氛，以此来给儿子与儿媳妇解围。最后闹洞房的人们带着未尽兴的遗憾，嘻嘻哈哈地各自回家了。

这首诗描写了一场从黄昏一直持续到半夜的婚礼，通过夸张的一惊一乍的语气，形象地刻画了闹洞房的人的形象，让人仿佛可以看到他们笑着和同伴眨眼睛，商量要如何难为新郎和新娘的情景。本诗并没有从正面描写新人，但是却通过闹洞房的人们的提问，让人看到了羞涩和窘迫的新郎和新娘，展示了他们的甜蜜与幸福。可以说作为一首闹洞房的诗，《绸缪》充分显示了古人的纯真率直，不愧为"闹新房诗歌的鼻祖"。

看完这首《绸缪》，我们接着再来看一首《著》。

著（zhù）①

《国风·齐风》

俟（sì）我（wǒ）于（yú）著（zhù）乎（hū）而（ér）②，充（chōng）耳（ěr）③以（yǐ）素（sù）乎（hū）而（ér），尚（shàng）④之（zhī）以（yǐ）琼（qióng）⑤华（huá）⑥乎（hū）而（ér）。

俟（sì）我（wǒ）于（yú）庭（tíng）乎（hū）而（ér），充（chōng）耳（ěr）以（yǐ）青（qīng）乎（hū）而（ér），尚（shàng）之（zhī）以（yǐ）琼（qióng）莹（yíng）乎（hū）而（ér）。

sì wǒ yú táng hū ér, chōng ěr yǐ huáng hū ér, shàng zhī yǐ qióng yīng hū ér.

俟我于堂乎而，充耳以黄乎而，尚之以琼英乎而。

①著：古代富贵人家正门内有屏风，正门与屏风之间叫著。②乎而：齐方言，作语尾助词。③充耳：饰物，悬在冠之两侧。④尚：加上。⑤琼：赤玉，指系在纨上的瑱，圆形。⑥华：与后文的“莹”“英”一样，均形容玉瑱的光彩，因协韵而换字。

这首《著》就是一首关于嫁娶方面的诗。该诗描绘了一个妇人回忆自己当年嫁入丈夫家时的场景。全诗共三章九个句子，写的都是新娘的眼中所见。诗人的描写非常的细致入微，从刚刚进入大门，到走到厅堂，非常富有层次感和画面感，体现出新娘对婚礼习俗的每一个细节都十分重视，一点一点，一步一步，观察得很仔细。

这首诗有一个闪光之处，即全诗九句话没有一句描绘新娘所要叙述之人。这种手法十分独特，惟妙惟肖地表现出了新娘在嫁入丈夫家时，喜悦、兴奋，又带一点紧张的心理活动。

当诗写到新娘踏进婆家大门的那一刻时，新娘面对热闹的场面、起哄的人群漠不关心，对一拥而上想一睹她芳容的左邻右舍也视而不见。因为此时，在新娘的眼中只有屏风后面，正在等待她到来的夫婿。“俟我于著乎而”“俟我于庭乎而”“俟我于堂乎而”，这三个句子是新娘在自述新郎在等待她的到来，可是新娘因为羞涩，欲言又止，始终不肯说出那个“他”，这很形象地表现出了少女初嫁的情怀。不过，虽然新娘没有直接点出那个“他”，可是从“俟我”之中，仍能体现出这对小夫妻之间的绵绵情意和幸福。

接下来的两句更为巧妙，新娘走到了新郎身边，这时她本可以睁大眼睛，全神贯注地把新郎官瞧个仔细，可是此刻周围都是宾客，众目睽睽之下她怎么好意思抬起头仔细地观察呢？新娘羞涩地低着头，稍稍抬起眼角，瞟了一眼新郎，可是她没看清，只看到了夫婿戴在头上的充耳和上面发光的玉，所以新娘就借着这两样事物想象新郎的模样和人品。用充耳来形容新郎的容貌，用玉的精美光泽来形容新郎的道德水平。这种不正面描写，侧面烘托的方法，放在一对新婚宴尔的人身上，以及这种特殊时刻的特殊环境中，让人觉得非常有趣、回味无穷，像一个精心编排过的情景小品，给人以丰富的联想，过目难忘。

《著》这首诗，把一场古老婚礼写得非常有趣，惟妙惟肖。它从一个婚礼主角的角度出发，向读者重现了几千年前的婚礼场面，使读者没有了时间的跨度感，仿佛读者此刻已经置身于婚礼现场一般。

祝贺新婚要有诗

在婚礼进行过程中，有一项重要的内容，那就是对新人的祝福。现在的婚礼，一般都会有主持人，他会让和新婚夫妇比较亲近的人上台，当面表达祝福。如果你去参加一个婚礼，被主持人叫上了台，你会说点什么吉祥话呢？这个最好事先准备一下，否则到时慌不择言会闹出笑话。

在《诗经》那个时代，大概也会有人说些“百年好合”“白头偕老”之类套话，但最见水平的当然还是诗歌。想一想，如果在婚礼现场，有人随口吟出一首赞颂新人的诗篇，那还是很拉风的。

下面，我就给大家介绍两首《诗经》中的新婚祝福诗。

桃夭（táo yāo）

《国风·周南》

桃之夭夭（táo zhī yāo yāo）①，灼灼（zhuó zhuó）②其华（qí huā）。之子（zhī zǐ）③于归（yú guī）④，宜（yí）⑤其室家（qí shì jiā）⑥。

táo zhī yāo yāo yǒu fén qí shí zhī zǐ yú guī
桃之夭夭，有⑦蕡⑧其实。之子于归，
yí qí jiā shì
宜其家室。

táo zhī yāo yāo qí yè zhēn zhēn zhī zǐ yú guī
桃之夭夭，其叶蓁蓁⑨。之子于归，
yí qí jiā rén
宜其家人。

①夭夭：花朵怒放的样子。②灼灼：桃花盛开色彩鲜艳如火的样子。③之子：这位姑娘。④于归："于"是语助词，"归"是指出嫁。⑤宜：和顺，亲善。⑥室家：家庭。⑦有：语助词，没有实际意义。⑧蕡：肥大。⑨蓁蓁：叶子茂盛的样子。

这首《桃夭》，写的是女子出嫁的情景和诗人的美好祝愿。诗句清新淳朴，却有极强的感染力，读来就如喝了一杯浓浓的醇酒，让人在满口余香中感受美的诱惑。

诗中之人美得让人心动。"桃之夭夭，灼灼其华"，"桃之夭夭，有蕡其实"，"桃之夭夭，其叶蓁蓁"，连续三章三起句，"桃之夭夭"四字扑面而来。"夭夭"二字，可以解释为绚丽茂盛，也可以解释为挺拔婀娜，它有生机勃勃的气势，又有袅袅婷婷的气质。"灼灼其华"，是指鲜艳明丽闪着光辉的桃花，给人光彩照人、耀目惑心之感。

诗中对美丽一再铺陈渲染，才引出后面披着婚装的少女。此时在众人心中，少女身材如桃树一样挺拔，行走如桃枝一样摇曳婀娜，脸蛋儿如桃花一样艳美，可谓千娇百媚。这样美的少女由一树缤纷绚烂的桃花烘托而来，有谁能不为之倾倒？"艳如桃花"，"人面桃花相映红"，不知有多少后人用桃花来比喻女人的美丽，《桃夭》也由此成了后世描写美女的词宗诗祖。

诗里的自然美得让人心怡。诗中一再描写桃林中桃树枝叶繁茂，挺拔绚丽，且先写桃花，又写桃之果实，再写桃叶，排布了三幅风景画：一幅是满山桃树，繁花盛开，遍山艳色粉红；一幅是桃树上结满了密密麻麻、又肥又大的桃子；一幅是葱葱郁郁的桃叶布满枝头，叶子上放着光华。无论哪一幅，都宛如世外桃源。尤其是树树桃花盛开，树树红桃垂挂的美景，不禁让人联想到了西王母的蟠桃园。诗中以桃树的枝、花、叶、实，隐喻男女盛年，宜于及时嫁娶。植物的繁盛与人的盛年两相对照，相得益彰，更增添了诗中自然景物的寓意美。

诗里的“家”美得让人心欢。“之子于归，宜其室家”，“之子于归，宜其家人”，一个美丽的姑娘就要嫁人，她不仅艳如桃花，而且将会“宜室”“宜家”给丈夫及其家人带来吉祥和幸福，这说明她的心灵一定是善良的，性情一定是贤惠的。这样好的姑娘，她所嫁的夫君一定也不会错。在这宜于迎娶婚嫁的春天，那名新郎穿戴整齐，既俊雅，又健壮，像棕树一样挺拔。此时他激动万分，等待着和新娘相见相拥的那一刻。

整首诗都带有庆贺祝愿新婚之喜的浓厚况味，充溢着和和美美、快快乐乐的气氛。美丽姑娘今朝出嫁，将会把欢乐和幸福带给她的婆家。这种祝愿，让人不知不觉中产生了与诗中主人公，与诗人一同欢乐的共鸣。

鸳鸯（yuān yāng）

《小雅·甫田之什》

鸳鸯于飞，毕①之罗②之。君子万年，福禄宜③之。

鸳鸯在梁④，戢⑤其左翼。君子万年，宜其遐福。

乘⑥马在厩，摧⑦之秣⑧之。君子万年，福禄艾⑨之。

乘马在厩，秣之摧之。君子万年，福禄绥⑩之。

①毕：长柄的小网。②罗：无柄的捕鸟网。③宜：《说文解字》："宜，所安也。"引申为享。④梁：筑在河湖池中拦鱼的水坝。⑤戢：插。⑥乘：四匹马拉的车子。乘马引申为拉车的马。⑦摧：通"莝"，铡草喂马。⑧秣：用粮食喂马。⑨艾：养。⑩绥：安。

提起鸳鸯，大家都再熟悉不过，世人常用它来比喻夫妻间的比翼双飞，情投意合。《鸳鸯》一诗正是借用此意，来祝愿新人相伴一生，白头偕老。因此，这是一首道贺新婚夫妇之作。

全诗共四章，每章每句长短统一。"鸳鸯于飞，毕之罗之。君子万年，福禄宜之。"这是开篇第一章，一雄一雌的鸳鸯一前一后形影不离，在水里扑打着翅膀相互追逐打闹，要想抓住这五彩缤纷的东西可不简单，既得用网又得用篦子。看它们如此自由和快活，莫不如放它们一条生路，让它们从此自由自在无烦忧。今天在这里祝愿君子万寿无疆、福寿安康、永结同心、地久天长。从这种解释中，也可以看出这是一首婚礼祝词，诗人借着水中缠绵的鸳鸯，表达了一种对美好的祝愿。

第二章同样是以鸳鸯起兴，表达对这对新人的由衷祝福。"鸳鸯在梁，戢其左翼。君子万年，宜其遐福。"这对五彩缤纷的鸳鸯玩耍累了，就到岸边去栖息，伸长脖子张开翅膀抖落身上的水珠，把橘红色的小嘴插到翅膀里不断地梳理，此般风景煞是惹人喜爱。今天在这里借此良辰美景，祝愿君子万寿无疆、福寿安康、永结同心、地久天长。

第三章切换了描写的对象，由鸳鸯变为马儿。"乘马在厩，摧之秣之。君子万年，福禄艾之。"拉车的骏马在马房里养精蓄锐，一会儿喂它丰足的草料一会儿又喂它香喷喷的粮食，这到底是为什么呢？原来马儿即将起程，去迎娶那美丽的新娘，真是可喜可贺啊，今天是个大喜的好日子，祝愿君子万寿无疆、福寿安康、永结同心、地久天长。这里不正面描写主人公的神态以及肖像，而是用侧面描写的方法，通过描写给马喂足够的食物来烘托主人公兴奋激动的心情。

诗的第四章又重复第三章而咏叹，与第三章形成一种回环复沓之美。“乘马在厩，秣之摧之。君子万年，福禄绥之。”拉车的骏马在马房里养精蓄锐，一会儿喂它香喷喷的粮食，一会儿又喂它丰足的草料，这到底是为什么呢？原来马儿即将起程，去迎娶那美丽的新娘，真是可喜可贺啊，今天是个大喜的好日子祝愿君子万寿无疆、福寿安康、永结同心、地久天长。这一章与第三章的一处不同就是在“秣之摧之”上调换了顺序，其实这不仅仅是语序上的变化更是诗人刻意而为之，目的是突出成婚前新郎激动兴奋的心情。

《鸳鸯》一诗，四章中出现了两次不同的复沓，且隔行押韵，这样一来，整首诗就不会显得冗长拖沓，随时更换描写对象并对新的描写对象进行复沓强调，使诗歌灵活多变、独具匠心。

春秋的一场世纪婚礼

我想，大家对“世纪婚礼”这个词并不陌生，因为在媒体上时常能够看到。那么，什么样的婚礼才能算作“世纪婚礼”呢？我们知道，一个世纪是 100 年，从字面理解的话，世纪婚礼指的应该就是在这 100 年当中最隆重的婚礼。当然，事实上标准并没有这么严苛，只要是盛大而隆重，并被人们广泛关注的婚礼，都可以称为“世纪婚礼”。因此，很多明星的婚礼就都被冠以“世纪婚礼”的头衔。

与明星相比，更受瞩目的还是英国王室举办的婚礼。在 2018

年的5月份，英国王室就给哈里王子和梅根举办了一场世纪婚礼，当时媒体进行了全程报道，想必大家应该还记忆犹新。事实上，我们今天要讲的也是一场王室婚礼，只不过是发生在2700多年的春秋时代，新郎是卫国的第12任国君姬扬，而新娘则是齐国的公主庄姜。下面，大家就插上想象的翅膀，随我一起顺着古老的文字，回到当年那热烈而隆重的世纪婚礼现场吧。

硕(shuò)人(rén)①

《国风·卫风》

硕(shuò)人(rén)其(qí)颀(qí)，衣(yī)锦(jǐn)褧(jiǒng)②衣(yī)。齐(qí)侯(hóu)③之(zhī)子(zǐ)④，卫(wèi)侯(hóu)之(zhī)妻(qī)。东(dōng)宫(gōng)之(zhī)妹(mèi)，邢(xíng)⑤侯(hóu)之(zhī)姨(yí)⑥，谭(tán)⑦公(gōng)维(wéi)⑧私(sī)⑨。

手(shǒu)如(rú)柔(róu)荑(tí)，肤(fū)如(rú)凝(níng)脂(zhī)，领(lǐng)如(rú)蝤(qiú)蛴(qí)⑩，齿(chǐ)如(rú)瓠(hù)犀(xī)，螓(qín)首(shǒu)蛾(é)眉(méi)，巧(qiǎo)笑(xiào)倩(qiàn)兮(xī)，美(měi)目(mù)盼(pàn)兮(xī)。

硕(shuò)人(rén)敖(áo)敖(áo)⑪，说(shuì)⑫于(yú)农(nóng)郊(jiāo)。四(sì)牡(mǔ)有(yǒu)骄(jiāo)，朱(zhū)幩(fén)⑬镳(biāo)镳(biāo)⑭。翟(dí)茀(fú)以(yǐ)朝(cháo)⑮。大(dà)夫(fu)夙(sù)退(tuì)，无(wú)使(shǐ)君(jūn)劳(láo)。

河(hé)水(shuǐ)洋(yáng)洋(yáng)，北(běi)流(liú)活(guō)活(guō)。施(shī)罛(gū)⑯濊(huò)濊(huò)⑰，鳣(zhān)⑱鲔(wěi)⑲发(bō)发(bō)⑳。葭(jiā)㉑菼(tǎn)㉒揭(jiē)揭(jiē)㉓，庶(shù)姜(jiāng)㉔孽(niè)孽(niè)㉕，庶(shù)士(shì)㉖有(yǒu)朅(qiè)㉗。

①硕人：高大白胖的美人，当时以身材高大为美，这里指卫庄公夫人庄姜。姜是齐国皇族的姓，因为嫁给了卫国国君卫庄公，所以被称为庄姜。②褧：麻布罩衣。③齐侯：指齐庄公。④子：此处指女儿。⑤邢：春秋国名，在今山东邢台。⑥姨：此处指妻子的姐妹。⑦谭：春秋国名，在今山东历城。⑧维：其。⑨私：女子称其姊妹之夫为“私”。⑩蝤蛴：天牛的幼虫，色白身长。⑪敖敖：修长高大貌。⑫说：通“税”，停车。⑬朱幩：用红绸布缠饰的马嚼子。⑭镳镳：盛美的样子。⑮翟茀以朝：乘坐以雉羽为饰的车轿去拜见卫庄公。翟，山鸡；茀，车篷。⑯罛：大的渔网。⑰濊濊：撒网入水声。⑱鳣：黄鱼。⑲鲔：鲟鱼。⑳发发：鱼尾击水之声。㉑葭：初生的芦苇。㉒菼：初生的荻草。㉓揭揭：很高的样子。㉔庶姜：指随嫁的姜姓众女。㉕孽孽：高大的样子。㉖庶士：庄姜的陪从。㉗有朅：勇武。

这是一首描写齐国公主庄姜出嫁卫庄公盛状的诗，全诗四章，每章七句，从庄姜身份家世写起，再写其外貌，犹如一个特写镜头。最后一章在“河水洋洋”“葭菼揭揭”的优美环境中，摹写“庶姜”“庶士”的盛况，又像是一幅镜头慢慢推向远方的画面，一行人走向远方，新鲜生动，意味深长。

首章，诗人开篇便简单勾勒出一位美女的形象，这位美女便是庄姜夫人，她是齐庄公的女儿，卫庄公的妻子。“硕”即丰满而又白皙，复加一个“颀”字，将其亭亭玉立的倩影精简传神地摹写了出来。随后，诗人开始描写女子的服饰，告诉读者这是一位贵族之女，接下来，诗人急切又细致地铺叙，交代了此女不但出身富贵，而且是王侯之门、帝辇之家。“身材——衣着——身份”的顺序安排，符合欣赏者正常的思维范式和渐进过程，并起到了制造悬念的功效：此女身材如此之好，身份又如此高贵，那她的相貌又当如何？于是，下文对其美貌的泼墨铺叙也就水到渠成了。

第二章中，对于女主人公的七个类似于电影特写镜头的描摹，给人们呈上了七幅纤微工巧的工笔画，生动形象的比喻，俘获了无数读者的心，女主人公艳丽绝伦的肖像，就此萦绕于读者的脑海，挥之不去。论及艺术效果，最传神的当为“巧笑倩兮，美目盼兮”八字。

六朝画家总结出的创作经验云：“传神写照，正在阿堵。”意思是说，摹写人物时，最关键的地方是人的眼睛，因为眼睛是心灵的窗户，凸显一个人的神采，莫过于凸显其笑靥中的双眸。当无数静态的比喻在历史长河中逐渐褪色时，“巧笑倩兮，美目盼兮”却仍然能够激活人们的联想和想象，亮丽生动，光景常新，这是因为，动态地摹写神态可以使人物气质突出，富有神韵。

第三、四章主要写婚礼的隆重和盛大，特别是第四章，七句之中，竟连续六句用了叠字。那洋洋洒洒的黄河之水，浩浩荡荡北流入海；那撒网入水的哗哗声，那鱼尾击水的唰唰声，以及河岸绵绵密密、茂茂盛盛的芦苇荻草，这些壮美鲜丽的自然景象，都意在引出“庶姜孽孽，庶士有朅”——那人数众多声势浩大的陪嫁队伍，那些男傧女侣，他们都像庄姜本人一样，清一色的修长俊美。以上所述，从华贵的身世到隆重的仪仗，从人事场面到自然景观，无不或明或暗、或隐或显、或直接或间接地衬托着新娘庄姜的美丽。

这首诗描写细致，比喻新鲜，是中国古代文学中最早描写女性容貌美、情态美的优美篇章，开启了后世博喻写美人的先河，历来备受人们的推崇和青睐。随着《诗经》的流传和经典化，《硕人》这首诗也得以成为题咏美人的“千古之祖”，能收容这么一位美丽的女子，实是《诗经》的幸运，而能被《诗经》所收容，也是庄姜夫人的幸运。这个高个子新娘袅袅婷婷地俏立于黄河岸边，带着她的绝世仙姿穿梭于经典的字里行间，悠悠千年。

婚姻篇

上古的贤妻啥标准

勤快妻子与懒丈夫

为了家，请你不要走

当婚姻走到尽头

“悼亡诗”中的真情

上古的贤妻啥标准

在我国，要想对已婚女子进行赞美，一个“贤妻”就足够了。不过，这个词有点太笼统了，到底什么样才算贤妻，每个时代都有不同的标准。在这里，大家可以讨论一下，我们作为现代人，应该给“贤妻”定一个什么样的标准。

当然，讨论现代标准的同时，我们也要知道古代的标准。如果是在课堂上，讲到这里大概会有同学举手发言：“老师，我知道，古代‘贤妻’的标准就是三从四德。”虽然也可以这样说，但其实不准确。事实上，儒家所倡导的“三从四德”是一个最终的伦理规范，它的形成有一定过程。而在上古时代，这种规范并不存在。

那么，在上古时代，贤妻的标准到底是啥样的呢？我们只能从《诗经》中去寻找答案了。

缁衣①
zī yī

《国风·郑风》

zī yī zhī yí xī bì yú yòu gǎi wéi xī shì zǐ zhī guǎn xī huán yú shòu zǐ zhī càn xī
缁衣之宜②兮，敝③，予又改为兮。适④子之馆⑤兮。还，予授子之粲⑥兮。

zī yī zhī hǎo xī bì yú yòu gǎi zào xī shì zǐ zhī guǎn xī huán yú shòu zǐ zhī càn xī
缁衣之好兮，敝，予又改造兮。适子之馆兮，还，予授子之粲兮。

zī yī zhī xí xī bì yú yòu gǎi zuò xī shì zǐ zhī guǎn xī huán yú shòu zǐ zhī càn xī
缁衣之蓆⑦兮，敝，予又改作兮。适子之馆兮，还，予授子之粲兮。

①缁衣：黑色的衣服，当时卿大夫到官署所穿的衣服。②宜：合适。③敝：坏。④适：往。⑤馆：官舍。⑥粲：形容新衣鲜明的样子。⑦蓆：宽大舒适。

对于这首诗的主旨，历来有一些争议，不过现在人们普遍认定它是一首赠衣诗。诗中“予”的身份，应该是穿缁衣人的妻子。诗中所咏的黑色朝服看来是抒情主人公亲手给丈夫缝制的上朝穿的朝服，她称赞丈夫穿上朝服是如何的合适，这符合赠衣者渴望得到肯定的心理。她又一而再再而三地表示，如果这件朝服破旧了，我将再为你做新的。她还再三叮嘱：“你去官署办完公事回来，我就给你试穿刚做好的新衣。”

这首诗没有起兴，没有比喻，直叙故事，笔法纯用赋体，这一点毫无疑问。三章共叙一事，稍改韵尾，其他重复以加强语气，用的是《诗经》中常见的复沓联章形式。诗中三章只为叙一事：缁衣之合身。虽用了三个形容词：“宜”“好”“蓆”，但实际上都是一个意思，即好得已经近乎完美，对缁衣称赞有加；准备为丈夫改制新的朝衣，也用了三个动词：“改为”“改造”“改作”，同样的意思，只是语气稍有分别。每章的最后两句都是相同的。全诗用的是夫妻之间日常所说的话语，一唱而三叹，把抒情主人公对丈夫无微不至的体贴之情刻画得淋漓尽致。由此，一位上古贤妻跃然纸上。

可以说，这首《缁衣》是《诗经》中描写爱恋的另一种极致，普普通通的一个赠衣情节，却将女子发自内心流露出的对丈夫的深情含蓄地表现了出来。有人说这是卿大夫的妻妾为了讨好丈夫，这样的说法可能过于狭隘，如果真的是只为讨好，那么多说些溢美之词会比做一件衣服来得更直接些。

《缁衣》让人们从另外一个角度认识了《诗经》，“诗三百”中并非仅有风花雪月，思妇怨女。风花雪月里也有大寄托，寄托了我国先民的理想，寄托了先民做人、处世甚至为政的理想之道；风花雪月之外，更有家国之大爱，爱恋人、爱家庭甚至爱国家的每一个子民。先人们就是在这一首首或歌颂或讽刺的风雅中，把诗歌这种古老艺术发挥到了极致。

如果说《缁衣》中妻子之贤，主要贤在妻子对丈夫的细心照料及缠绵深情，那么下面这首《葛覃》对贤妻的美德描述得就更加全面了。

gě tán
葛①覃②

《国风·周南》

gě zhī tán xī， yì③ yú zhōng gǔ， wéi yè qī qī。
葛之覃兮，施③于中谷，维叶萋萋。
huángniǎo yú fēi， jí yú guàn mù， qí míng jiē jiē④。
黄鸟于飞，集于灌木，其鸣喈喈④。
gě zhī tán xī， yì yú zhōng gǔ， wéi yè mò mò⑤。shì
葛之覃兮，施于中谷，维叶莫莫⑤。是
yì⑥ shì huò⑦， wéi chī⑧ wéi xì⑨， fú zhī wú yì⑩。
刈⑥是濩⑦，为𫄨⑧为绤⑨，服之无斁⑩。
yán⑪ gào shī shì， yán gào yán guī。 bó⑫ wū wǒ sī，
言⑪告师氏，言告言归。薄⑫污我私，
bó huǎn⑬ wǒ yī⑭。 hé huǎn hé⑮ fǒu⑯， guī níng fù mǔ。
薄澣⑬我衣⑭。害澣害⑮否⑯，归宁父母。

①葛：一种蔓草，可以抽取它的纤维用来织布，俗称夏布，这种草的藤蔓还可以用来做鞋，供夏天穿。②覃：本意是延长，在此处指蔓生之藤。③施：蔓延。④喈喈：鸟儿婉转鸣叫的声音。⑤莫莫：茂盛。⑥刈：割取。⑦濩：用热水煮东西，这里是指将葛放在水里煮。⑧𫄨：细葛布。⑨绤：粗葛布。⑩斁：厌倦。⑪言：语气助词，另一说，“言”为我。⑫薄：助词。⑬澣：洗涤。⑭衣：外衣。⑮害：通“曷”，即何。⑯否：表示否定，此处指不用洗的衣服。

这是一首描写新嫁女子准备回家探望爹娘的诗，不过她在动身之前，把夫家的一切都安排得十分妥当，体现了她身为妻子的美德。

全诗三章，每章六句，形象地表现了女主人公喜悦而急切的企盼之情。诗中充满了快乐的气氛，给人以美的享受。

开篇一章的画面中，并没有出现人，出现的只是一派绿意葱茏的葛藤。生命力极强的葛藤在蓬勃浓郁的山谷之中蔓延，青碧幽静的浅谷中，一阵“喈喈”的鸟鸣响起，原来是一群美丽的黄雀飞来，它们扇动翅膀在林间打转，而后又群落在灌木丛上，叽叽喳喳和鸣欢唱。一派自然美丽和谐的画境尽情地展现开来，引起人的无尽联想。

下一章中，女主人公走进了诗行，“是刈是濩，为絺为绤，服之无斁”，虽然文字中仍旧没有对女主人公的容貌、形态进行描绘，却仿佛让人看到女主人公如葛蔓般纤纤细腰弯下去，割着长长的葛藤，又见她将割下的葛蔓拖回家去烧煮，煮好后剥下葛丝，织织复织织，织成了葛布，缝制成了衣裙，欢欢喜喜地穿在身上。一句“服之无斁”，描述了女主人公将自己织的布穿在身上永不厌弃的心情，生动形象地表达了辛苦操持获得劳作成果后的无尽欢慰。

第三章的情境又是一变，诗中多了一位“师氏”，师氏应是传授妇道的女师傅，她似乎正在静静地倾听着主人公的叙说：“告诉您，我的女师傅，我将要回家去，定要把内衣洗清爽，再把外衣也泡上，内衣外衣需分清，我要回家看爹娘。”

“害澣害否？归宁父母”，抑制不住激动的女主人公向师氏这位女师傅连珠炮似的吐露出内心的喜悦。虽然不见形体及面容，然而一位勤劳、聪敏、活泼、孝顺的妙龄女子却活现在眼前，可亲又可爱。

《诗经》中运用比的手法较多，这首诗中“黄鸟于飞，集于灌木，其鸣喈喈”一句，以黄鸟的“飞”和“鸣”，比喻自由自在的孩童和少女时代，轻描淡写、委婉含蓄地勾勒出黄鸟在林中自由自在飞翔、鸣叫的情景，由此勾起了女子对以往未嫁时无忧无虑生活的回忆，引发了她想回娘家的耿耿心愿。

诗中还以季节的变化来暗示女主人公想回娘家的愿望从未停

止。“葛之覃兮，施于中谷，维叶萋萋”，葛蔓刚刚萌发生长，且长势迅速，这时尚是春季，女子回娘家的想法已在心头滋生；之后“葛之覃兮，施于中谷，维叶莫莫”，葛蔓已经爬得遍山满谷，蓬勃茂密，这时已是夏季，她想回娘家的想法如葛藤一样伸延；“是刈是濩”，秋季到了，女子收割葛覃后，纺线织布，回娘家的愿望更加强烈；“薄污我私，薄澣我衣”，此时已经穿上内外重叠的厚衣，闲暇的冬季，诸事俱备，马上就要回到家里与父母欢聚。回娘家的愿望历经了四季，终于可以实现，女子当然会激动雀跃、喜形于色、话语连珠了。

勤快妻子与懒丈夫

我想，大家应该都有睡懒觉的经历吧，可能是昨天玩得累了，或者睡得晚了，妈妈过来催了几次，仍然赖在床上不想起。最后，在妈妈“再不起上课就要迟到了”的威胁下，我们才不得不从床上爬起来。

大家应该很难想象，这样被催起床的画面会出现在《诗经》当中吧？事实上，《诗经》里不仅有，还不止一首，只不过并非家长催孩子，而是妻子催丈夫。那场景真是老搞笑了，大家跟我一起去看看吧。

jī míng
鸡鸣

《国风·齐风》

jī jì míng yǐ cháo jì yíng yǐ fěi jī zé míng
鸡既鸣矣，朝①既盈矣。匪鸡则鸣，
cāng ying zhī shēng
苍蝇之声。

dōng fāng míng yǐ cháo jì chāng yǐ fěi dōng fāng zé
东方明矣，朝既昌②矣。匪东方则

míng　yuè chū zhī guāng
明，月出之光。

chóng fēi hōng hōng　gān yǔ zǐ tóng mèng　huì qiě guī
虫飞薨薨③，甘与子同梦。会④且归

yǐ　wú shù　yú zǐ zēng
矣，无庶⑤予子憎⑥！

①朝既盈：上朝的官员已满。②昌：盛，意味人多。③薨薨：飞虫的振翅声。④会：会朝，上朝。⑤无庶：同“庶无”。庶，幸，希望。⑥予子憎：恨我、你，代词宾语前置。

作为《诗经》中独具特色的一篇，《鸡鸣》描写了一对夫妻在天色未明之际，刚从睡梦中醒来时的对话，于日常生活中见浪漫气息。

这首诗共三章，每章四句，四言五言掺杂而叙之，句式相互交错，有对话意味，有散文化的倾向。“鸡既鸣矣，朝既盈矣。匪鸡则鸣，苍蝇之声。”天色已亮，公鸡喔喔地叫唤，太阳也慢慢地爬上了山头。缕缕阳光投射到整间屋子里面，娇羞的女子推着身旁的男子告诉他外面天色已亮，公鸡已经开始报晓。那男子睁开惺忪的眼睛向外看了一眼推脱道：“那不是鸡鸣，是苍蝇在嗡嗡叫。”

“东方明矣，朝既昌矣。”这一章无非也是对上一章内容的重复，只是换了描写的对象，不拘泥于一个对象，使全诗看起来形式多变，新颖活泼。东方已经泛起了鱼肚似的白色，照亮整个屋子。“匪东方则明，月出之光。”面对女子的催促，那男子又使出了同样的招数，答道：“那不是东方的光亮，明明是月亮放出的皎洁之光，天色还早呢，再休息一会儿吧。”丈夫懒散地推脱，故意把天明说成是月光，惹人发笑，把这一片段理解成夫妻之间的缱绻生活，实在再贴切不过了。

诗中最后一章“虫飞薨薨，甘与子同梦。会且归矣，无庶予子憎。”诗中的女主人公实在叫不醒那懒惰的丈夫，这时虫子从窗外飞来嗡嗡作响，丈夫借题发挥说道：“虫子嗡嗡作响，咱们俩再睡一会儿吧。”妻子无奈之下，只好说：“你快起来吧，大家都各自忙开来了，你我在这磨蹭岂不是让人笑话和憎恶？”丈夫贪恋衾被不起，妻子一番催促也是无可奈何。诗中语言朴素无华，通俗而不庸俗，文中所述之事其实在日常生活中再常见不过，所以这正是真性情的流露，耐人寻味。

从某些程度上讲，这首诗歌从头到尾都洋溢着一种浪漫，试想一下，一对平凡的夫妻每天都过着很按部就班的生活，时间一长就渐渐缺少了情趣，然而从这首诗当中不难看出“情调”二字，妻子叫丈夫起床时，丈夫非但没有埋怨和生气，而且幽默地打趣，这样的夫妻生活难道不是有滋有味的吗？婚姻是一本偌大而漫长的书，若没有情趣陪伴，再勤奋的人读时间长了也会疲惫，所以要善于从生活中找到情趣，这样才能保持婚姻生活的新鲜。《鸡鸣》中的男子可谓深谙此理。

下面这首《女曰鸡鸣》讲的也是妻子催促丈夫起床，但风格却略有不同。

女曰鸡鸣

《国风·郑风》

女曰：“鸡鸣。”士曰：“昧旦①。”“子兴②视夜，明星③有烂④。”“将翱将翔⑤，弋⑥凫⑦与雁。”

“弋言加⑧之，与子宜⑨之。宜言饮酒，与子偕老。”琴瑟在御⑩，莫不静好⑪。

“知子之来⑫之，杂佩⑬以赠之。知子之顺之，杂佩以问⑭之。知子之好之，杂佩以报之。”

①昧旦：天色将明未明之际。②兴：起。③明星：星光明亮。④有烂：即“灿烂”，明亮的样子。⑤将翱将翔：已到破晓时分，宿鸟将出巢飞翔。⑥弋：用生丝做绳，系在箭上射鸟。⑦凫：野鸭。⑧加：射中。⑨宜：即“肴”，烹调菜肴。⑩御：用，弹奏。⑪静好：和睦安好。⑫来：殷勤体贴之意。⑬杂佩：古人佩饰，上系珠、玉等，质料和形状不一，故称杂佩。⑭问：赠送。

妻子清晨催促丈夫起床，而丈夫并不十分情愿，妻子爱惜丈夫同时提醒他不忘生活的责任。公鸡初鸣，妻子便起床准备开始一天的劳作，同时也告诉丈夫“鸡鸣了，要起床了”。

“女曰鸡鸣”，这是妻子含蓄的催促，委婉的言辞里充满了不忍与爱怜；士曰：“昧旦”。丈夫回得竟也十分干脆，一句“天还未亮”给读者创造了一位丈夫在天刚破晓时睡眼惺忪不愿起床的图景。瞌睡之情于下一句中流露得更重，他怕妻子再次催促，便辩解道：“子兴视夜，明星有烂。”言外之意是天色尚早，让我再多睡一下吧。

勤劳的妻子却不以为然，因为她想到丈夫是家庭的支柱，每天都有很多事要做，如此才能维持农家的生活，便再次委婉地提醒丈夫肩负的职责“将翱将翔，弋凫与雁”，栖息的雁雀即将起飞翱翔了，话外之音是：你也该整理弓箭去河畔了。委婉的话语中又不失坚决，可见妻子对丈夫的爱意和对生活操持的清醒。

前一篇《鸡鸣》中女子的口气很着急，男子却找出诸多借口推脱，不为所动。相比之下，本篇女子的催声中饱含温柔缱绻之情，男子听罢后会如何反应呢，这让读者十分期待下一章的故事。但令人意外的是，次章并没有写丈夫如何回应，而是直接切换到了另一个镜头。

第二章未直接接着上一章描写丈夫在妻子的催促下行动，而是以妻子的祈愿暗暗写出丈夫已准备出门打猎，妻子满意之下，又对丈夫生出愧疚之情，责怪自己早上对他催促太急，因此她面对辛苦的丈夫与幸福的生活发自内心地唱出了自己的愿望“弋言加之，与子宜之”，愿丈夫打猎能满载而归；“宜言饮酒，与子偕老”愿于粗茶淡饭中与丈夫厮守一生。唱到琴瑟和谐的场面时，诗人情不自禁地在诗中感叹道：“琴瑟在御，莫不静好。”男的鼓瑟，女的弹琴，比起“男耕女织”，又更添了一分浪漫色彩。无论古今，夫妻之间都有着和谐静好的追求。

就这样，一个对于生活充满感激之情，对丈夫爱惜扶持，勤勉持家的女子，便活现而出，让人对其从外表到内心都尊敬佩服，因此，下面紧接着出现一个赠佩表爱的场面，就在情理之中了。

我国自古就有“投之以木瓜，报之以琼琚”之说，丈夫这一看似平凡的举动，使诗歌情境的逻辑成为打动人心的鸾凤和鸣。不提上一章打猎多与少，也不提是否知道妻子的祈愿，丈夫感受到妻子对自己的“来之”“顺之”与“好之”，便解下杂佩“赠之”“问之”与“报之”。与上一章妻子的祈愿呼应，二人的情谊之深、默契之足让人叹息。至此，这幕生活小剧也达到了艺术的高潮。

这篇充溢着生活气息的作品，因其口语化的对话而使艺术上颇为有味，值得一提的是，在《女曰鸡鸣》这首诗中，除了“女曰鸡鸣，士曰昧旦”这句诗明确指出是妻子在讲话还是丈夫在讲话，接下来的描述大多无法分清是谁在讲话。男女主人公虽然亲密但并不“无间”，相敬如宾，互称“子”，这也反映出当时的中国男尊女卑的情况应该不太严重，不像后来发展到两晋南北朝的时候，妻子不可以称丈夫为“卿”。而无论是称谓也好，交谈也罢，《女曰鸡鸣》都给青年男女的相处提供了一条敞亮的路，平等、尊重、责任是家庭和谐的良方，这首诗在千百年之后的今天，仍可以与之共勉。

为了家，请你不要走

我们在学习传统文化过程中，要有独立的思考，不要被常识或表象迷惑。比如，大家有没有想过，为什么古代男子地位高、女子地位低？

可能有人会说，当然是封建思想束缚的。这只是一方面，其实，还有更现实的原因。古代生产力低下，大部分生产工作都需要劳力，于是身体相对强壮的男性就会被更加依赖，因而就会有更多的主动权。即便在现代社会也一样，在家庭关系当中，通常谁收入高谁就有更多话语权。

下面我们要讲的这篇《汝坟》，就从侧面反映了古代家庭对男性的依赖。

汝坟（rǔ fén）①

《国风·周南》

遵（zūn）彼（bǐ）汝（rǔ）坟（fén），伐（fá）其（qí）条（tiáo）②枚（méi）。未（wèi）见（jiàn）君（jūn）子（zǐ），惄（nì）③如（rú）调（zhōu）饥（jī）④。

遵（zūn）彼（bǐ）汝（rǔ）坟（fén），伐（fá）其（qí）条（tiáo）肄（yì）⑤。既（jì）见（jiàn）君（jūn）子（zǐ），不（bù）我（wǒ）遐（xiá）弃（qì）。

鲂（fáng）鱼（yú）赪（chēng）⑥尾（wěi），王（wáng）室（shì）如（rú）燬（huǐ）⑦。虽（suī）则（zé）如（rú）燬（huǐ），父（fù）母（mǔ）孔（kǒng）⑧迩（ěr）⑨！

①汝坟：汝河的堤坝。汝，汝河，源出河南；坟，水涯，大堤。②条：山楸树。一说树干（枝曰条，干曰枚）。③惄：饥，一说忧愁。④调饥：早上挨饿。调，又作“輖”“朝”，早晨。⑤肄：树被砍伐后再生的小枝。⑥赪：赤红色。⑦燬：火，齐人将火称为燬。⑧孔：甚。⑨迩：近，此处指迫近饥寒之境。

这是一首妻子挽留久役归来的征夫而唱的诗歌，全诗三章，每章四句。

“遵彼汝坟，伐其条枚”，诗的首章即揭示了女子的境况：汝河的大堤上长满了树木，一名女子沿堤用手中的斧子砍下树干和树枝。斧子本是重器，伐木也是男人干的活，然而此时这种沉重的劳作却是一名女子在承担。此情此景让人不由得诧异：她家没有男人吗？还是她被丈夫虐待？

诗人接下来并未卖关子，而是直接就告知：“未见君子，惄如调饥。”原来是丈夫在外未归，这样的重活只能由妻子来干。“君子”是当时妻子对丈夫的尊称，春秋时代男人多在外勤于王事，不是服徭役就是兵役，丈夫久久在外行役，妻子怎能不“惄如调饥”？这一句是描述女子晨时没有进食就要伐木，因而又累又饥的模样。

丈夫久在外行役，家中又有老人和孩子，只能由柔弱的妻子撑起一家人的生活。她在大清早饿着肚子来堤上砍柴，心中还在苦苦思念着丈夫。她那瘦弱的手不停地挥动，嘴里也不停地道出一句句幽怨。

“遵彼汝坟，伐其条肄”，诗的第二章，画面仍旧停留在汝河的大堤上，这名妇女挥动斧子在砍柴，但情况发生了变化。“肄”字是指树木砍伐后新长出的枝条，此一字之变就说明时间已经过去了一年或者数年，而这名妇人仍在这里砍伐。这一方面表明了她在孜孜不倦地为家庭生活辛勤劳作，另一方面也点出她还在苦苦等待丈夫。

时光流转，年年岁岁，悲苦在延续，期待也许无止境。但诗人笔锋一转，“既见君子，不我遐弃”，意思是“终于见到丈夫回来了，这回你要时时刻刻留在我身边”。

盼望已久的丈夫在毫无预告的情况下突然回到家中，女子忍受了这么长时间的思夫、养家、劳作、饥饿之苦，心中既担心丈夫在外出事永远不归，又担心他厌弃抛弃了自己。因此丈夫归来时，她几乎不相信这是事实。当她从惊喜中醒过来时，又担心丈夫会再次外出，还要把自己留在家中而远行。因而她在喜悦之余一再唠叨，希望丈夫不要再外出。

“鲂鱼赪尾，王室如燬”，第三章开头就是丈夫对她的回复。妻子的担心和唠叨不是多余的，以王事为重的丈夫直言不讳地告诉妻子，他有可能还要离家。鳊鱼的尾巴颜色因劳瘁已变得赤红，王室的事务紧急如火。鲂鱼就是鳊鱼，古代人认为鳊鱼尾变红是因劳累而致，此处丈夫的意思是王室不宁，事急如火，就像那劳瘁到尾巴都变红了的鳊鱼一样，我也不能在家歇息，残酷的回答中也包含着丈夫的无奈。

“虽则如燬，父母孔迩！”妻子此时一改温良顺从，质问丈夫：“虽然王事急如火，父母穷困谁养活！”你不要总是为王事付出，你要想想年迈的父母，你能让可怜的妻子独撑贫家、苦苦思念你吗？

从这首诗中我们可以看出，在古代的家庭当中，如果没有男子，那日子将会是相当困苦的，因此作为妻子才会不顾一切挽留丈夫。然而，与《汝坟》相比，下面这首《遵大路》中的妻子就更加悲情了。

遵大路
（zūn dà lù）

《国风·郑风》

遵大路兮，掺①执子之祛②兮。无我恶兮，不寁③故也！
（zūn dà lù xī, shǎn zhí zǐ zhī qū xī. wú wǒ è xī, bù zǎn gù yě!）

遵大路兮，掺执子之手兮。无我䰩④兮，不寁好也！
（zūn dà lù xī, shǎn zhí zǐ zhī shǒu xī. wú wǒ chǒu xī, bù zǎn hǎo yě!）

①掺：执，拉住，抓住。②祛：袖口。③寁：迅速。④无我䰩：不要以我为可恶。䰩，嫌弃，抛弃。

这首诗没有借外物起兴，没有先咏他物铺设疑问，没有交代故事的前因后果，而是选取了其中的一个镜头聚焦：男子离家出走，女子拽着男子的衣袖，拉紧他的手，苦苦哀求他留下。以第二人称的语气恳求哭诉，震动人心。全诗两章八句，对于男子离家出走的原因只字不提，也没有交代他们之间是什么关系，只有这幅平常而惊动人心的画面，出现在读者面前，给人留下深刻难忘的印象。

大路上，男子走得飞快，娇弱心碎的女子踉跄着追上男子，在路边拉扯纠缠，女子一面挽留，一面悲怆地哭诉，她追着喊着，不断重复着："无我恶兮，不寁故也！"除此，她已经没有别的话要说，这两句话就代替了她内心所有的哀怨、痛苦与心酸。

妻子为了挽留欲走丈夫而不顾一切的真情，深深地打动了读者的心。女子发自肺腑的衷情是否能挽留丈夫决然的心？想必这是每个人读完这首诗都会产生的疑问。但是，诗却戛然而止。男子是去是留？女子的结局如何？诗人并没有给出交代，很有种不了了之的味道。

对于一首纯赋体的诗而言，这种留白难能可贵。同时，这一留白也是它艺术上的创新所在，对于背景与结局不置一词，只像一位刚到现场的摄像师，抓拍到了这组感人的镜头，这样的处理，显然要比全程直播更能引起读者的兴趣。尽管诗人留下了诗意上的空白，这首诗的情感却极其充沛丰满。清代学者牛运震认为这首诗"只三四语"便可"抵过江淹一篇《别赋》"，足见其对此诗评价之高。

当婚姻走到尽头

大家必须要明白，婚姻是俩人的事，无论其中一方用什么方式哀告，采取多么忍让的态度，仍然无法避免婚姻的破裂。不过在古代，一旦婚姻走到尽头，受伤害最大的往往是女方。至于其中缘由，想必也不用我多讲。

在《诗经》里，有不少写婚姻破裂的诗，我们统一称之为"弃妇诗”。从这个名称，也可以看出女性在当时是处于弱势的一方：离婚并不是在双方自愿的前提下进行的，更不是女方主动的，而是以妻子被丈夫抛弃的形式完成的。因此，妻子心中就会充满怨恨。

虽然这种诗读起来让人心里多少会有些不舒服，但是作为一种文化现象，我们不应该绕过它。下面，我就为大家介绍两首有代表性的“弃妇诗”。

gǔ fēng
谷风

《小雅·谷风之什》

xí xí gǔ fēng wéi fēng jí yǔ jiāng kǒng jiāng
习习①谷风，维②风及雨。将③恐将
jù wéi yú yǔ rǔ jiāng ān jiāng lè rǔ zhuǎn qì yú
惧，维予与女④。将安将乐，女转弃予。
xí xí gǔ fēng wéi fēng jí tuí jiāng kǒng jiāng jù
习习谷风，维风及颓⑤。将恐将惧，
zhì yú yú huái jiāng ān jiāng lè qì yú rú yí
寘⑥予于怀。将安将乐，弃予如遗。
xí xí gǔ fēng wéi shān cuī wéi wú cǎo bù sǐ
习习谷风，维山崔嵬⑦。无草不死，
wú mù bù wěi wàng wǒ dà dé sī wǒ xiǎo yuàn
无木不萎。忘我大德，思我小怨。

①习习：大风声。②维：是。③将：方，正当。④女：通“汝”，你。⑤颓：自上而下的旋风。⑥寘：安置，放置。⑦崔嵬：山高峻的样子。

这是一首弃妇诗，女主人公因为年老色衰，被狠心的丈夫抛弃，心中痛苦不堪，她想起从前生活艰苦时夫妻恩爱的场景，哀感连连不能自抑，所以作诗以遣心绪，抨击了那个“只可共患难，不能同安乐”的前夫的负心行径。

首章开端以山谷的大风起兴，形象又巧妙。本来山风之势就很强，经过山口时，由于地形变化，所经的通道骤然变小，形成强大压力，使风速变得极快，吹到脸上，犹如刀割，让人难以忍受。诗作以此风比喻女子遭受挫折之大，形容前夫寡情残忍之甚，入木三分，很有艺术表现力。另外，这一比兴也有点明地点的作用，此刻女子被前夫驱逐，无家可归，只能到处飘零来到山口之间。她独自面对着强烈的大风，举步维艰、呼吸困难，此情此景，使她想起了前夫种种寒凉的作为，心中幽怨难当。

悲痛中，女子又想到了曾经的生活场景。当时夫妻俩年少恩爱，郎情妾意、如胶似漆，“将恐将惧，维予与女”，虽然生活艰苦至极，整日衣食无着、担惊受怕，但却自在逍遥，两人“只羡鸳鸯不羡仙”，同心协力，毫无芥蒂。而现在，则是“将安将乐，女转弃予”——拿我的青春换取了你的富足，你却狠心地将我弃之不顾！随着多年的辛苦，前夫成就了事业或功名，继而欲望膨胀、喜新厌旧，抛却糟糠之妻，将女子置于一种极其无助的境地。

第二章诗人运用回环复沓的艺术手法，仅易数字，与首章结构相似，意思相近，是女子在悲痛中的反复诉说与思考。“寘予于怀”，是写前夫曾经给自己的温暖和抚慰。如今，孤苦伶仃的女子，只身一人，站在山间风口，被风吹得寒冷至极，不禁想寻找一丝温暖。于是，前夫曾经对她的好浮现在脑海。那种温暖的记忆，和如今前夫的冰冷面孔，形成鲜明对照，也与女子所处的境地相互映衬，一箭双雕，使得诗作简练、具体而又意蕴深邃。“弃予如遗”是第一段中“女转弃予”的更进一步，“女转弃予”只是单一地说抛弃自己，而此刻增加了程度描写，前夫抛却自己时，面不改色、心如止水，如同忘记了自己是谁，如同忘记过去他们共同生活，不念丝毫旧情，显得非常冷血。

第三章依然延续“谷风”的比兴手法。比兴之后，诗句结构与上文显示出了不同，“无草不死，无木不萎”，是女子在迎风前进时对周遭环境的观察，她看到在大风的摧折下，山间风口处各种植物都已死去，光秃秃的甚是萧条，显示出弱者受尽欺凌的无奈，也昭示着狂风的强横和霸道。自己和前夫的关系不也同这狂风和草木一样吗？自己软弱无辜，饱受欺凌，处于被动忍耐的地位，前夫毫不讲理，自私无德，“忘我大德，思我小怨”，我对他的大恩，他完全抛之脑后，我的一些小毛病，他挑来拣去，丝毫不肯放过。这种写法，不仅顺畅自然，达到了情与景的完美融合，还起到了章末点题的效果，挖掘女子被逐的根本原因，前人评说道：“道情事实切，以浅境妙。末两句道出受病根由，正是诗骨。”

在艺术手法上，《谷风》有不少突出之处，其语言凄恻委婉，娓娓道来，没有丝毫激切的措辞和恶语，但责备意味又得到了充分体现，真正达到了“怨而不怒”的艺术效果，主人公的善良随顺，也得到了淋漓尽致的表现。诗作韵律和谐，隔句用韵，将女主人公的哀伤，演绎得舒缓而浓重，颇具感染力。诗人以叙事手法为主，但起兴的成功运用，使诗作不乏浓厚的抒情色彩，更显事件丰满具体、脉络清楚明了、感情浓厚真挚，虽诗作篇幅短小，但丝毫没有影响其艺术价值的传达。

同样是遭遇婚姻的变故，下面这首《我行其野》中的女子，表现得就更加坚强一些。我们一起来看看。

我行其野
(wǒ xíng qí yě)

《小雅·鸿雁之什》

我行其野，蔽芾①其樗②。昏姻之故，言就尔居。尔不我畜，复我邦家。
(wǒ xíng qí yě, bì fèi qí chū. hūn yīn zhī gù, yán jiù ěr jū. ěr bù wǒ xù, fù wǒ bāng jiā.)

我行其野，言采其蓫③。昏姻之故，言就尔宿。尔不我畜，言归斯复。
(wǒ xíng qí yě, yán cǎi qí zhú. hūn yīn zhī gù, yán jiù ěr sù. ěr bù wǒ xù, yán guī sī fù.)

我行其野，言采其葍④。不思旧姻，求尔新特⑤。成⑥不以富，亦祇⑦以异。
(wǒ xíng qí yě, yán cǎi qí fú. bù sī jiù yīn, qiú ěr xīn tè. chéng bù yǐ fù, yì zhī yǐ yì.)

①蔽芾：树木枝叶茂盛的样子。②樗：臭椿树。③蓫：一种野菜，又名羊蹄菜，似萝卜，性滑，多食使人腹泻。④葍：一种野草，花相连，根白色，可蒸食。⑤新特：新配偶。⑥成：借为“诚”，的确。⑦祇：恰恰。

这首诗写的是一个远嫁他乡的女子被喜新厌旧的丈夫遗弃，于归家途中所表现的悲愤和伤痛。诗作从主人公周遭环境和其心理活动落笔，以真实的口吻直录其所遇所感，通过故事片段延伸出整个事件情由和发展脉络，新颖独特。

诗人寥寥数笔，营造出了这样一幅图景：头上是炎炎烈日，周遭是一片寂寥和荒芜，脚下是坑洼路途，一位伤感但坚毅的妇人边走边思。她在路边见到了臭椿树、羊蹄菜、葍菜，不由得联想到无情无义、喜新厌旧的丈夫，心底倍加怨怼，她下定决心结束这段痛苦婚姻，返回娘家，重新开始新的生活。

广阔的原野、醒目的树草和渺小无助的妇人，营造出一种对立感，这一画面，因具有深远的表现张力，为后世很多评论家所赞赏。自然界的宏大与人类的渺小，原野的空旷寂静和人心的焦虑、满腹苦楚，相互彰显，画面的内蕴由此被无限放大，得以上升到一种哲学高度，能够指称诸多抒情主人公被命运抛弃、抗争无力的事由，由此获得了更广阔的情感内涵。

一、二章里，她只是兀自念叨：“尔不我畜，复我邦家。”“尔不我畜，言归斯复。”节制而隐晦，没有指出丈夫的丑行，为其保留了颜面。到第三章，主人公终于控制不住，和盘托出丈夫的恶行：“不思旧姻，求尔新特。成不以富，亦祇以异。”不是因为我有什么过错，也不是性格不合或遭遇变故，而是负心男见异思迁、喜新厌旧。主人公难以平复的伤痛和无人可诉的委屈，此时悉数喷涌而出，全诗也在高潮中戛然而止，留给读者无限的同情、惆怅和遗憾。

文中开端处两次提到“昏姻之故”，发人深思，那人如此可恶，为什么开始能与他共同生活呢？是因为两人具有婚约，可见当初女子也并非对其心存爱意，只是因为父母之命、媒妁之言而违心下嫁；在后来的生活中，女子被迫随遇而安，改变初衷，立志勉力维持这段婚姻，但喜新厌旧的男子，却无端将其破坏，抛弃旧人。婚姻在女子面前是一道枷锁，开始时她无法反抗，只得跳进来，当她被迫要努力维护时，男子却轻而易举地将其践踏。因此，自始至终，女子都是这场婚姻的牺牲品。

以上是其中的一种解释，真切但未免沉痛，因为这首诗出自《小雅》，所以有的学者另辟蹊径，做了更为人性化的解读。“雅”即酒歌，是在宴会、酒席上人们相互对唱的迎宾歌、敬酒歌、答谢歌、赞美歌等，要按时间、地点、人物等不同环境进行咏唱。本首诗歌则是在酒席上一位妇女酒醉后的气话。

在夏商周及春秋时期，男尊女卑的思想尚未完全形成，还有许多地方保留着母系氏族的遗风，很多执政的统领都是女性，她们也能同男子同坐一席，大碗喝酒、大块吃肉。这首诗就是一女子酒喝多了，便借着酒劲揭露、数落丈夫，抒发自己心中的疑虑和怨气。

周朝，同姓氏之间不能结婚，小族要想发展强大，多采取联姻方式。第一段，这位女子述说自己并不爱自己的丈夫，是因为婚约才嫁了过来，但现在男子背地里不忠于她，不愿要她了，所以她要回家！开始时女子还收敛一些，最后越说越上劲，开始把自己的怀疑和盘托出：“你不顾惜我们的婚姻，就是看那女的长得好看，别以为我不知道，那个女的我认识，她家里并不富裕，所有的原因都出在你身上，是你见异思迁、喜新厌旧！”

这种解释，使得诗歌具有浓浓的生活气息和喜剧色彩。诗中的男人也许没有出轨，仅仅是女子多想和敏感；女子也并非仅仅是因为婚约才嫁过来，两人之间也许有着浓浓的情谊；也许男子真的出了轨，但还没有到驱逐原配的地步，还有挽回的余地。种种猜测，都使得诗作不像上一种解释那样生冷、绝情。读者还可以依据诗中情形想到事情的后续发展，这位硬气的女子肯定会奋起力争，不会让自己受委屈，当时的社会环境也不会让这个负心的男子得逞。较之于上一种说法，此种说法多了调笑、热闹、荒诞和温情，但究竟哪一种说法更符合实情，大家可以自己判断。

“悼亡诗”中的真情

这个世上，除了学校的课堂，还有人生的课堂。随着我们的成长，很多人生课程会自动来到我们面前，其中最重要的一课，就是如何看待死亡。“生老病死，人之常情”，这句俗语我们都知道，但真正有亲人离开这个世界，其带给我们的震撼，并不是一句空洞的话语所能表达的。

在《诗经》当中，除了“弃妇诗”，还有一种类型的诗，叫作“悼亡诗”。或许，我们从中能够看到生命的意义，以及真情的可贵。

下面，我们就来学习两首“悼亡诗”。

gě shēng
葛生

《国风·唐风》

gě shēng méng chǔ liǎn màn yú yě yú měi wáng cǐ shuí yǔ dú chǔ
葛生蒙楚①，蔹②蔓于野。予美③亡此，谁与独处？

gě shēng méng jí liǎn màn yú yù yú měi wáng cǐ shuí yǔ dú xī
葛生蒙棘，蔹蔓于域④。予美亡此，谁与独息？

jiǎo zhěn càn xī jǐn qīn làn xī yú měi wáng cǐ shuí yǔ dú dàn
角枕⑤粲⑥兮，锦衾烂兮。予美亡此，谁与独旦⑦？

xià zhī rì dōng zhī yè bǎi suì zhī hòu guī yú qí jū
夏之日，冬之夜。百岁之后，归于其居⑧。

冬(dōng)之(zhī)夜(yè)，夏(xià)之(zhī)日(rì)。百(bǎi)岁(suì)之(zhī)后(hòu)，归(guī)于(yú)其(qí)室(shì)⑨。

①楚：灌木名，即牡荆。②蔹：攀缘性多年生草本植物，根可入药，有白蔹、赤蔹、乌蔹等。③予美：郑笺谓："我所美之人。"④域：坟地。⑤角枕：牛角做的枕头。⑥粲：鲜明，华美。⑦独旦：独处到天亮。旦，天亮，一说旦释为安。⑧居：坟墓。⑨室：墓冢。

《葛生》一诗历来被誉为悼亡诗的始祖，至于所悼之人是丈夫还是妻子已无从考证，当然这也无关紧要。整首诗从头到尾灌注了一种凄凉之感，两人分隔两地，肝肠寸断，诗人到墓地看望逝去的人，不禁勾起无限情思，顿时百感交集，倍感伤心。死者长已矣，活人空思念，诗人甚至发出了"死后同穴"的悲号，读起来让人叹息。

"葛生蒙楚，蔹蔓于野。"诗从葛藤写起，开篇起兴，主人公触景生情。墙外的葛藤长得正盛，相互缠绕着一点也不放松，野外的蔹草更是肆意地长着，蔓延整个山坡。这是第一段前两句，浸透着荒凉之感。

"予美亡此，谁与独处？"我的心上人就这样走了，他的身旁有没有人陪伴啊？他一个人在那边会不会感到孤独啊？这几句读起来简直催人泪下，活着的人和死去的人都变成了孤苦伶仃的可怜之人，四下里举目无亲。诗歌连用两个问句，极言主人公对逝去的人的思念和一种似自言自语的凄凉。

第二段是第一段的复沓，"葛生蒙棘，蔹蔓于域。予美亡此，谁与独息？"内容和句式都大致相同，不过这一句较上句来讲更添几分悲怆，坟墓周围长了不少酸枣树，真是大树好依傍，上面爬满了密密麻麻的葛藤，坟园附近长满了蔹草。没有人来打扫使得这坟园变成如此光景，我的心上人你就这么撒手人寰，有没有人陪伴你？你在那是不是很孤独？

"角枕粲兮，锦衾烂兮。予美亡此，谁与独旦？"诗中第三段换了描写的对象，棕色的牛角制的枕头，油光闪亮，不知道这牛角的枕头你用着习不习惯。白白的棉花软软的、柔柔的，那为你新做的棉花被子不知你盖得舒不舒服，我的心上人啊，你怎么来去如此匆匆，有人陪伴你吗？你自己一人孤不孤独啊？清代学者首先从这两句当中破解出其诗主旨及背景。在古代“角枕”“锦衾”都是收殓死者的用具，并且指出：“《葛生》，悼亡也。”今人也多取其说。

“夏之日，冬之夜。百岁之后，归于其居。冬之夜，夏之日。百岁之后，归于其室。”这是全诗的最后两章，看起来类似互文一样的文字，实质上是文章主旨的升华。“夏之日，冬之夜”，夏季的白日和冬夜的夜晚是一年四季中最折磨人的时刻，炎炎烈日和凛冽寒风足以让一颗孤独的心雪上加霜。自从你走后，我的每一个日子都仿佛是夏天的白日和冬季的夜晚，你不要着急，百年之后我定会与你相会，把这日日夜夜熬完就是你我团聚之时。最后一段又将这催人泪下的悲号重申了一遍，这漫长寒冷的冬季和酷日当头的夏季是我一年最无助的时刻，待我熬完这段时日，定会与你相会于穴中。

这是一首感人的悼亡诗，不仅情感真实，在描写时诗人也刻意而为之，从全诗的布局来看完整且一咏三叹，最后一章的“夏之日，冬之夜”和“夏之日，冬之夜”不简简单单是语序上的颠倒，更突出了主人公日复一日、年复一年对逝去之人的无限怀念之情。

下面这首《绿衣》也是一首悼亡诗，不过与《葛生》不能确定主人公相比，《绿衣》则可以确定是丈夫在悼念死去的妻子。下面，我们一起来看下。

绿衣
lǜ yī

《国风·邶风》

lǜ xī yī xī，lǜ yī huáng lǐ。xīn zhī yōu yǐ，hé
绿兮衣兮，绿衣黄里。心之忧矣，曷①

wéi qí yǐ
维其已！

lù xī yī xī lù yī huáng cháng xīn zhī yōu yǐ
绿兮衣兮，绿衣黄裳②。心之忧矣，

hé wéi qí wáng
曷维其亡！

lù xī sī xī rǔ suǒ zhì xī wǒ sī gǔ rén bǐ
绿兮丝兮，女所治③兮。我思古人④，俾⑤

wú yóu xī
无訧⑥兮。

chī xī xì xī qī qí yǐ fēng wǒ sī gǔ rén shí
絺兮绤兮，凄其⑦以风。我思古人，实

huò wǒ xīn
获我心。

①曷：何。②裳：下衣，形状如今天的裙子。③治：缝制。④古人：故人，指已亡故之人。⑤俾：使。⑥訧：过失。⑦凄其：同“凄凄”。

《绿衣》所哀悼的对象是亡故的妻子，诗人通过睹物思人的方式表达对亡故妻子的思念之情。这是在哀悼诗中最为常见的一种方式，也是最容易引起人们感情共鸣的方式。

当亲友去世之后，陷入深深悲痛中的人，每当看到亡者生前所用的事物时，哀伤之情都会再次涌上心头。《绿衣》就为我们描述了这样的一个场景：一位男子失去了自己的爱妻，每当他看到亡妻生前亲手为他所做的有着黄色衬里的绿色上衣时，他就感到无限的哀伤，那一针一线都是爱妻对他的心意，睹物思人，一想到转眼间和自己情意缠绵、心意相通的妻子永远和自己天人永隔，他就感到悲痛不已，从今往后他将要独自面对人世间的纷纷扰扰，身旁再无妻子温暖的安慰和呵护了。这些都使得这首诗有了一种凄寂而清冷、衰颓而黯淡的美感。它展现了诗人对亡妻的深厚感情，以及诗人创作此诗时的心情。

想要了解蕴含在诗中的深厚感情，就必须要将各个章节结合起来看。《绿衣》共有四节，诗人运用重章叠句的手法，来逐步表达自己的感情。

“绿兮衣兮，绿衣黄里。心之忧矣，曷维其已”，是说诗人睹物思人，把亡妻为他做的衣服拿起来看。因为思念妻子，所以他将衣服翻过来翻过去地看，可见他的心情之忧伤。

“绿兮衣兮，绿衣黄裳。心之忧矣，曷维其亡”，此时诗人一边翻看衣裳，一边回想妻子活着时的一些情景，那些情景历历在目，那些温馨的回忆是他永远也无法忘怀的，也正因为如此，他的悲伤也变得永无止境。

“绿兮丝兮，女所治兮。我思古人，俾无訧兮”，写诗人正在细心看着衣服上的一针一线，他从每一针每一线中都感受到了妻子对自己的关心和爱护。这时，他想到妻子生前总是会在一些事情上给他意见和劝告，而这些劝告总是恰到好处，帮助他避免出现过失。如今回想起来，他才深深感受到这种劝说背后所包含的深厚感情。

“絺兮绤兮，凄其以风。我思古人，实获我心”，诗人在妻子去世之后就手足无措地过着日子。妻子还在世时，他的生活起居都由妻子照顾，穿衣吃饭都是妻子为他操心，他只负责饭来张口、衣来伸手即可。现在妻子去世了，但是诗人却没有摆脱对妻子的依赖，他没有学会自己照顾自己，即使已经天寒地冻了，他还穿着夏天的衣服，直到实在冷得受不了了，才想到要找保暖的衣物，而找到的又是妻子亲手为他缝制的衣服，这就更加勾起了他对妻子的思念，因而也就愈加哀伤了。

《绿衣》是一首充满了浓浓哀伤之情的哀悼诗，它表达的是诗人对亡妻的无限思念。对于诗人来说，亡妻是谁都无法取代的，所以，他失去妻子的悲伤，久久无法终止。

劳作篇

享受劳动的快乐吧

劳动诞生爱情

工作要劳逸结合

上古时代的周扒皮

披星戴月的小吏

来自百姓的反抗声音

享受劳动的快乐吧

有的小朋友很懂事，看到妈妈上班辛苦，回到家还要做家务，于是就找些力所能及的事情做，比如扫扫地啊，擦擦桌子啊。然而，另一些小朋友就不同了，他从小就是衣来伸手，饭来张口，妈妈想让他帮点忙，那简直是不可能的。对于后一种小朋友，可以说，他们永远也无法享受劳动的快乐。

怎么？劳动还能带来快乐吗？当然！不信的话，咱们就来看看《诗经》里欢快的劳动场景吧。

芣苢（fú yǐ）

《国风·周南》

cǎi cǎi fú yǐ bó yán cǎi zhī cǎi cǎi fú yǐ
采采①芣苢②，薄言③采之。采采芣苢，
bó yán yǒu zhī
薄言有④之。

cǎi cǎi fú yǐ bó yán duō zhī cǎi cǎi fú yǐ bó
采采芣苢，薄言掇⑤之。采采芣苢，薄
yán luō zhī
言捋之。

cǎi cǎi fú yǐ bó yán jié zhī cǎi cǎi fú yǐ bó
采采芣苢，薄言袺⑥之。采采芣苢，薄
yán xié zhī
言襭⑦之。

①采采：采了又采。②芣苢：植物名，即车前子，种子和全草可以入药。③薄言：发语词，无义。④有：取。⑤掇：拾取。⑥袺：用衣襟兜东西。⑦襭：翻转衣襟掖于腰带以兜东西。

这首欢快的《芣苢》是当时人们采车前子时所唱的歌谣，翻译成白话文是这样的：车前子啊采呀采，采呀采呀采起来。车前子啊采呀采，采呀采呀采得来。车前子啊采呀采，一片一片摘下来。车前子啊采呀采，一把一把捋下来。车前子啊采呀采，提起衣襟兜起来。车前子啊采呀采，掖起衣襟兜回来。

《诗经》中有许多是民间歌谣，歌谣一般用重章叠句的形式，朗朗上口，但如此重叠的却是绝无仅有。通篇“采采”二字重叠最多，“采采”可以解释为“采了又采”，亦可解释为“各种各样”。就整首诗的意思来看，还是“采了又采”这个解释比较恰当。第二句“薄言”是语助词，无实际意义，“采之”与前句相比，意义也相近。第三句重复第一句，第四句较第二句只改动一字。第二章、第三章也只是改动了每章第二、四句中的动词。也就是说，全诗十二句，只嵌进了采、有、掇、捋、袺、襭六个动词来变换语义，其余全是重叠。但这种单调的重叠，却又有它特殊的、内在的美好效果。

一是让人体味到一种自然美。每章中仅更换几个字，虽然重复，却使诗有了递进感和动作美，发乎自然，来自生活，活现了采摘的场景。诗人直接从劳动生活中取材，不添加些许个人的感受，使人读来清新有泥土味。诗意与自然相合，犹生活重现。正因如此，才有人称读此“恍听田家妇女，三三五五，于平原旷野、风和日丽中，群歌互答，余音袅袅，若远若近，忽断忽续”。

二是深蕴着艺术美。句子重重叠叠，随口而押韵，由此使诗有了动感仪态，成为可以单人独唱或众人齐唱的歌词。和谐的韵律和欢快的节奏从简洁的语言中自然地流淌。诗的美如金铃作响感染人心，如配上音乐，曲调一定明净、舒展、清灵。

《芣苢》中展现出的情感是喜悦的，这种喜悦不是用喊叫来体现的，而是从春光融融的情境中体现出来的轻松收获的喜悦。虽然诗中也隐含着农人丝丝的苦涩，但其喜悦的心情仍通过咏唱自然地流淌着，感染着读者一同生出愉悦之情。

春秋时代，战乱频仍，除去赋税之后，农民耕地所得的粮食是不足以果腹的，因此易于繁殖的“芣苢”自然成为穷苦人家赖以生存的食物。冬粮不足，春来后虽也是青黄不接，但万物复苏，天赐了大片鲜嫩的车前子，因而每当春天到了，就有成群的妇女在川原上欢快雀跃地采着车前子的嫩苗，一边还唱着“采采芣苢”的歌儿。那是为了庆贺春暖的到来，也是忍饥之中对那一锅鲜菜汤的期待所带来的欢乐。

前面说是采芣苢的快乐，下面这首《十亩之间》讲的则是采桑者的快乐，我们一起来看看吧。

十亩之间
shí mǔ zhī jiān

《国风·魏风》

shí mǔ zhī jiān xī，sāng zhě xián xián xī，xíng yǔ zǐ huán xī。
十亩之间兮，桑者闲闲①兮，行②与子还兮。

shí mǔ zhī wài xī，sāng zhě yì yì xī，xíng yǔ zǐ shì xī。
十亩之外兮，桑者泄泄兮，行与子逝④兮。

①闲闲：宽闲、悠闲貌。②行：将要。③泄泄：和乐的样子。④逝：往。

这首诗只有短短三十字，却为读者展现出了一幅和睦温馨的桑园晚归图：夕阳西下，为葱绿的桑林镶上金边，光线变暗，温度转凉，一片安适静谧，鸟兽归巢，暮霭渐起，远方一阵阵炊烟和香气传来，一天的忙碌画上句号，疲倦但未失活力的采桑女从树上攀缘而下，桑园里渐渐响起呼朋唤友的声音，悠扬又清脆，最后，人们渐渐远去，但柔婉的说笑声和歌声仍袅袅不绝。

《十亩之间》勾画出一派和煦的田园风光，抒写了采桑女愉悦恬静的心情，显得诗意盎然、温婉可人，在整个《魏风》中，展现出非同一般的色彩。诗中的“十亩之间”与“十亩之外”两词，是行文的脉络，起到上下贯连的作用，但亦形成反衬，对比巧妙，如同两个连贯的拍摄镜头，极具艺术效果。诗人先是用一个短镜头，捕捉近处，将跟前桑者的祥和之状摄入，然后再拉伸一个长镜头，把视野变得极其开阔，笼罩住整个桑林，放眼望去，各处都是美好的景象，从而产生一种升华的层次感。

人很容易受身边自然环境的影响，从而带上环境的特征，诗中，“闲闲”与“泄泄”，描写的是桑者的神情，但亦能从中看到周遭的自然环境，正因环境如此，其中的人才得以如此。“闲闲、泄泄”应该是这样的：天空高远敞亮，阳光轻柔，微风舒卷，淡淡的一抹白云游弋于湛蓝的天际，桑林中阴凉清新，桑叶在微风的抚摸下轻快地跳跃着，鸟儿不疾不徐地扑展翅膀，偶尔发出一串欢快的吟唱，用来舒展心情、招引同伴，空气浓郁而又湿润，让人慵懒，让人心生欢喜。在这种环境下，桑者悠闲自在，心情愉悦，说是在工作，不如说是在享受生活。

这种愉悦的心情和对生活的享受，是以轻松的旋律表现出来的，这很大程度上得益于语气词的恰当运用。全诗六句，每一句的末尾都有一个“兮”字，念起来，语调舒卷而又悠长。“兮”字，正是心情平静的表现，诗人对生活的热爱跃然于纸上，包含了紧张劳动后轻松而舒缓的喘息，也包含了对劳动成果满意的感叹，还让动词“还”与“逝”真的“动”了起来。这时，读者读到的不仅仅是单纯的几个文字，而是一群采桑女缓缓地渐行渐远的镜头，读者的思绪，随悠长的“兮”字，走入空蒙的背景，持久不散，由此，诗境与情感，完美融合在了一起。

如果我们把两首诗做一番比较的话，可以看出二者之间不仅刻画的场景不同，诗歌的旋律节奏和审美情调也不一样。《芣苢》写一群女子采摘车前子的劳动过程，通过采摘动作的不断变化和收获成果的迅速增加，表现了采摘者娴熟的采摘技能和欢快的劳动心情，在结构上，四字一句，每隔一句便用一个“之”字，使全诗的节奏明快紧凑。相较之下，《十亩之间》则走的是轻慢的路子，舒缓而又悠扬。两者在艺术风格上对比鲜明，最具可比性，从中可以一窥《诗经》的丰富与厚重。

劳动诞生爱情

我前面说过，在《诗经》的时代，青年男女是可以自由恋爱的。不过，那时可不像现在，那时没有专门的婚介机构组织相亲大会，也没有公园里的相亲角，更没有现代的互联网。那么，那时陌生男女如何相互认识呢？其中，劳动是一个重要的方式。

对于这一观点，同样可以在《诗经》中找到证明。下面，我们先来看一首《东门之池》。

dōng mén zhī chí
东门之池

《国风·陈风》

dōng mén zhī chí, kě yǐ òu má. bǐ měi shū jī, kě yǐ wù gē.
东门之池，可以沤麻[1]。彼美淑姬[2]，可以晤歌[3]。

dōng mén zhī chí, kě yǐ òu zhù. bǐ měi shū jī, kě yǐ wù yǔ.
东门之池，可以沤纻[4]。彼美淑姬，可以晤语。

dōng mén zhī chí, kě yǐ òu jiān. bǐ měi shū jī, kě yǐ wù yán.
东门之池，可以沤菅。彼美淑姬，可以晤言。

①沤麻：长时间用水浸泡大麻、纻麻，使麻皮与麻秆分离。②淑姬：善良的姑娘。③晤歌：用歌声互相唱和。④纻：纻麻。

这首诗的意思十分简单，一群青年男女，他们聚集在护城河边浸麻、洗麻和漂麻。大家在一起劳动，他们一边干，一边谈天说地，谈笑间还高兴地唱起歌来。这时就有勇敢的小伙子大着胆子，向着自己爱恋的姑娘，唱出了自己的心情，于是就有了这首《东门之池》。

本诗通过浸泡麻来起兴，写明了情感发生的地点，同时也暗示出情感在交流的过程中，得到了加深，麻逐渐泡软，也就是意味着情意逐渐深厚。其实将长久浸泡的麻，从水中捞出，然后洗去泡出的浆液，剥离麻皮，是一项相当艰苦的劳动。但是，就是在这样艰苦的劳动中，男子因为能和自己钟爱的姑娘在一起，又说又唱，非常幸福，他很珍惜这种在艰苦劳动中的温馨相聚，所以他的歌声中充满欢乐的气氛。

诗中人们所做的事情是制作衣服之前必须经历的烦冗步骤。大麻、纻麻经过人们的揉搓、洗净、梳理之后，就成了耐磨的纤维，人们可以利用它们，当作原料来织成麻布，然后再用这些麻布来裁制衣服。因为洗麻非常重要，所以农村中的劳动青年每年都会到护城河去沤麻，这样年年都有男女青年相聚在那里劳动、谈笑、唱歌，于是像《东门之池》这样欢乐的歌声，也就年年都会飘扬在护城河上。

本诗的文字非常温雅，在措辞上也十分平和，因为是在表达男子对女子的爱慕之情，所以诗中充满了清纯和恳挚的感情，让文字也有了温度。在第一章中本诗的全部意思就已经全部展现了出来。诗的第二、三章是在运用相同或相近意义的字句进行复沓，这种复沓，就是一种反复吟唱，它表现出了中国民歌传统的语言形式。

如果说《东门之池》是小伙子在对姑娘表白，那么下面这首《汾沮洳》则是女孩对男孩的倾慕。

汾①沮洳②

fén jù rù

《国风·魏风》

bǐ fén jù rù yán cǎi qí mò bǐ jì zhī zǐ měi wú dù měi wú dù shū yì hū gōng lù

彼汾沮洳，言采其莫③。彼其之子，美无度。美无度，殊异乎公路④。

bǐ fén yì fāng yán cǎi qí sāng bǐ jì zhī zǐ měi rú yīng měi rú yīng shū yì hū gōng háng

彼汾一方，言采其桑。彼其之子，美如英⑤。美如英，殊异乎公行。

bǐ fén yì qǔ yán cǎi qí xù bǐ jì zhī zǐ měi rú yù měi rú yù shū yì hū gōng zú

彼汾一曲，言采其蕢⑥。彼其之子，美如玉。美如玉，殊异乎公族。

①汾：汾水，在今山西中部地区，西南汇入黄河。②沮洳：水边低湿的地方。③莫：野菜名。即酸莫，俗名牛舌头。嫩叶可食用，有酸味。④公路：与下两章的“公行”和“公族”一样，都是官名。⑤英：花。⑥蕢：即泽泻草。多年生沼生草本，具地下球茎，可做蔬菜。

《汾沮洳》是以一位女子的口吻写的，她对自己心仪的男子极尽褒扬，说他美好如玉。女子完全遵循自己内心的价值观念，爱憎分明，不盲目迷信权贵，着实可敬可佩。

故事的脉络是如此延展的：明媚的晚春或火热的盛夏，一位在汾河岸边采野菜的姑娘，看到一个英俊的小伙子，顿生情愫。小伙子要走了，姑娘丝毫没有放弃，借口采蚕桑、泽泻，步步追赶，紧紧尾随。在心底，她将这位小伙子盘算了千万遍，拿他跟鲜花、玉石比量，又拿他跟达官贵人比较，最后得出还是小伙子最好，无可比拟，无可挑剔。在这位女子漫山遍野的追随和心如鹿撞的欣喜比量中，形象地表现出了这位农家女心灵的直率和美好，也隐含了对贵族官僚的嘲讽。

《汾沮洳》一诗重章叠句，回环往复，字句没多少变化，而意义层层递进。“沮洳”“一方”“一曲”的变换，历来有两种说法，一种是如上文所说，女子因追随男子而发生劳动内容及空间时间的改变；一种是说不论这位痴情女子在什么时间、什么地点，干什么活儿，她总是思念着自己的意中人，足见其一往情深。无论哪一种说法，都将这位女子思慕情人的痴情之状描摹得活灵活现。

接着诗人用“美无度”“美如英”“美如玉”来赞美男子的仪容，“美无度”意思是美得无法度量，用现代的话说就是“美得没法形容了”；“美如英”是说男子美得像怒放的鲜花，表现男子的年轻和清新；“美如玉”，是说男子有美玉般的光彩和德行。这些赞美，或宏观或微观，或外貌或德行，全面而又夸张，形象地表现出女子深切的情怀。

诗的最后以“殊异乎公路”“殊异乎公行”“殊异乎公族”作结，这位女子的意中人，不仅长相漂亮，而且在女子心目中的地位很高，连“公路”“公行”“公族”等达官贵人也比不上。此种对比，对读者有着明显的指引作用，一则给那位幸运的男子又加上几分，一则贬低了达官贵人的形象和地位，诗中虽没说他们的长相和劣迹，但是读者很容易便会联想到他们的不好，他们平时肯定作威作福，深失民心。

通篇没有女子所思之人的正面描写，但这位奇男子的形象，通过如此的比喻、对比、烘托，再加上读者的想象，早已经跃然于纸上，如见其人。这种艺术表现手法，被后代的文人无数次地借用模仿，如汉魏乐府古辞《陌上桑》中采桑女子对夫婿的夸奖等。

工作要劳逸结合

对“劳逸结合”这个词，大家一定不陌生。比如，你在家里写作业，时间久了，妈妈可能就会过来说：“休息一会儿再写吧，要劳逸结合嘛。”想必你自己也深有体会，在放松的状态下学习，效率会高得多。

学习要劳逸结合，工作更得劳逸结合。事实上，对于这个道理，我们的老祖先早在2000多年前就知晓了，并且清清楚楚地记录在了《国风·唐风·蟋蟀》中。下面，我们就来学这一篇。

xī shuài

蟋蟀

《国风·唐风》

xī shuài zài táng, suì yù qí mù. jīn wǒ bú lè,
蟋蟀在堂，岁聿①其莫②。今我不乐，
rì yuè qí chú. wú yǐ tài kāng, zhí sī qí jū.
日月其除。无已③大康④，职⑤思其居⑥。
hǎo lè wú huāng, liáng shì qú qú.
好乐无荒，良士瞿瞿⑦。

xī shuài zài táng, suì yù qí shì. jīn wǒ bú lè, rì
蟋蟀在堂，岁聿其逝。今我不乐，日
yuè qí mài. wú yǐ tài kāng, zhí sī qí wài. hǎo lè wú
月其迈⑧。无已大康，职思其外。好乐无
huāng, liáng shì jué jué.
荒，良士蹶蹶⑨。

xī shuài zài táng, yì chē qí xiū. jīn wǒ bú lè, rì
蟋蟀在堂，役车⑩其休。今我不乐，日
yuè qí tāo. wú yǐ tài kāng, zhí sī qí yōu. hǎo lè wú
月其慆⑪。无以大康，职思其忧。好乐无
huāng, liáng shì xiū xiū.
荒，良士休休。

①聿：为语助。②莫：古“暮”字。③已：甚。④大康：过于享乐。⑤职：相当于口语“得”。⑥居：处，指所处职位。⑦瞿瞿：警惕瞻顾貌。⑧迈：时光流逝。⑨蹶蹶：勤奋状。⑩役车：一种装上方形箱子的车子。⑪慆：逝去。

这首诗共三章，意义大致相同，每章的各别词句稍有变化，但都是由物及人，劝人及时行乐但也不要荒废工作。

“蟋蟀在堂，岁聿其莫”，诗人看到蟋蟀从野外迁移到屋子里，猛地意识到天气已经转凉，在自己不知不觉中，时间已是年末。《诗经·豳风·七月》就曾提道：“七月在野，八月在宇，九月在户，十月蟋蟀入我床下。”同样是以蟋蟀的习性来突出四季变化。

首句以蟋蟀起笔，这一写法是“赋”还是“兴”却引起了争议。如果将首句作为“兴”看，那么，它就是一种纯粹的起兴，不掺杂“比”的因素，因为它在意思上与下文并无联系，但从深层情绪和心理衍变来看，却有着密切的关联。所以这一句可以认为是直陈其事的“赋”，也可认为是用以引起下文情感的“兴”。

三、四句直接由蟋蟀迁徙的现象开始述说心怀：“今我不乐，日月其除”，时至岁末，转眼一年又过去了，言外之意是时光飞逝，时不我待。诗人由“岁莫”引起对时光流逝的感慨，进而宣扬及时行乐的思想，但是这并非诗人本意，而是为了统领后面两句的过渡。

“职思其居”“职思其外”“职思其忧”是说：享乐不要过度，应当顾虑自己当下的职责所在；第二层更进一步，强调对分外的职务也不能不考虑；第三层告诫人们要有忧患意识，目光要长远。诗人说出这句话，是对他人的警醒，同时也是提醒自我要克制。

“好乐无荒，良士瞿瞿”“好乐无荒，良士蹶蹶”“好乐无荒，良士休休”这三章的末句是提醒后人：享乐要在不荒废事业的前提下进行，要学习贤士的勤奋向上，时刻提醒自己享乐的尺度。后四句基本上属于说教，但诗人拿捏得很有分寸，在劝诫的同时也肯定“好乐”，但要求有节制，真挚的语气也容易让人接受。

《蟋蟀》是含有治国、处世和人生感悟的政治、教化诗，其惜时劝勉的积极意义十分可贵。而且，在让人们珍惜时光、恪守职责的基础上也没有忘记提倡享乐的精神，这种折中的态度在当时的社会环境下是难能可贵的，也为后人提供了一种处世态度。全诗“思”的态度是今人值得好好承继的精神，而“好乐无荒”的告诫，至今仍意义深远。

事实上，劳逸结合这种思想在那个时代并不是主流，而且真要想做到劳逸结合也并不容易。很多时候，人们是身不由己的。下面，我们再来看一首《采蘩》。

采蘩（cǎi fán）

《国风·召南》

于以①采蘩②？于沼于沚。于以用之？公侯之事③。
（yú yǐ cǎi fán? yú zhǎo yú zhǐ. yú yǐ yòng zhī? gōng hóu zhī shì.）

于以采蘩？于涧④之中。于以用之？公侯之宫⑤。
（yú yǐ cǎi fán? yú jiàn zhī zhōng. yú yǐ yòng zhī? gōng hóu zhī gōng.）

被⑥之僮僮⑦，夙⑧夜在公⑨。被之祁祁⑩，薄言还归⑪。
（bì zhī tóng tóng, sù yè zài gōng. bì zhī qí qí, bó yán huán guī.）

①于以：问词，往哪儿，一说语助词。②蘩：白蒿。叶片形状很像艾叶，根茎可食，古代常用来祭祀。③事：此指祭祀。④涧：山夹水曰涧。⑤宫：大的房子，汉代以后才专指皇宫。⑥被：通“髲”。首饰，取他人之发编结披戴的发饰，相当于今天的假发。⑦僮僮：一说首饰很多的样子，一说光洁不坏的样子。⑧夙：早。⑨公：公庙。⑩祁祁：形容头发蓬松，或发饰舒散的样子。⑪归：归寝。

《采蘩》是一首描述采白蒿的劳动者辛苦劳动的诗歌。这首诗自始至终都透露出一种悲凉的感情。

“于以采蘩？于沼于沚。于以用之？公侯之事。”《采蘩》开篇就直接描述了一群忙于“采蘩”的女宫辛苦工作的样子。那么，采蘩干什么呢？是为了祭祀。在古代，贵族们经常要进行祭祀活动，而为了保证各种各样的祭祀能够华丽地完成，就需要采摘、洗煮许多白蒿。

这些劳作自然不是由贵族们去做的，而是由那些因连坐之罪而成为供人“役使”的“女宫”们来完成的。宫人没日没夜地奔走于池沼和山涧之间，是为了给贵族们采集足够的祭祀所需要的白蒿。当她们采集白蒿达到一定的数量之后，就会急匆匆地把这些新鲜的白蒿送到“公侯之宫”。

这首诗的主人公就是这样一位忙碌的女宫，她“夙夜在公”地忙碌在“公侯之宫”，为了能够在祭祀场所守候侍奉贵族们完成祭祀，每天都要到野外的山涧之间去采摘白蒿。

诗中的语言十分平和，只采用简单的一问一答的方式来进行表述。问句和答句都是非常简单的句子。例如：

问：“在哪里采的白蒿？”

答：“水洲中、池塘边。”

问：“采来做什么？”

答：“公侯之家祭祀用”。

回答得如此简短，并不是因为女宫不善言辞，而是因为她们太忙碌了，以至于没有时间去回答提问者的问题。所以提问者只能在女宫们往来于公侯之宫的途中提出问题，女宫们往往在简短回答一句之后就消失得无影无踪。万般无奈的提问者只能在女宫们的背后对着空旷的大路询问下一个问题，而女宫们的答案则在山谷间回荡，仿佛那原本就是自然之音一样。

“于以采蘩？于涧之中。于以用之？公侯之宫。”这首诗的第二章内容继续了第一章的一问一答，这样的复叠方式，更加让人感受到了女宫们的忙碌，同时女宫们的回答也混合着池沼、山涧的声音，和女宫们的脚步声一起传到了人们的耳中。

“被之僮僮，夙夜在公。被之祁祁，薄言还归。”第三章的内容初看之时，似乎与前两节的风格完全不同，忙碌地采摘白蒿的场景不见了，取而代之的是忙碌的宗庙供祭。《周礼》中就有着这样的记载，女宫必须从祭祀前三日开始，每天都住在宫中，以便能够一直从事洗涤祭器、蒸煮“粢盛（盛在祭器内的谷物）”等杂务。

因为要参与准备的是庄重的祭祀，所以每个女宫都穿着十分讲究的盛装，梳着一丝不苟的发髻，戴着光洁黑亮的发饰。但是她们的工作实在太忙碌了，所以她们光鲜的外貌并不能维持很长的时间。很快，她们的头发就乱了，妆容也黯淡了，就这样，劳累得无暇自顾的女宫们在辛苦了一天之后，只能曳着松散的发辫行走在回家的路上。

由此可见，第三章不但没有和前文脱节，反而升华了这篇诗歌，让人仿佛听到了女宫们的喟叹之声。

短短的三行文字，描述了一些每日千辛万苦到野外采白蒿，但是自己所做的一切都只是在为他人做嫁衣的可怜女子。从诗行间那淡淡的语气中，我们似乎可以体会到那些女宫的哀怨。

《采蘩》的诗文读来酸涩悲凉，它记录着女宫们供人驱使的身不由己和辛酸。她们付出辛劳，却没有得到任何幸福，她们被迫为贵族们采集白蒿的痛苦和压抑，通过本诗完整地表现了出来。

上古时代的周扒皮

对于周扒皮，可能很多小朋友并不熟悉，我在这里先简单给大家说一下，具体的故事感兴趣的小朋友可以自己找来读一下。他出自短篇小说《半夜鸡叫》，是作家虚构的一个地主恶霸。

在过去，没有钟表等计时工具，长工们只能根据鸡叫声确定起床干活的时间。地主周扒皮为了让大家早干活、多干活，于是自己半夜起来学鸡叫。长工们恨死这个周扒皮了，最后大家忍无可忍，由小长工小宝献计教训了他一顿。

事实上，与上古时代的那些地主相比，周扒皮可谓是小巫见大巫。前面一首《采蘩》，已经让我们见识了统治阶级的压迫，下面我们再来看一首《东方未明》。

东方未明
dōng fāng wèi míng

《国风·齐风》

东方未明（dōng fāng wèi míng），颠倒衣裳①（diān dǎo yī cháng）。颠之倒之（diān zhī dǎo zhī），自公召之（zì gōng zhào zhī）。

东方未晞②（dōng fāng wèi xī），颠倒裳衣（diān dǎo cháng yī）。倒之颠之（dǎo zhī diān zhī），自公令之（zì gōng lìng zhī）。

折柳樊③圃（zhé liǔ fán pǔ），狂夫④瞿瞿（kuáng fū jù jù）。不能辰⑤夜（bù néng chén yè），不夙则莫（bú sù zé mù）。

①衣裳：古时上衣叫“衣”，下衣叫“裳”。②晞：天刚亮。③樊：即“藩”，篱笆。④狂夫：指监工，一说狂妄无知的人。⑤辰：借为“晨”，指白天。

《东方未明》是周代百姓广为传唱的一首民歌，源自齐国京都地区。它揭露了当时统治阶级的残暴，诉说了奴隶们受压榨的痛苦生活，反映了奴隶阶级的反抗心声。

全诗三章，诗人巧妙地抓住了奴隶生活的一瞬间，展现出了一幅悲惨而苦涩的画面：天还未亮，劳累到虚脱的人们仍兀自安睡，监工的吆喝声如平地惊雷，突然响起，催促人们上工。寂静的安睡，一下子被打破，奴隶们个个惊醒，黑暗中手忙脚乱，穿衣颠倒，洋相出尽，犹如惊弓之鸟。

奴隶们的身心，都受到残酷的奴役，日常稍不留意，就会遭到严厉处罚，饱受皮肉之苦。监工长久残酷的压迫，正是这种场面出现的原因。诗人借这一典型时刻，突出“颠倒衣裳”的典型细节，以小见大，将奴隶们的痛苦生活描摹得纤毫毕现。

前两章在结构上回环复沓，只换几字，如“未明”与“未晞”，“衣裳”与“裳衣”，“颠之倒之”与“倒之颠之”，“召之”与“令之”，反复咏唱，一再渲染。这是歌唱时的和声，使诗在吟唱时显得回复重叠，余音袅袅，也有意义的层层递进在里面，提升了主人公的感情基调，强化了诗篇的内涵。到此，奴隶们已不单单有恐惧和慌乱，长期的奴役生活诱发了他们对自身命运和整个社会的思索，在他们身上，痛恨和觉醒已初现端倪，“自公召之”“自公令之”，苦难的根源来自“公”——这些劳役者开始觉醒，发出了对当权者的不平之鸣。

这种明确而又愤激的指责，是诗人直抒胸臆的呐喊，真实记录了奴隶们的高呼和申诉，感情激越地表达了奴隶们的觉醒，也暗含了奴隶们势必抗争的决心，一定程度上真实再现了那个饱含压迫的时代。同时，这首诗抒发了下层阶级的愤懑，摹写出了一触即发的阶级矛盾，对统治阶级起到了强烈的揭露和批判作用，带有强烈的感情色彩，极易引起读者共鸣。

控诉虽已发出，但怨怒却没有就此终结，矛头直指当权者后，诗人还嫌不够，于是他的笔锋又回到现实，进一步摹写奴隶们的悲惨遭遇，使诗作的感情进一步郁结。第三章描写劳作的内容，奴隶半夜被驱赶起，砍柳枝编篱笆，“狂夫”瞪着大眼监视，令人反感和怨恨。“狂夫瞿瞿”，是个典型的细节描绘，把监工的凶恶嘴脸和盘托出，读来如在目前，有着很强的形象感。“不能辰夜，不夙则莫”，则指出奴隶不但要起早晚睡，而且穷年累月莫不如是，使奴隶们生活境遇的悲惨凸显得无以复加。

这种生动的真实，跟诗人高超的写作技巧密不可分，在具体行文过程中，诗人只是选取了典型的场景，既没有铺叙劳动者的辛酸，也没有扩展具体的劳动场面，只以简单的笔墨，勾勒出集中而又概括的画面，就把奴隶们悲惨的生活描摹得惟妙惟肖，使人们如临其境，也使诗作呈现出极高的文学价值。

全诗三章，皆为四言句，每句两个音拍。前两章运用回环复沓的艺术手法，渲染环境气氛，突出事物特征，且以工整的排列，朗朗上口的语言形式，尽情抒发心中的抑郁情感，增强了音乐效果。第三章则转变风格，避免了通篇一致的枯燥感，显得起伏有致，使诗作情感得以持续叠加。诗作的另一突出特点是通篇明白晓畅，语言通俗易懂，“未明”“颠倒”“狂夫”“不能”等，都是人们常用的口头语言，以此入诗，质朴自然，充满无限的生命力。

在那个时代，下层百姓生活困苦是普遍现象，受到残酷剥削与压迫的不仅是奴隶。下面，我们再来看一首《鸿雁》。

hóng yàn
鸿雁

《小雅·鸿雁之什》

hóng yàn yú fēi, sù sù qí yǔ. zhī zǐ yú zhēng,
鸿雁于飞，肃肃①其羽。之子②于征，

qú láo yú yě. yuán jí jīn rén, āi cǐ guān guǎ.
劬劳③于野。爰④及矜人⑤，哀此鳏寡。

hóng yàn yú fēi, jí yú zhōng zé. zhī zǐ yú yuán,
鸿雁于飞，集于中泽。之子于垣⑥，

bǎi dǔ jiē zuò. suī zé qú láo, qí jiū ān zhái.
百堵⑦皆作。虽则劬劳，其究安宅。

hóng yàn yú fēi, āi míng áo áo. wéi cǐ zhé rén,
鸿雁于飞，哀鸣嗷嗷。维此哲人⑧，

wèi wǒ qú láo. wéi bǐ yú rén, wèi wǒ xuān jiāo.
谓我劬劳。维彼愚人，谓我宣骄。

①肃肃：鸟飞时扇动翅膀的声音。②之子：那人，指服劳役的人。③劬劳：勤劳辛苦。④爰：语助词。⑤矜人：穷苦的人。⑥于垣：筑墙。⑦堵：长、高各一丈的墙叫一堵。⑧哲人：通情达理的人。

《鸿雁》这首诗共有三章，每章都是用“鸿雁”两字来起兴的，在诗中诗人通过鸿雁来进行自喻。按照朱熹的观点，这是一首“饥者歌其食，劳者歌其事”的现实主义诗作。

第一章描写流民都被迫去野外参加劳役的场景，此处反映受害的流民众多，揭露了统治者的冷血、无情和残酷，连鳏寡之人也不放过。颠沛流离无处安身的流民，看到天空展翅高飞的大雁，忍不住感伤起来，他们叹息着，这叹息中包含着他们对自己不得不参加繁重劳役的哀怨。

第二章在内容上承接第一章，描绘服劳役的流民们筑墙的情景。这时天空中的鸿雁已经聚集到了水泽中。漂泊迁徙的大雁，让流民们想到了自己，这里用大雁来象征集体劳作的流民们，他们努力筑起很多堵高墙，但是在这些辛苦建成的围墙中，却没有一处是他们的家园。没有安身之地的流民发出了“虽则劬劳，其究安宅”的疑问，饱含不平和愤慨。

最后一章述说流民们悲惨的命运，是流民的悲哀之歌，他们为了让贵族们生活得更好而辛苦工作，但是到头来他们却要忍受那些贵族的嘲弄和讥笑。大雁的声声哀鸣，一下子引起了流民们的共鸣，他们内心凄苦不堪，再也无法忍受之时，便唱出了这首诗，宣泄心中的愤恨。

本诗开篇的“鸿雁于飞”起到了起兴的作用，指代的是那些流离失所、无依无靠的流民，他们的生活十分困苦，特别是鳏寡孤独的人，日子过得更是悲惨。作为一种候鸟，鸿雁总是秋来南去，春来北迁，它们的这种习性和被迫在野外服劳役、四方奔走的流民十分相似，两者都过着居无定所的生活。在长途旅行中鸣叫的鸿雁，声音十分凄厉，让听到的人生出悲苦，流民们触景生情，增添了不少忧愁。

这首诗反映了当时无奈的社会现实，动荡的社会导致大量的人遭受到流离失所的痛苦。“鸿雁于飞”具有十分深刻的含义，它生动形象地说明了流民们的无限哀痛，后人因此将“哀鸿”这个词当作灾乱流民的代名词。

披星戴月的小吏

有一首儿歌叫作《小星星》，大家都会唱：“一闪一闪亮晶晶，满天都是小星星，挂在天上放光明，好像许多小眼睛……”据说，这首儿歌源自200多年前的英国，曲子还是著名的音乐大师莫扎特谱的。

事实上，早在2000多年前的中国，也有一首叫作《小星》的歌曲，曾经传唱大江南北。只不过，它并不是儿歌，而是一首反映小吏悲苦的作品。这首歌是这么唱的。

小星（xiǎo xīng）

《国风·召南》

嘒①彼小星，三五在东。肃肃②宵征，夙夜在公。寔③命不同。
（huì bǐ xiǎo xīng，sān wǔ zài dōng。sù sù xiāo zhēng，sù yè zài gōng。shí mìng bù tóng。）

嘒彼小星，维参④与昴。肃肃宵征，抱⑤衾与裯⑥。寔命不犹。
（huì bǐ xiǎo xīng，wéi shēn yǔ mǎo。sù sù xiāo zhēng，pāo qīn yǔ chóu。shí mìng bù yóu。）

①嘒：微光闪烁。②肃肃：急急忙忙的样子。③寔：确实，实在。④参、昴：星宿名。⑤抱：古“抛”字。⑥裯：单被。

这里的小星，指的就是不时眨着眼睛的亮晶晶的小星星，它们闪耀着微弱的光芒，散布在天际。《小星》这首诗，描述的是像小星一样的、位卑职微的小吏们昼夜奔忙的生活，字里行间流露出对他们命运的同情和惋惜。

《小星》描述了这样一个场景：在静谧的夜晚中，小小星光朦朦胧胧，在天空的东方闪烁着，这时城中的百姓们还在安稳地睡着，只有那些忙于王事的小吏们，必须要在天还未亮的时刻起床，在寂静的夜晚独行，在满天星辰的陪伴下，为了工作而奔走。睡眼惺忪的小吏，仰望星空，一时想不起陪伴着他的是什么星辰，直到习习的夜风使小吏渐渐清醒，他才发现原来那是参星和昴星。此时，孤独的小吏想到自己每日谨奉王命，为了工作早起晚归，离开妻子，抛开香衾与暖裯。他感叹，自己一直兢兢业业地工作，不敢有丝毫的怠慢之情，但是在他拼命工作之时，其他人却可以安安稳稳在家中休息，和亲人快乐地生活在一起，这种人生际遇的天差地别，令他深感不平，但是最终，他也只能用“同人不同命”这样的说法自我安慰。

《小星》第一节“嘒彼小星，三五在东。肃肃宵征，夙夜在公。寔命不同”，展现了小吏在凌晨奔走于夜空之下的情景和他的内心感受。小吏的感慨有着充足的根源，因为他和王臣做着同样的工作，但是他们的遭遇却完全不同。

第二节“嘒彼小星，维参与昴”，表明小吏过了很久才清醒，这时他才知道那三五在东的小星是参星与柳星。妻子埋怨丈夫总是不能与她共眠，而小吏对于自己总是要“抛却衾裯”的行为也感到哀伤。这样的写法使本诗在结构上有了层次，情景交汇，相互融合。“寔命不犹”一句，更是生动表现出小吏的悲凉和无奈之情。

其实在古代，小吏并不算是官，他们的境遇比普通百姓好不了多少。《小星》这首诗写出了小吏们的悲苦和不甘，他们位卑任重，处境困穷，无处诉说悲苦，因为收入低微，总不能让家人感到满意，所以回到家也得不到家人的安慰，有时还会受到讥讽，再忙再累，也不会有人对他有所期待，面对不如意的人生，他们只能自我安慰，不断地逃避。整首诗凄苦悲凉，感人至深。

在格式上，《小星》十分规整，每节的前两句都是写景，但又不是单纯的景物描写，而是景中有情；后面的三句是言情，同样也不是单纯的抒情，而是景情相融。

下面这首《北门》，写的也是小吏的劳碌与悲苦，大家可以进行比较阅读。

běi mén

北门

《国风·邶风》

chū zì běi mén， yōu xīn yīn yīn①。 zhōng jù② qiě pín，
出自北门，忧心殷殷①。终窭②且贫，
mò zhī wǒ jiān。 yǐ yān zāi！ tiān shí wéi zhī， wèi③ zhī hé
莫知我艰。已焉哉！天实为之，谓③之何
zāi！
哉！

wáng shì shì wǒ④， zhèng shì yì pí yì⑤ wǒ。 wǒ rù zì
王事适我④，政事一埤益⑤我。我入自
wài， shì rén jiāo biàn zhé⑥ wǒ。 yǐ yān zāi！ tiān shí wéi
外，室人交遍谪⑥我。已焉哉！天实为
zhī， wèi zhī hé zāi！
之，谓之何哉！

wáng shì dūn wǒ， zhèng shì yì pí wèi⑦ wǒ。 wǒ rù zì
王事敦我，政事一埤遗⑦我。我入自
wài， shì rén jiāo biàn cuī⑧ wǒ。 yǐ yān zāi！ tiān shí wéi
外，室人交遍摧⑧我。已焉哉！天实为
zhī， wèi zhī hé zāi！
之，谓之何哉！

①殷殷：十分忧伤。②窭：贫寒，艰窘。③谓：奈何不得。④适我：扔给我。适，掷。⑤埤益：增加。⑥谪：谴责。⑦埤遗：同“埤益”。⑧摧：讥讽，讽刺。

《北门》是一首怨诗，是一个位卑任重、处境困顿的小吏的怨愤。这位小吏公事繁忙，终日辛劳却不受重视，也没有加官晋爵的

希望可言，他一腔苦闷无处诉说，只能一个人在路上发牢骚，埋怨这不公平的生活。

全诗以这位小吏的口吻叙述，情感真切。“出自北门，忧心殷殷。终窭且贫，莫知我艰”，我在北门出城，一路上烦闷不已，陷在忧伤之中无法自拔。我的生活既困窘又贫寒，没人知道我的艰难。“已焉哉！天实为之，谓之何哉！”事已至此，我又能怨得了谁呢？或许一切都是老天的安排，我能有什么办法！

“王事适我，政事一埤益我。”王家有差事又派给我做，衙门的公务也日益增加。“我入自外，室人交遍谪我。”我从外面一天到晚辛勤忙碌，回到家，家人却纷纷责备我。他们责备我不顾家，骂我俸禄少。“已焉哉！天实为之，谓之何哉！”事已至此，一切都是老天的安排，我还能有什么办法。

“王事敦我，政事一埤遗我。”王家有事务逼迫我去做，我纵使有千般的顾虑也要硬着头皮去接受，“我入自外，室人交遍摧我。”我从外面回到家中，家人不但不理解我，反而讥讽我，嘲笑我。“已焉哉！天实为之，谓之何哉！”事已至此，算了吧，什么也不要追究了，一切都是命，都是天命。

全诗纯用赋法，直言铺叙描绘客观事物，爽朗而通畅。从首句的“出自北门”到后来的“我入自外”全诗按照事情发展的顺序进行，让读者能够知晓整件事情的来龙去脉，让人一目了然。诗中连用数个“我”字，感情色彩极其浓烈。昔人评曰：“三章共九‘我’字，无所控诉，一腔热血。”整首诗主观色彩强烈，直言心声，一下子就拉近了与读者的距离。

每章末尾“已焉哉，天实为之，谓之何哉”三句重复使用，有一唱三叹的效果。表面看来，小吏将自己所遭受的困厄归因于天，不敢对这种现状做任何反抗和辩驳。但实际上，这三句正是其悲愤的心情无以复加的表现。这种表达方式与“不怒反笑”的意思相近，笑并非怒气已消解，实是已怒至极点，无从表达。此处，小吏身负不平命运，愤然至极，只好三叹天命，表达自己的无能为力。

来自百姓的反抗声音

在上古时代，虽然有《关雎》那样美丽的爱情，有《硕人》那样盛大的婚礼，还有《缁衣》那样美满的婚姻，但作为普通老百姓，他们真实的生活却是非常困苦的。他们经常遭受统治阶级的残酷剥削与压迫，以至于生命都受到了严重的威胁。

哪里有压迫，哪里就有反抗。我们知道，《诗经·国风》大部分来自民间，因而其中不乏反抗统治阶段的声音，前面讲的诗篇已经有所涉及，下面再给大家介绍两篇典型作品。

第一篇叫作《伐檀》。

伐檀（fá tán）

《国风·魏风》

坎坎①伐檀兮，寘②之河之干③兮，河水清且涟猗。不稼不穑，胡取禾三百廛④兮？不狩不猎，胡瞻尔庭有县貆⑤兮？彼君子⑥兮，不素餐⑦兮！

坎坎伐辐兮，寘之河之侧兮，河水清且直猗。不稼不穑，胡取禾三百亿兮？不狩不猎，胡瞻尔庭有县特⑧兮？彼君子兮，不素食兮！

kǎn kǎn fá lún xī, zhì zhī hé zhī chún xī。hé shuǐ
坎坎伐轮兮，寘之河之漘⑨兮。河水
qīng qiě lún yī。bú jià bú sè, hú qǔ hé sān bǎi qūn
清且沦⑩猗。不稼不穑，胡取禾三百囷
xī? bú shòu bú liè, hú zhān ěr tíng yǒu xuán chún xī? bǐ
兮？不狩不猎，胡瞻尔庭有县鹑兮？彼
jūn zǐ xī, bú sù sūn xī!
君子兮，不素飧⑪兮！

①坎坎：象声词，伐木声。②寘：放置。③干：水边。④廛：通“缠”，即捆。俞樾《毛诗平议》以为第二章的“亿”通“繶”、第三章的“囷”通“稛”，皆是“束”的意思。束，即捆。⑤貆：猪獾。⑥君子：此系反话，指有地位有权势者。⑦素餐：白吃饭，不劳而获。马瑞辰《毛诗传笺通释》引《孟子》赵岐注：“无功而食谓之素餐。”⑧特：大兽。⑨漘：水边。⑩沦：小波纹。⑪飧：熟食，此处泛指吃饭。

《诗经》可以说是中国讽刺文学的源头。揭露和讽刺剥削阶级，是《诗经》的主旨之一，在众多经典诗篇中，《伐檀》以独特的刚柔美，展现出非同一般的色彩和音响。

这是一首伐木者之歌，铿锵而悠扬的歌声传达了这样的情景：一群伐木者砍树造车时，联想到剥削者不劳而获，愤怒非常，于是发出了质问：为什么那些从不种田的人，家里的谷物堆满了仓房？为什么那些从不打猎的人，飞禽走兽挂满了庭院？这种质问，反映了劳动者对现实的清醒认识，蕴藏着一种强烈的反抗情绪。

诗作每章首句都用同样的叠字，“坎坎”是伐木时发出的声音，因为檀树木质很硬，所以用斧子砍起来铿然作响，以此入诗，尽显音律谐和悠扬，诗人先声定式，给全诗抹上一丝叮咚舒卷之感，为强烈的讽刺和质问披上了温婉的外衣。另外，这一叠字也巧妙地深化了主题：古人以檀木造车，劳动强度很大，伐木工人生活的辛苦可见一斑。人们把树砍倒，然后堆放到河岸边，利用水力把其运走，简短数字，工人们的整个劳动过程就展现在眼前，声情并茂。

伐木者把檀树运至河岸，放眼望去，水流清澈，微波荡漾，一派优美的山水盛景展现在眼前，让人不禁对此美好景象赞叹不已，但他们身上肩负的沉重压迫与剥削，立即打破了这暂时的轻松与欢愉，硬生生地把他们从如梦胜景拉回真实的人间地狱。他们看着能够自由自在流动的河水，联想到自己整日劳作，没有自由，不禁悲从心来，不得不一吐为快。

于是，他们向剥削者提出了尖锐的责问："不稼不穑，胡取禾三百廛兮？不狩不猎，胡瞻尔庭有县貆兮？彼君子兮，不素餐兮！"伐木者的感情随着质问变得更加激越，他们不禁直接指责和怒骂："这些'君子'们，你们不是在白白地吃饭吗？"

第二、三章文字上改易数字，反复咏唱，也在内容上做出了补充，加深了所要表现的主题，"辐"是车轮中的直木，"轮"是指车轮，各种做车配件的出现，暗示了工人们劳动的无休无止。"特"指大兽，各种猎物的描写，反映了剥削者的贪婪本性：无论猎物如何，一概据为己有。

《伐檀》句式整齐，结构对称，富有鲜明的节奏感和韵律感，三章反复咏叹，有力地表达了伐木者的痛声疾呼和反抗情绪，使感情在迭唱中步步深化，增强了诗的抒情性和讽刺力量。

从表面看来，此作用词清新、语调清婉，好似一首细腻的抒情诗，然实为柔中寓刚，充满了硬度和情感张力。它申诉时没有使用陈述句，而是选择反诘句，这样质问和讽刺，更显情感激越、笔力厚重。

下面这首《鸨羽》，同样反映了来自下层的抗议。

bǎo yǔ
鸨羽

《国风·唐风》

sù sù bǎo yǔ jí yú bāo xǔ wáng shì mǐ
肃肃①鸨②羽，集于苞③栩④。王事靡
gǔ bù néng yì jì shǔ fù mǔ hé hù yōu yōu cāng
盬⑤，不能艺稷黍。父母何怙⑥？悠悠苍

tiān hé qí yǒu suǒ
天，曷⑦其有所？

sù sù bǎo yì jí yú bāo jí wáng shì mǐ gǔ bù
肃肃鸨翼，集于苞棘。王事靡盬，不
néng yì shǔ jì fù mǔ hé shí yōu yōu cāng tiān hé qí
能艺黍稷。父母何食？悠悠苍天，曷其
yǒu jí
有极？

sù sù bǎo háng jí yú bāo sāng wáng shì mǐ gǔ
肃肃鸨行⑧，集于苞桑，王事靡盬，
bù néng yì dào liáng fù mǔ hé cháng yōu yōu cāng tiān hé
不能艺稻粱。父母何尝？悠悠苍天，曷
qí yǒu cháng
其有常？

①肃肃：鸟翅扇动的响声。②鸨：鸟名，似雁，不过比雁要大，群居水草地区，性不善栖木。③苞：草木丛生。④栩：柞树。⑤盬：休止。⑥怙：依靠，凭恃。⑦曷：何。⑧行：行列。

春秋时期的晋国，政治黑暗，徭役沉重，百姓终年奔波在外，辛劳服役，无法赡养父母、护佑妻子，更别提安居乐业。《鸨羽》就是在这种情形下创作的。

“鸨羽”是一种起兴，引出下文的反常现实：农民不种地耕作，却长期在外服役，上头的差事一拨接一拨，不知何时是尽头，回家的日子自然渺不可及。起兴的手法，让主人公触景生情，引起联想，想到自己的悲惨境遇，不禁放声大呼，反复控诉“王事靡盬，不能艺黍稷”，指出造成百姓无法务农的人正是人民的父母官——统治者，接着又反复质问：“父母何怙”“父母何食”“父母何尝”，以及“曷其有所”“曷其有极”“曷其有常”等。语言悲伤，感情激越。

全诗勾勒出这样一幅画面：主人公在军士的鞭笞下辛劳一天，到了傍晚终于有了一刻空闲，他站在飒飒的秋风中，满脸的疲惫与沧桑，显得异常孤独和无助。眺望天空，他发现了一幕相当怪异的情景，成群的野鸨，没有自由地翱翔在空中，而是悲戚地挤在一棵树上，显得无助又凄凉。由景及人，回想自己，他不禁潸然泪下：这不是一样的吗？自己也是无法待在该在的地方，不能做自己想做的事情，繁重的劳役，迫使自己远离父母和故土，无法自由地享受安居乐业的幸福。想到这里，主人公心中酸楚，痛苦和无奈得无以复加。

画面愈悲戚，愈显示出内涵的厚重，诗人不仅描写了这种凄惨的事件和景象，也不止于抒发心中的愤懑和无奈，还进一步展现出百姓们的美好品质，表现了统治者的无道和虚伪，直指统治阶级所推崇的治国之道——孝道和爱民。在强烈的呼号中，主人公特别提出了劳动人民要尊老养老、孝顺父母，让人心生感慨，倍感动容。在“曷其有所”“曷其有极”“曷其有常”的质问中，诗人深刻地揭露出统治者的言行不一：以保民的借口执政，实际上却不顾百姓死活，如若是天灾也就罢了，而现在造成百姓流离失所的，正是满口仁义的统治者自身。由此，诗歌的内涵提升到一个极高的高度。

战争篇

比奴隶更悲惨的人

战争到底多残酷

远征者那一抹乡愁

什么样的战争必须打

春秋时代的一场车战

比奴隶更悲惨的人

在《东方未明》中，我给大家讲述了奴隶的悲惨遭遇，他们在奴隶主的逼迫下起早贪黑地干活，稍有怠慢就会被监工殴打，以至于竟然把上下衣裳都穿反了，两手伸进裤管，而两脚却蹬进袖筒。这样的生活真是够惨的，但还有比他们更惨的，那就是征夫。

征夫的人生到底有多惨，我们先来看一首《击鼓》。

jī gǔ
击鼓

《国风·邶风》

jī gǔ qí tāng yǒng yuè yòng bīng tǔ guó chéng cáo wǒ dú nán xíng
击鼓其镗①，踊跃用兵。土国②城漕③，我独南行。

cóng sūn zǐ zhòng píng chén yǔ sòng bù wǒ yǐ guī yōu xīn yǒu chōng
从孙子仲④，平⑤陈与宋。不我以归，忧心有忡。

yuán jū yuán chù yuán sàng qí mǎ yú yǐ qiú zhī yú lín zhī xià
爰居爰⑥处，爰丧其马。于以求之，于林之下。

sǐ shēng qì kuò yǔ zǐ chéng yuè zhí zǐ zhī shǒu yǔ zǐ xié lǎo
死生契阔⑦，与子成说⑧。执子之手，与子偕老。

xū jiē kuò xī bù wǒ huó xī xū jiē xún xī bù wǒ xìn xī
于嗟⑨阔兮，不我活⑩兮。于嗟洵⑪兮，不我信⑫兮。

①其镗：鼓声，即“镗镗”。②土国：用土筑城。国，即“城”。③城漕：筑造漕城。漕，卫国的地名。④孙子仲：即公孙文仲，字子仲，卫国将领，此次军事行动的统帅。⑤平：和，调停，此处是指救陈以调和陈宋关系。⑥爰：于是。⑦契阔：聚散。契，合；阔，离。⑧成说：从内心相爱悦。⑨于嗟：即“吁嗟”，犹言今天的“哎哟”。⑩活：相会。⑪洵：远。⑫信：与上文“成说”同义，即信誓之意。

《击鼓》是一首与战争有关的诗，至于究竟是哪次战争，历来说法不一。有的说诗中战争指卫王呼吁联合宋陈讨伐郑国之事，有的则认为这是卫穆公时宋国伐陈、卫国救陈之事。其实，这首诗的典型意义在于，它道出了征夫对战争的怨恨，至于诗的背景是哪次战争，对欣赏这首诗的艺术价值并没有多大影响。

全诗共五章，叙述了一个不能归家的征夫对战争的怨尤之情。诗从出征开始写起，“击鼓其镗，踊跃用兵”。诗人没有直接把出征的场面展示出来，可是那雷鸣般的声声战鼓，分明告诉大家，战事已起，无数男丁就要被发往战场浴血奋战了。以“踊跃”二字形容用兵，犹言在战鼓的激励下，士兵们积极进行演练，战争的紧张气氛弥漫其间。在众多出征兵士中，就有诗中的主人公。他不幸被派往战场，内心十分忧伤。

“土国城漕，我独南行”，战争将至，到处都是修筑防御工事的苦役。但是在主人公看来，修筑工事虽然辛苦，却可以不用离开家乡；而远征作战，不知何时回家不说，一旦战死沙场，就永远等不到回家那一天了。诗人用一个“独”字，把主人公的命运同修筑城池的苦役相比，更显其遭遇不幸。

“从孙子仲，平陈与宋。不我以归，忧心有忡。”诗中主人公说带领他们南征的将领是孙子仲，征战之地是陈国和宋国。这意味着他将长期戍守在异地他乡，想到归期无望，他怎么不忧心忡忡？

征战之人不仅要饱受久不能归的精神折磨，还要承受奔波无定的战争给肉体带来的折磨。“爰居爰处，爰丧其马，于以求之，于林之下。”在东征西战的过程中，将士们居无定所，行军至何处，便在何处安营扎寨，就连在睡梦中也要保持高度警惕，以防半夜遇到紧急情况。岑参《走马川行奉送封大夫出师西征》中有这样的诗句：“将军金甲夜不脱，半夜军行戈相拨。”想来《诗经》中这位士兵也经历过这样的场面吧。更不幸的是，主人公于战争的混乱之中丢失了战马，经过艰难寻觅，终于在树林中找到马匹。其实，好马不服拘束、喜欢驰骋，不正如征夫不愿久戍、渴望回家的心情吗？再换个角度看，战马跑失似乎也暗示了主人公思家过甚，以至精神恍惚、失魂落魄的精神状态。

“死生契阔，与子成说。执子之手，与子偕老。”大多数人对《击鼓》一诗并不熟悉，但是这句“执子之手，与子偕老”，恐怕就无人不知了。至此，诗由叙述征战的艰苦生活转入对往事的深情回忆。

主人公与妻子感情深厚，他曾经对妻子立下誓约：此生无论生死聚散，我都会握紧你的手，跟你白头偕老！但人生变幻无常，能够经受时间的考验，平平淡淡相守一生的人实在不多。海誓山盟本来就是无法实现的诺言，而跟那些海枯石烂的誓言相比，这句“与子偕老”就显得朴实、真挚得多了。

可是当初约定时，主人公怎么也想不到，他们的美好愿望会被突来的战争搅得粉碎。“于嗟阔兮，不我活兮。于嗟洵兮，不我信兮。”人如果可以一直沉浸在美好的回忆里，未尝不是一件幸事。但怕就怕再回到悲惨的现实，而且回忆越美好，现实就越显绝望。当读诗之人还在为那句“执子之手，与子偕老”感动得一塌糊涂时，主人公已经回到了现实，他悲哀地说：我们相隔太遥远，不知道哪天才能相见；我们分别太久了，无法实现当初的誓言。沉痛、怨恨之情可见一斑。

“执子之手，与子偕老”，多么真诚、朴素的愿望。可是征夫竟没有实现这个愿望的机会，而导致征夫失约的正是无休无止的战争，最终等待征夫和他妻子的很可能是“可怜无定河边骨，犹是春闺梦里人”的命运。《击鼓》也许只是一个士卒厌战、思归的心声，却喊出了无数儿女渴望安定、平静生活的真切愿望。

在那个时代，战争司空见惯，因而同样的呼声可谓此起彼伏，看完《击鼓》，我们再来看一首《何草不黄》。

何草不黄

hé cǎo bù huáng

《小雅·鱼藻之什》

何草不黄，何日不行①。何人不将，经营四方。

何草不玄②，何人不矜③。哀我征夫，独为匪民。

匪兕④匪虎，率⑤彼旷野。哀我征夫，朝夕不暇。

有芃⑥者狐，率彼幽草。有栈⑦之车，行彼周道⑧。

①行：出行，此指行军，出征。②玄：发黑腐烂。③矜：通"鳏"，无妻者。征夫离家，等于无妻。④兕：野牛。⑤率：沿着。⑥芃：兽毛蓬松。⑦栈：役车高高的样子。⑧周道：大道。

作为一篇控诉统治阶级穷兵黩武、发动弱肉强食的非正义战争的诗，《何草不黄》有一种反战诗的感觉。本诗的作者用第三人称的方式来抒发自己的感情。诗中多次运用了反问句，这些句子沉痛地表达出服兵役者的痛苦。诗人揭露了人们被迫当兵、被人驱赶着不停行军打仗的怨恨，他们像小草一样枯萎凋零，他们不断四处奔走，到处作战。他们远离家乡，居无定所，和亲人音讯隔绝，无法奉养父母，受尽饥渴劳顿的折磨，过着非人的生活。

本诗共有四节，通过五个“何”字喊出了人民求生的愿望以及他们无比的愤怒。“哀我征夫，独为匪民”是本诗的主题。“匪民”则是全诗的核心。第一、二两节用“何草不黄”“何草不玄”来比兴征人整日奔波于荒郊旷野，在行役之中过着非人的生活，“经营四方”就是他们的命运。因为草木注定要变黄变黑，由此比喻人也注定了会因行役而生，再因行役而死。“何人不将”这一句，将行役的宿命扩展到整个社会。这是一轮旷日持久而又殃及全民的兵役，所有的人都在荒野间被驱使着，社会动荡不安。天降寒霜，人像秋草一样憔悴。

人并不是野牛、老虎、狐狸这样的动物，因此人不可能像野兽一样在旷野、幽草中生活，但是征夫却在这样非人的状态下生存着，诗人自问自答，喊出了征夫的无奈和苦楚，诗人把士兵和野牛、老虎等兽类放在一起比较，说明这些士兵并没有被当作人来看待，他们的命运还不如野兽。动物还可以冬眠休息，但是这些士兵却不得休息，他们从大路走到荒野，又从荒野奔波到大路。

诗人用比较含蓄的比喻，表现狐狸在钻进浓密的草丛中休息的时候，士兵们却要驾车前行。古代传说“鸟飞反故乡兮，狐死必首丘”，也就是说狐狸死时，一定会把头朝向故乡的方向，因为它到死都非常依恋自己的故土，铭记自己的故乡。本节提到狐狸的用意在于：狐狸死时会把自己头朝向故乡的方向，因此当士兵们在行军的途中看到狐狸，他们浓浓的乡愁也就这样被激活了，士兵们感叹自己的命运甚至还不如狐狸。但是不管士兵们有多少怨言，他们并没有改变自己命运的能力，他们的命运在成为士兵的那一刻就已经注定了，他们要在征途中结束自己的一生。在统治者眼中他们不是人，而是战争的工具，“有栈之车，行彼周道”这一句就是很好的说明。

诗人到最后都没有告诉人们这些士兵的结局，不知道他们最后是战死在了沙场，还是平安返回了故乡。这种开放的结尾给读者留下了思考的空间，产生了一种含蓄的艺术效果。

战争到底多残酷

提到古代战争，我们脑海中通常会浮现出“浴血沙场”“尸横遍野”这些字眼。很多时候，对于一件事情说得多了，就会变得抽象，没有切身的感受。对于战争便是这样，那些抽象的词汇只能告诉我们战争残酷，但到底有多残酷，如何挑战士兵的生理、心理极限，那些词汇却无法传递。如果你想知道这些，不妨跟我来看看这篇《渐渐之石》。

渐渐①之石
chánchán zhī shí

《小雅·鱼藻之什》

chán chán zhī shí wéi qí gāo yǐ shān chuān yōu yuǎn
渐渐之石，维其高矣。山川悠远，
wéi qí láo yǐ wǔ rén dōng zhēng bù huáng zhāo yǐ
维其劳②矣。武人东征，不皇朝③矣。
chán chán zhī shí wéi qí zú yǐ shān chuān yōu yuǎn
渐渐之石，维其卒④矣。山川悠远，
hé qí mò yǐ wǔ rén dōng zhēng bù huáng chū yǐ
曷其没矣⑤。武人东征，不皇出⑥矣。
yǒu shǐ bái dí zhēng shè bō yǐ yuè lí yú bì
有豕白蹢⑦，烝涉波矣。月离于毕⑧，
bǐ pāng tuó yǐ wǔ rén dōng zhēng bù huáng tā yǐ
俾滂沱矣。武人东征，不皇他矣。

①渐渐：山石高峻。②劳：疲劳。③不皇朝：无暇等日出。④卒：山高峻而危险。⑤曷其没矣：什么时候可以结束。矣，感叹词。⑥不皇出：只知不断深入，无暇顾及出来。⑦有豕白蹢，烝涉波矣：天象。夜半天汉中有黑气相连，俗称黑猪渡河，这是要下雨的气候。蹢，兽蹄。⑧月离于毕：天象。月儿投入毕星，有雨的征兆。

本诗是一首描述出征在外的将士们行军十分艰难的诗，大概是一名下级军官在途中写的，他自述了在东征途中的劳苦，重点叙述了行军过程中的艰难和紧张，并写出了行军途中的景色。诗人通过记述眼前的事情，来表达被迫上战场的将士们无奈的哀怨和悲叹。

全诗共有三章，在写法上是用赋的范式来叙事，由此抒发自己的感情。本诗头两章是迭唱的，这两章的意思相仿，第一章的“不皇朝矣”说明了行军的紧急，将士们起早摸黑，天不亮就要上路。第二章的“不皇出矣”包含了许多难言的痛苦，对将士们来说，行军紧迫，他们甚至无暇顾及自己的生命安全。

诗人描述了急行军的途中，士兵们跛脚瘸腿的惨状，他们艰难地跋涉在好像永远没有终点的崎岖小路上，路上有很多景物，但是士兵们无心观赏，他们感到十分疲劳，这时在士兵们的眼前出现了“渐渐之石”，陡崖峭壁挡住了军队的去路，面对这样的困难，他们发出了“维其高矣”“维其卒矣”的惊呼。这些兵士觉得这样陡峭的高山他们无法翻越过去，而更令他们感到痛苦的是，山川遥远，跋涉攀缘，步步维艰，疲劳不堪的他们不知道这样艰险的路途还要走多长、多远。他们渴望早点抵达目的地，却总是达不到，他们辛苦跋涉得不到片刻的休息。

“武人东征”这一句贯穿了全诗。兵士们行进到山脚下时，发现这座山十分的高险。士兵们一边看着山的高度，一边开始爬山，他们关注着山顶，希望早一点到达那里。士兵们觉得只要他们翻越了这座山，剩下的路途一定就会变得非常好走。其实士兵们心中非常清楚，即使他们成功翻过了这座山峰，后面还会有第二座、第三座以至于无数座山在等待着他们。面对这样的现实，士兵们的心愿只有一个，就是希望可以早日到达行军的终点，但是他们并不知道到达终点之后，会有什么样的灾难在等待他们，他们也不知道自己是否还有能够平安回家的一天。但是当下，他们无暇顾及更多了，他们必须全力攀爬眼前这座仿佛永远爬不上去的山。

接下来，诗人不再描写行军的严酷，而是开始描写星空，这里的描写和第一章的“朝矣”一句相对应，主要是为了告诉我们，这些士兵不但白天要行军，夜晚也要行军。白天行军是一种折磨，晚上行军就更是一种煎熬。

诗人叹息着士兵们好不容易下得山来，又遇上一条大河挡道，况且天色已黑，月亮靠近了毕星，一场大雨顷刻之间将要来临。士兵们要在夜间行军，同时又担心会遭遇滂沱大雨，使得行军变得难上加难。接着诗人担心的事情发生了，在狂风大作、电闪雷鸣之后就下起了瓢泼大雨，河水裹着树枝烂草汹涌而下，雪白蹄子的野猪们惊慌失措竞相渡河，这样骇人的景象使得士兵们忘记了满身的疲累，他们不顾疲惫和饥肠辘辘，互相拽拉着过河。

这首诗展示了一个无奈的场景，因为战争，因为王命，士兵们挣扎在死亡线上，他们背井离乡无法享受天伦之乐。在那个残酷的年代，这些士兵们的生命已经不再属于他们自己，他们只能向前，向前，一直向前，直到自己生命终止的那一天。

远征者那一抹乡愁

你有没有想家的体验？比如，暑假去外婆家，爸爸妈妈因为工作不能陪同，一开始热热闹闹还不觉得什么，但等一个人静下来的时候，你会不会想念远方的家？如果你有过这样的感受，那么对于古代远征者你大概就会多几分同情。

你想一想，你去外婆家有好吃好喝还有好玩的，而且一般最多十来天也就回家了。然而，那些远征者，不仅生活艰苦，没吃的没喝的，连睡觉都在野地里，还要行军打仗；更可怕的是，他们不知道自己这辈子还能不能回到家乡，还能不能见到自己的亲人。当他们一个人的时候，回想起自己的家乡，那该是什么样的情形啊。

下面要介绍的两首诗，就是远征者的思乡诗，我们先来看第一首《陟岵》。

陟岵①

zhì hù

《国风·魏风》

zhì bǐ hù xī zhān wàng fù xī fù yuē jiē yú
陟彼岵兮，瞻望父兮。父曰："嗟！予

zǐ xíng yì sù yè wú yǐ shàng shèn zhān zāi yóu lái
子行役，夙夜无已。上②慎旃③哉，犹来④

wú zhǐ
无止。"

zhì bǐ qǐ xī zhān wàng mǔ xī mǔ yuē jiē
陟彼屺⑤兮，瞻望母兮。母曰："嗟！

yú jì xíng yì sù yè wú mèi shàng shèn zhān zāi yóu
予季⑥行役，夙夜无寐。上慎旃哉，犹

lái wú qì
来无弃。"

zhì bǐ gāng xī zhān wàng xiōng xī xiōng yuē jiē
陟彼冈兮，瞻望兄兮。兄曰："嗟！

yú dì xíng yì sù yè bì xié shàng shèn zhān zāi yóu
予弟行役，夙夜必偕⑦。上慎旃哉，犹

lái wú sǐ
来无死。"

①陟岵：登上有草木的山。②上：通"尚"，希望。③旃：之。④犹来：还是归来。⑤屺：无草木的山。⑥季：小儿子。⑦偕：俱。

因政治动荡，战争频发，兵役繁复，孝子远行在外，思念父母兄弟，作歌排遣，这便是《陟岵》一诗的来由。诗的主人公是家中最小的儿子，被征上阵，久不归家，对父母和兄长极尽想念。诗作开创了思乡诗的一种独特的抒情模式，在历代文学中饱受好评，因此，它被评论家推为"千古羁旅行役诗之祖"。

登高望远，是久未归家的人们排遣乡愁的一种重要手段，也是对人们渴望相聚的心情的形象传达，因此有言曰"远望可以当归，长歌可以当哭"。诗中每章开首都以登高望远起兴，直言思亲之情。在诗作中，诗人连续三次登上高山，远望乡里，分别思念父亲、母亲和兄长，情感在分说和复沓中极尽交叠，形成极大的情感张力，表现出其思家之切，感人肺腑。

登高必有所见，但主人公之见，却非同一般：“父曰：嗟！予子行役，夙夜无已。”诗中没有继续言说主人公多么痛苦，多么思念，而是转而描绘了其想象之景：父亲的音容笑貌浮现在空中，他微笑而又心疼地说：“儿啊，你行役辛苦，早晚都得不到休息，一定要注意身体啊，希望你能够早日归来，不要滞留远方！”谆谆告诫、殷殷希望，形象而又真实，不知此景有多少次潜入过梦境，才能如此纤毫毕现。诗人通过这一新异的手法，从想象入手，同时表现征夫的思念和家人的温暖，两相对照，相得益彰，巧妙无痕。

第二章是描写主人公对母亲的想象，同样是一幅类似于上章的画面，但所述却各有千秋，相似但不雷同：“我的小儿子啊，你出门在外行役辛苦，白天黑夜的不能睡觉，一定要注意身体啊，千万不能不回家，千万不要把自己的母亲抛弃！”

在母子之间，比父子之间更多了具体的日常细节，也因此生发出了更多的依恋和牵挂。孩子小的时候，母亲多会每天嘱托、陪伴孩子睡觉，这种经历和记忆，早已深深地融进了母子关系，成为一种亘古不变的内容和必然，即使长大了，孩子不在身边，母亲依然会习惯而又当然地关心孩子的睡眠。伴随着孩子的成长过程，母亲的欣喜和期待，也充满了每一分每一秒，她会时刻想着，孩子马上就要大了，马上就能为自己分担压力了，这些想法，会慢慢进入她的习惯和意识中。如今，孩子远走他乡，最沉重地击中了母亲的期待，因此她才会产生这样的担忧。

第三章则是对其兄长的想象。兄弟之间，自然要直率得多，所以兄长言语的不同之处为“犹来无死”，直言弟弟千万不要客死他乡，传达出了亲人最真实、最要紧的担心。你不回来也不要紧，最重要的是你能够平平安安地活着。父母最担心的，当然也是孩子的生死，但因为有所畏惧，所以不敢说，又因为过于生硬，怕孩子听到心里难过，所以不愿说。兄长这脱口而出的“犹来无死”，表现了深深的手足之情，也是给弟弟的一种警示：一定要注意身体，小心谨慎，最终要活着回来。这也从侧面反映了行役的艰难和危险。

这种场面的营造，并非诗人的刻意造作，而是主人公情至深处的真实表现。这种对亲人念己的设想，包含了无数的无奈和辛酸：双方心意相通但生分两地，温馨的回忆在心中交叠但只能平添相思，一声声真实的嘱托全都无法送达，对方的状况只能凭想象营造，亲人是否还是自己想象中的情形，何时才能真实地见到想象中的场景？每一个思考，都纠缠着无数的希冀和担忧，融汇着无数的慰藉和害怕，也承载着无数的回忆和憧憬。有评论者说：“笔以曲而愈达，情以婉而愈深。”所言甚是。

在写作技巧上，诗人直录口语，真实而质朴，因真实而形象，因质朴而感人，产生了极具震撼的艺术力量，让人观之即能营造出主人公之貌，即能联想到自己之悲。“上慎旃哉”一句，有着极大的艺术张力，“旃”为兼语，是“之”“焉”两字的合写，因此，简简单单的一个“慎”字，诗人用了四个语气词帮衬，叮嘱之切、情感之真，描摹得极尽厚实。父母兄长的谆谆之心，都灌注于这一延绵悠长而又沉重的字句中，穿越千山万水，来到主人公的心田。

接下来，我们再看一首《扬之水》。

yáng zhī shuǐ

扬之水①

《国风·王风》

yáng zhī shuǐ bù liú shù xīn bǐ jì zhī zǐ bú yǔ
扬之水，不流束薪②。彼其之子，不与
wǒ shù shēn huái zāi huái zāi hé yuè yú huán guī zāi
我戍申。怀③哉怀哉，曷④月予还归哉？
yáng zhī shuǐ bù liú shù chǔ bǐ jì zhī zǐ bú yǔ
扬之水，不流束楚⑤。彼其之子，不与
wǒ shù fǔ huái zāi huái zāi hé yuè yú huán guī zāi
我戍甫⑥。怀哉怀哉，曷月予还归哉？
yáng zhī shuǐ bù liú shù pú bǐ jì zhī zǐ bú yǔ
扬之水，不流束蒲⑦。彼其之子，不与

wǒ shù xǔ　huái zāi huái zāi　hé yuè yú huán guī zāi
我戍许[8]。怀哉怀哉，曷月予还归哉？

①扬之水：激扬之水。②束薪：成捆的柴薪。③怀：平安，一说思念，怀念。④曷：何。⑤束楚：成捆的荆条。⑥戍甫：守卫甫国边境。⑦束蒲：成捆的蒲柳。⑧许：许国。

在《诗经》当中，以《扬之水》为题的一共有三篇，这首出自《国风·王风》，是一首戍边战士思念家中妻子的诗歌。

戍边战士，独自伫立扬水之畔，看着滚滚流逝的河水，思妻之情涌上心头：妻子还在独自辛劳吧，本来砍柴等男人干的重活，她在家里也要一肩承担。多想砍好成捆的薪柴，托付河水带去妻子身边，为其分担劳苦，无奈扬水载不起这份沉重。河水奔流不息，正如我越走越远，而妻子，就像那捆不随流水而去的薪柴，永远伫立家中，独自等待，不离不弃。如此轻薄的河水，怎样才能把我这成捆如柴草般沉重的相思，带给远方的妻子？何时我们才能团聚？

在《诗经》中，总能找到这种感动。这份浓烈的思念，在这篇《王风·扬之水》中，被诗人用短短数十字，描述得淋漓尽致。

全诗回环复沓，把一份相同的相思，反复吟诵了三次。各章不同之处仅在于柴草的名称和戍边的地点。每章最后的“怀哉怀哉，曷月予还归哉”一句是主人公浓得化不开的伤感，是他明知相聚无期却每日掐指计算的期盼，这样悠悠而又连绵不绝的念叨，真切地表现出远戍战士的思家情怀。

诗歌采用日常口语，不追求统一规整，而是用直白的语言描摹真实的情景，力图再现真切的思念，一切以原汁原味为准。三言、四言、五言、六言，只要有利于表现，统统进入诗中，丝毫不排斥句法的错落。口语化的句子，朴实而又生动，最能代表下层农民出身的士兵的口吻，也最能打动读者的心弦。当一个人远离家乡，被思念折磨得坐立不安时，会有怎样的心情？一定是像这位主人公这般，看到流水便伤感无限，归期无望却难止期盼，千言万语化成最简单的反反复复，唯有汹涌的情感在心中愈积愈浓。

因为最真淳，所以最打动人，诗篇由此获得了旺盛的生命力，流传广远。

什么样的战争必须打

战争对百姓的伤害如此惨烈，当然是要尽量避免才好。不过，我要告诉大家，有些战争却是必须要打的。这是为什么呢？因为战争虽然会造成破坏，但也有正义与非正义之分。在战争当中，正义的一方必然受到民众的支持，因而也会取得最终的胜利。

商朝末年，纣王残暴，弄得天怒人怨、民不聊生，周武王姬发带领周与各诸侯联军起兵讨伐商纣王，这场战争对于周武王来说就是正义的，因而在牧野之战中商朝的军队才会纷纷倒戈。此战之后，商朝灭亡，周朝建立。不过，周武王并没有赶尽杀绝，而是将殷商的都城殷分封给了纣王的儿子武庚。后来，周武王去世，武庚纠合一批殷商贵族，发动叛乱，于是当时执政的周公便调动大军，率军东征。这场战争，周公是正义的一方，因而得到了人们的支持，并获得了胜利。

在《国风·豳风》中有一篇《破斧》，讲的就是周公东征的事情，下面我们来看一看。

pò fǔ
破斧

《国风·豳风》

jì pò wǒ fǔ, yòu quē wǒ qiāng. zhōu gōng dōng zhēng,
既破我斧，又缺我斨①。周公东征，
sì guó shì huáng. āi wǒ rén sī, yì kǒng zhī jiāng.
四国是皇②。哀我人斯，亦孔③之将④。

jì pò wǒ fǔ　yòu quē wǒ qí　zhōu gōng dōng zhēng
既破我斧，又缺我锜⑤。周公东征，
sì guó shì é　āi wǒ rén sī　yì kǒng zhī jiā
四国是吪⑥。哀我人斯，亦孔之嘉⑦。
jì pò wǒ fǔ　yòu quē wǒ qiú　zhōu gōng dōng zhēng
既破我斧，又缺我銶⑧。周公东征，
sì guó shì qiú　āi wǒ rén sī　yì kǒng zhī xiū
四国是遒⑨。哀我人斯，亦孔之休⑩。

①斨：斧的一种。②皇：通“惶”，恐惧。③孔：程度副词，可解释为很，甚，极。④将：大。⑤锜：凿子，一说是古代的一种锯。⑥吪：教化。⑦嘉：善，美。⑧銶：凿子，一说是独头斧。⑨遒：一说固，一说敛，一说臣服。⑩休：美好。

“既破我斧，又缺我斨”，意为家中从事生产劳动的工具不是破损就是残缺了。斧、斨均为生产工具，但是这些工具都被使用得过于频繁，导致残破不堪。之所以如此，是因为服劳役的时间太长，由此可见那个时代的战事之频，生活之艰。这是以小言大，以物代情的手法。在这样水深火热的生活中，终于迎来了一线生机。

“周公东征，四国是皇”，周公率兵东征了。这两句是因果句，周公东征，所以四国的叛乱者十分恐慌。政局与人民的生活状况都即将有所转变，这两句通过叛乱者的反应间接赞美周公，叙事中有抒情。“哀我人斯，亦孔之将”一句，省略了主语周公，主要是表达对周公哀怜体恤人民的感激之情，并将他出征的举动称为伟大之举，赞颂之意溢于言表。

诗的第二章描写其他四国的人民准备逃奔到周国来的举动。“锜”与第一章的“斨”意义相同，都是劳动生产的工具，这两句也与上文一样都是在“恶四国”。下四句同样是在赞美周公。

“周公东征，四国是遒”，使四国之民重新团聚，这无疑是对周公的赞美，那些流离失所的人民有了家园，人心牢固，是人民对统治者最好的肯定。“哀我人斯，亦孔之休”，这两句也与上文相似，是对周公之举的嘉赞。诗的末章则是写四国即将覆灭，军民皆庆祝。末章与第二章的内容基本相同，写战事即休，直接赞美周公。

事实上，正义的一方之所以能够在战争中获得胜利，有一个重要的因素，即军队的士气是高昂的。下面这首《无衣》，就说明了这一点。

无衣（wú yī）

《国风·秦风》

岂曰无衣？与子同袍①。王②于兴师，修我戈矛。与子同仇。
（qǐ yuē wú yī? yǔ zǐ tóng páo. wáng yú xīng shī, xiū wǒ gē máo. yǔ zǐ tóngchóu.）

岂曰无衣？与子同泽③。王于兴师，修我矛戟。与子偕作④。
（qǐ yuē wú yī? yǔ zǐ tóng zé. wáng yú xīng shī, xiū wǒ máo jǐ. yǔ zǐ xié zuò.）

岂曰无衣？与子同裳⑤。王于兴师，修我甲兵⑥。与子偕行。
（qǐ yuē wú yī? yǔ zǐ tóng cháng. wáng yú xīng shī, xiū wǒ jiǎ bīng. yǔ zǐ xié xíng.）

①袍：长袍，也就是今天的斗篷。②王：此处指周王。③泽：通“襗”，内衣。④作：起。⑤裳：下衣，此指战裙。⑥甲兵：铠甲与兵器。

和《扬之水》一样，《无衣》在《诗经》中也不止一首，其一是《唐风·无衣》，其二是《秦风·无衣》，第二首讲述的是秦地的民风。

《无衣》就其内容来看，讲述的是秦地人民抗击西戎入侵的故事，是一首爱国主义的战歌。这首诗的背景是：西周时期的幽王被犬戎所杀，当时在位的秦襄公护送周平王东迁，并受王命攻打犬戎。秦地人民与周王室统一战线，奋不顾身、同仇敌忾共同抗击犬戎。

“岂曰无衣？与子同袍。王于兴师，修我戈矛。与子同仇。”这是全诗开篇第一句，以问句作为开头别具一格，吸引读者的阅读兴趣。怎么会没有衣裳？谁说我们没有衣裳？我们和你们穿着同样的战袍，意气风发、精神抖擞。君王要起兵打仗，我们义不容辞，君王有命，我们赴汤蹈火在所不惜，修好戈和矛，检查好各种武器，我们一起上阵同仇敌忾打它个落花流水。

这种设问式的章法更加突出回答的内容，好像反问，又好像极力在证明什么，生怕打仗会漏下他们这群高手，秦地人民好战尚武的性格在这一章显露无遗。那种大山般深沉、大海般广阔的气势，让人读完热血沸腾。

“岂曰无衣？与子同泽。王于兴师，修我矛戟。与子偕作。”谁说我们没有衣裳，我们连汗衫都跟你们穿的一致，莫要从衣服上判别什么，我们都有一颗抗击犬戎的心。君王要起兵打仗，我们义不容辞，君王有命，我们赴汤蹈火在所不惜，修好铠甲和兵器，检查好各种武器，我们和你们共同做准备，共同上前线，团结一心、同仇敌忾打它个落花流水。

“岂曰无衣？与子同裳。王于兴师，修我甲兵。与子偕行。”谁说我们没有衣裳，我们穿着一样的战裙，莫要从衣服上判别什么，我们都是一起的，都有一颗抗击犬戎的心。君王要起兵打仗，我们义不容辞，君王有命，我们赴汤蹈火在所不惜，修好铠甲和兵器，检查好各种武器，我们和你们共同做准备，一起上前线，同结一心、同仇敌忾打它个落花流水。

这首诗是整齐的四言句式，从第一段的“修我戈矛。与子同仇”可以看出这是秦地人民为了作战进行的活动，他们现在挺身而出，不管环境有多艰难都视死如归、同仇敌忾。第二章的情感有所变化，“修我矛戟。与子偕作”，这一章秦兵似乎跃跃欲试，修好各种武器，全面做好迎战的准备，只等君王一声令下。到了第三章感情激烈如泉涌，“修我甲兵。与子偕行”，修好武器大家团结一心上前线，如果说第二章是待发的箭，那这一章他们便像离弦的箭一般冲向前去，所向披靡。这三章正好展现了一个完整的作战前和奔赴战场的全过程，结构严谨，无可挑剔。

如果用现代人的眼光去评判的话，那秦地人民真是讲义气的好哥们。整首诗无不渗透着那种慷慨激昂的英雄气概，外敌突然入侵，大家并没有做好充分的作战准备，但是大家有着一颗同仇敌忾的心。他们同穿一件战袍，同穿一件外衣，甚至同穿一件汗衫，战士们连战衣都备不齐，但是大家团结互助，什么都不计较，就凭着这种执着劲，还有什么东西不可摧毁？相信每一位读者都会被诗中这种斗志昂扬、众志成城的精神感动。在那样一个年代，那样艰苦的环境下，战士拥有的就是心之所向，这股热情令人心驰神往。

春秋时代的一场车战

在《三国演义》里，我们看到的古代战争是这样的：先是两军列阵，然后双方的将军骑马向前，大战三百回合，最后胜的那位大喝一声，率队冲入敌阵，这场战争就算赢了。我曾经说过，咱们学习古代文化，要有自己的独立思考，稍微动点脑子，就知道战争不可能是这样的。

那么，古代战争到底是什么样的呢？下面这首《清人》就讲述了春秋时期的一场车战，我们一起来看下。

qīng rén
清人①

《国风·郑风》

qīng rén zài péng sì jiè páng páng èr máo chóng
清人在彭②，驷介③旁旁④。二矛重
yīng hé shàng hū áo xiáng
英⑤，河上乎翱翔。

qīng rén zài xiāo sì jiè biāo biāo èr máo chóng jiāo
清人在消，驷介麃麃⑥。二矛重乔⑦，
hé shàng hū xiāo yáo
河上乎逍遥。

qīng rén zài zhóu　sì jiè táo táo　zuǒ xuán yòu chōu
清人在轴，驷介陶陶⑧。左旋右抽，
zhōng jūn zuò hǎo
中军作好⑨。

①清人：指郑国大臣高克带领的清邑的士兵。清，郑国之邑，在今河南省中牟县西。②彭：与下面的“消”“轴”一样，都是郑国地名，在黄河边上。③驷介：一车驾四匹披甲的马。介，甲。④旁旁：马强壮有力貌。⑤重英：两层矛上的缨饰。⑥麃麃：英勇威武貌。⑦乔：借为“鷮”，长尾野鸡，此指以鷮羽为矛缨。⑧陶陶：马驱驰之貌。⑨作好：容好，与“翱翔”“逍遥”一样也是联绵词，指武艺高强。

《诗经》时代的战争，多为步战、车战，其中车战在大规模的战争中才会出现，《清人》就用短短三章篇幅为我们还原了《诗经》时代的一场车战。整首诗通篇都在介绍战争中车马与帅卒等的安排布局和战争冲突。从场面上来看，诗作描写了一场大车战，最后的着眼点落在了中军主帅身上，这就把我国古代战争中主帅的核心作用突出了出来，证明了自古以来的那句“擒贼先擒王”。

乍读起来，通常会把《清人》当成一首普通的描写战事的战争诗，然而这场车战的前后其实有一个并不简单的谋划。

卫戴公元年（前 660），狄人侵入卫国。郑国与卫国仅隔一条黄河，郑文公害怕狄人渡河侵犯郑国，就派他所讨厌的大臣高克带兵去防御狄人。这原本就是一个吃力不讨好的差事，郑文公也不打算召回高克，就这样，最终军队溃散，高克无可奈何，只好逃到陈国。《清人》就脱胎于这个故事，这里所说的“清人”无疑是春秋笔法，实指郑文公。

郑文公为了除掉一个大臣，竟然使出了这样一个“借刀杀人”的计谋，其中有何缘由呢？据《毛诗序》：“《清人》，刺文公也。高克好利而不顾其君，文公恶而欲远之……文公退之不以道，危国亡师之本，故作是诗也。”郑文公心里厌恶高克，却没有好的罪名加到高克头上，便出此下策，欲借狄人之手除掉自己不喜欢的人，为此不惜拿士兵的性命当作陪葬。无论高克本人究竟如何，身为君王郑文公此举的确有失帝王风范。

这首诗先写人，次写马，再写武器。人是虚写，重点在马和武器上。换言之，在这场浩大的战争中，少有人的动作，整个焦点落在了马和兵器上。“驷介旁旁”“驷介麃麃”“驷介陶陶”传神地描绘出战马在沙场上高昂的气势；“二矛重英，河上乎翱翔”，把河上战争两军兵刃相接的冲突场面写得甚是激烈壮观。这是以场面来写人，所有的场面描写都是为了衬托主帅。

末章描写在对敌过程中，战车的左右各站一人，对付远距离敌人就用弓箭，对付近旁的敌人就用矛戟。战车左转的时候，车右的战士可活动的空间变大，从而有条件从右侧攻击，同时又保护了左侧的御者，反之亦可。在这种“左旋右抽”的车战中，诗中提及中军主帅时用了“作好”两个字来形容，凸显了主帅的斗志昂扬和武艺高强。

由此可见，高克所率领的军队作战有法，称得上精锐之师，郑文公却打算将其放逐于战场不管，其讽刺的意味不言而喻。从诗的章法上说，三个章节的结构和用词都只是稍有变化，只有末章与前两章稍有不同。诗人采用反复咏叹的手法，以加强读者对高克这支精锐部队的印象，讽刺之味尽在其中。

在春秋时期，老百姓将诸侯争霸引发的战争称为“不义之战”，足见其痛恨之情，而人们对举国上下齐心协力抗击外敌的战争，总是赋以“正义”之名，给予歌颂。劳动人民的心中总是有一杆衡量善与恶的秤，当历史或现实扰乱了他们心中正义的理想时，诗便成为他们控诉的武器，不对历史人物直接评价，只将深深的讽刺纳入其中，却得到难以估量的价值。《清人》从另一个角度诠释了讽刺的高妙境界：对诗的本事不着一字，不动声色地给对象以辛辣的嘲讽。

忧愁篇

我的忧愁其实你不懂
乱世只有悲歌
说不尽的昏君与暴政
国殇里的盛世繁华
身为弱者的悲哀
一个流浪者的孤独

我的忧愁其实你不懂

开始讲这一章之前我先问大家一个问题：你有没有遇到过啥愁事？我想，大家应该都遇到过，比如，想要某件东西爸妈不给买、假期作业没写完怕老师罚、考试没考好怕回家挨骂，等等。其实，这种愁事跟我今天要讲的忧愁一比，那简直就不叫个事儿。

大家遇到的都是个人的小愁，而我今天要讲的却是大愁。什么叫大愁呢？就是忧国忧民。小愁是为自己，大愁是为别人、为国家。大家应该都听过范仲淹的那句名言“先天下之忧而忧，后天下之乐而乐”，这里的忧，就是忧国忧民。然而，世人总是关注于个人的小愁，无法理解那些忧国忧民的志士，这其实挺可悲的。

下面，我们就通过两首诗，来具体理解一下什么才是“忧国忧民”的大愁。

黍①离

shǔ lí

《国风·王风》

bǐ shǔ lí lí, bǐ jì zhī miáo. xíng mài mǐ mǐ,
彼黍离离，彼稷②之苗。行迈③靡靡④，
zhōng xīn yáo yáo. zhī wǒ zhě, wèi wǒ xīn yōu. bù zhī wǒ
中心摇摇。知我者，谓我心忧。不知我
zhě, wèi wǒ hé qiú. yōu yōu cāng tiān, cǐ hé rén zāi?
者，谓我何求。悠悠苍天，此何人哉？
bǐ shǔ lí lí, bǐ jì zhī suì. xíng mài mǐ mǐ, zhōng
彼黍离离，彼稷之穗。行迈靡靡，中
xīn rú zuì. zhī wǒ zhě, wèi wǒ xīn yōu. bù zhī wǒ zhě,
心如醉。知我者，谓我心忧。不知我者，
wèi wǒ hé qiú. yōu yōu cāng tiān, cǐ hé rén zāi?
谓我何求。悠悠苍天，此何人哉？
bǐ shǔ lí lí, bǐ jì zhī shí. xíng mài mǐ mǐ,
彼黍离离，彼稷之实。行迈靡靡，

zhōng xīn rú yē zhī wǒ zhě wèi wǒ xīn yōu bù zhī wǒ
中心如噎⑤。知我者，谓我心忧。不知我
zhě wèi wǒ hé qiú yōu yōu cāng tiān cǐ hé rén zāi
者，谓我何求。悠悠苍天，此何人哉？

①黍：小米。②稷：高粱。③行迈：行走。④靡靡：行步迟缓貌。⑤噎：气逆不能呼吸。

这首诗讲的是东周迁都之后，一位易代的大臣因为某个机会回到西周故都，想再一次找回过往岁月的痕迹，却不料事与愿违。放眼望去，曾经的故地，皆变成片片葱绿的庄稼，昔日的繁华和战火无一觅处，只剩下一些断墙残垣。诗人曾经在此任职、生活，留下了几多爱恨与际遇，沉淀了深厚的感情，而现在，却是人非物亦非，徒增伤感。

诗人漫无目的地行走在庄稼间，眼前的景物勾起他无限愁绪，思绪纷纭间，曾经被克制住的情思尽数涌上心头。他对故国的追思、对百姓的痛惜、对历史的感慨和敬畏，纷至沓来，急切而又阔大。为什么政权会兴衰更迭？人类社会的历史怎么才能保持安稳长久？渺小的人类如何才能战胜时间的规律？人的弱点何以如此顽固……这些终极的问题，疯狂地在主人公脑海中旋转，长久得不到解答。

最令人不堪的是这种忧思无人理解，也无人分担。“知我者，谓我心忧。不知我者，谓我何求”，众人皆醉我独醒的境遇，并非每个人都能承受。思索得太深、追问得太深的人，总有孤独、尴尬、委屈如影随形。诗人独自一人对抗着这些压迫内心的追问，最终无法承受，几乎达到了崩溃的边缘，所以他才仰天怒号，叩问苍天。由此，此诗一脱其他《诗经》作品的质朴美好，变得苍凉感伤。

有学者指出，诗人选取的是一种“物象浓缩化，而情感递进式发展”的写作手法，全诗的行文逻辑与庄稼的生长密不可分，诗人用庄稼的出苗、成穗、结实，来记述时间的演进和抒情主人公逐渐增强的情绪。全诗三章，仅易数字，回环往复，对主人公而言，接连袭来的忧郁简直要承受不住，从“中心摇摇”进而到“中心如醉”，到最后“中心如噎”，情绪压抑得喘不过气来。每章后半部分形式上完全一样，在一次次的反复呼喊中，情感力度逐章加深，最终汇聚成澎湃之势，给读者以深切的震撼。

通过想象，读者可以看到一个思想者面对饱含生机的庄稼，独自吟哦着自己的痛楚。这种伤痛，只有“知我者”才会理解，而这样的“知我者”，可遇而不可求。

《黍离》的主人公，是这样一类人：他敏感而又超前，才华横溢、境界高远，总能思常人不能思，但也因之不得不忧常人所未忧，由此也背负了常人不可想象的痛苦和孤独。事实上，这种忧国忧民的志士，在历史当中并不少见。下面这首《园有桃》的作者，也是这种人，我们不妨一起来看看。

yuán yǒu táo
园有桃

《国风·魏风》

yuán yǒu táo qí shí zhī yáo xīn zhī yōu yǐ wǒ
园有桃，其实之殽①。心之忧矣，我
gē qiě yáo bù wǒ zhī zhě wèi wǒ shì yě jiāo bǐ rén
歌且谣②。不我知者，谓我士也骄。彼人
shì zāi zǐ yuē hé qí xīn zhī yōu yǐ qí shuí zhī zhī
是哉？子曰何其？心之忧矣，其谁知之？
qí shuí zhī zhī hé yì wù sī
其谁知之，盖③亦勿思。

yuán yǒu jí qí shí zhī shí xīn zhī yōu yǐ liáo
园有棘④，其实之食。心之忧矣，聊
yǐ xíng guó bù wǒ zhī zhě wèi wǒ shì yě wǎng jí
以行国⑤。不我知者，谓我士也罔极⑥。
bǐ rén shì zāi zǐ yuē hé qí xīn zhī yōu yǐ qí shuí zhī
彼人是哉？子曰何其？心之忧矣，其谁知
zhī qí shuí zhī zhī hé yì wù sī
之？其谁知之，盖亦勿思。

①其实之殽：它的果实供我充饥。之，是；殽，通“肴”。鱼、肉等做成的荤菜。这里用作动词，吃。②歌且谣：唱没有乐声伴奏的歌，又唱有乐声相伴烘托的歌。曲合乐曰歌，徒歌曰谣，

此处的歌、谣皆作动词用。③盖：通“盍”，何不。④棘：通常指酸枣，此处特指枣。⑤行国：离开城邑。“国”与“野”相对，指城邑。⑥罔极：无极，没有准则。

对本诗的解读，首先依托于抒情主人公的界定，诗中“谓我士也骄”点明主人公是一位“士”，他说别人称其为“士”，他又未更正，可见他并无异议。但是，“士”的含义纷纭难辨，因此，应当联系诗作进行推断。通读此诗，加之想象，可以推断诗中所描绘的情景如下：主人公对国家担忧、不满，但没人理解他，还指责其高傲、反复无常，在忧愤无法排遣时，他只能长歌当哭，最后在无可奈何中，他“聊以行国”，离开了他生活的这个城市，要到别处走一走，看一看。

诗作以“园有桃，其实之殽”起兴，引出下句“心之忧矣，我歌且谣”，如此开篇，可谓一箭多雕：桃子成熟在夏季，隐含了诗作的时令；桃子熟了当然要采摘下来食用，心中忧烦当然要吟哦宣泄，这样，诗人开篇就讲出了自己牢骚有理，显得直率；诗人有感于桃子的果实味美又可饱腹，而自己却不被理解，于是忧心忡忡。简单的一句，蕴含之多，可谓神奇。

三、四句说“心之忧矣，我歌且谣”，他放声高歌以排遣内心苦闷，却反被认为是狷介骄纵，此即为“不我知者，谓我士也骄”。诗人的心态、思想、忧虑、行为，无不真实而又正确，但最终被视为“骄”，诗人委屈却又无可奈何。时光流转，枣儿熟了，到了秋季，诗人越发烦躁，唱歌已不能尽其情，他决定离开这是非之地，“聊以行国”，换掉这个不愉快的生活环境。这一举动，却又被人指点：“谓我士也罔极。”真的是走也不对，不走也不对。

面对此情此景，诗人不禁问道：“彼人是哉？子曰何其？”他们说得对吗？你说我该怎么办呢？难道大家是对的，而我错了？思维的混乱和迷茫展现出他内心的痛苦和矛盾。诗人彻底不知所措了：面对残酷的现实，庸碌无为的统治者，国家和人民的出路在哪里呢？

一个痛苦、矛盾而又极力“上下而求索”的“先忧者”形象，端立于字里行间。

最后四句：“心之忧矣，其谁知之？其谁知之，盖亦勿思。”诗人认为自己是有识之士，然而世上竟无一知己，所以诗人才反复地说“其谁知之”。而当他得知“理解”也是不可能时，他只得以“不想”来自我保护：“其谁知之，盖亦勿思。”既然没有人是清醒的，自己为何要独守清明？不过是自找烦恼罢了，还是忘掉这一切吧！

《园有桃》是较早的自由诗，诗中表现出的爱国情感和忧愤情绪与《离骚》是相同的。屈原对故国深深眷恋，日日担忧，最终难以承受“独醒”的艰难，选择了自沉汨罗江，本诗作者则是勉力自持，努力忘却这无尽的烦恼。然而，诗人的忧愤之情却无穷无尽，难以排遣，只得自欺欺人、空言忘却。

乱世只有悲歌

我们生活在一个和平的盛世，很难真切地体会生逢乱世的悲苦，虽然影视作品中时常会有所表现，那也多半基于导演或编剧的想象。真正想要深入理解，还是要回到那个时代。怎么回去呢？穿越吗？当然不是。还是老办法，从乱世悲歌中寻找那个时代刻痕。

不过，大家需要明白，忆苦是为了思甜。我们学习乱世悲歌，并不是想要回到过去，而是为了更加珍惜今天的美好生活。

我给大家介绍的第一首诗叫作《兔爰》。

兔爰（tù yuán）①

《国风·王风》

有（yǒu）兔（tù）爰（yuán）爰（yuán），雉（zhì）离（lí）②于（yú）罗（luó）。我（wǒ）生（shēng）之（zhī）初（chū），

shàng wú wéi　wǒ shēng zhī hòu　féng cǐ bǎi lí　shàng mèi wú é
尚无为③；我生之后，逢此百罹。尚寐无吪④！

yǒu tù yuán yuán　zhì lí yú fú　wǒ shēng zhī chū　shàng wú zào　wǒ shēng zhī hòu　féng cǐ bǎi yōu　shàng mèi wú jué
有兔爰爰，雉离于罦⑤。我生之初，尚无造⑥；我生之后，逢此百忧。尚寐无觉！

yǒu tù yuán yuán　zhì lí yú chōng　wǒ shēng zhī chū　shàng wú yōng　wǒ shēng zhī hòu　féng cǐ bǎi xiōng　shàng mèi wú cōng
有兔爰爰，雉离于罿⑦。我生之初，尚无庸⑧；我生之后，逢此百凶。尚寐无聪！

①爰：逍遥自在的样子。②离：通“罹”，陷，遭难。③为：指徭役。《郑笺》：“为，谓军役之事也。”④吪：不说话，一说不动。⑤罦：一种装设机关的网，能捕鸟兽，又叫覆车网。⑥造：指劳役。⑦罿：捕鸟兽的网。⑧庸：指劳役。

《兔爰》一诗，表现了一种乱世中的生活环境和悲哀的心态，“有兔爰爰，雉离于罗”，面对同样一张罗网，狡猾的兔子逃脱了，逍遥自在地奔跑着，耿介的野鸡却被捕了，只得收起自己的翅膀，无奈地告别天空。

过去，社会“无为”“无造”“无庸”，没有兵役、徭役和劳役，人们的生活很自由；而现在，多出“百罹”“百忧”“百凶”，人们会遇上各种灾祸，朝不保夕、流离失所。

因此，诗中出现了这样的叹息：与其活在这样的时代，不如把眼睛闭上，把嘴巴合上，把耳朵塞住，就此长睡不醒！

“无吪”“无觉”“无聪”即不欲言、不欲见、不欲闻，在沉痛的现实面前，诗人恨极失语，足见其愤慨。三章采用重章叠句的方式，反复渲染诗人在乱世的不幸遭遇，从相似的回旋中，可以充分感受到诗人的焦灼和痛苦，以及其强烈而独特的“闵伤”情绪。

《王风》中所弥漫的一种浓郁的末世之音，深深感染了后世的爱国者和思索者，让他们自发地传承着这种心忧天下的博大。如蔡文姬的《胡笳十八拍》中写道：“我生之初尚无为，我生之后汉祚衰。天不仁兮降乱离，地不仁兮使我逢此时！”相似的句式，一样的情怀，给人同样的感动。

接下来，我们一起学习第二首乱世悲歌《苕之华》。

tiáo zhī huá
苕①之华

《小雅·鱼藻之什》

tiáo zhī huá, yún qí huáng yǐ. xīn zhī yōu yǐ, wéi qí shāng yǐ!
苕之华，芸其②黄矣。心之忧矣，维其③伤矣！

tiáo zhī huá, qí yè qīng qīng. zhī wǒ rú cǐ, bù rú wú shēng.
苕之华，其叶青青。知我如此，不如无生。

zāng yáng fén shǒu, sān xīng zài liǔ. rén kě yǐ shí, xiǎn kě yǐ bǎo.
牂羊④坟⑤首，三星在罶⑥。人可以食，鲜可以饱。

①苕：植物名，又叫凌霄或紫葳，夏季开花。②芸其：芸然，一片黄色的样子。③维其：何其。④牂羊：母羊。⑤坟：大。⑥罶：捕鱼的竹器。

《诗经》是中国现实主义文学的源头，它对真实的描摹，总能产生震撼人心的力量，据记载：“东省乙巳、丙午三四年，数百里赤地不毛，人皆相食。鬻男卖女者，廉其价不得售，率枕藉而死。”本诗就是描述的这种窘境，它真实再现出了周代的灾荒，以及那时恶劣的社会现实与人民深重的苦难。

一首《苕之华》写的优美而又残酷，诗人首先展开了一幅美景：

苕花盛开，轻吐鹅黄，叶子青青，葱郁娇嫩，一派美丽的景象。然而，诗人不是在赞美自然，而是在反衬生活，“心之忧矣，维其伤矣！”用如此美丽的景象衬托心之忧、生之难，很少见，但却显得立竿见影、恰如其分。后世李商隐的《咏蝉》，深受影响，也用了这种方法，说“五更疏欲断，一树碧无情”，那碧绿浓郁的树叶，如此美丽，但又如此的无情，它们不理解蝉的哀鸣与坚韧，也无法帮助蝉脱离困厄。

这美丽的苕花看似黄青交杂，一片生机，但也是无情的，因为它读不懂百姓的饥饿，也无法帮助百姓远离饥饿。这种美好与残酷之间的落差，被诗人抓住，呈现在了读者面前。

“早知道我过的是这样的生活，当初不如不生在这个世界上。”有这种想法，是歇斯底里，也是万念俱灰。生活就一点欢乐都没有了吗？可以想象，如果不是在非常悲苦的境况中，怎会有人说：“知我如此，不如无生。”最可怕的是，导致这一切的原因不是别的，竟是饥饿！根本生活条件的缺失，肠胃因饥饿而痉挛的感觉，最难让人忍受，而诗人正是被它长期地折磨着。

“知我如此”揭示了诗人过去的生活原本不是这样，那时的他应该富足美满，衣食无忧，开心而又快乐，不用担心饥饿，不会看到人吃人的惨状。那时的他应是优雅而喜欢文学的，因此，即使是现在，他依然通过回忆美好给自己增加力量，即使是描述悲痛，他依然能用“苕之华，芸其黄矣”“苕之华，其叶青青”来起兴，充满了盎然诗意。

若没有最后一章，前两章会有很多的解释，爱情、春愁都可以说通，因相思或失恋而悲伤，因时光飞逝而伤怀，都是最寻常的路子。这位雅致的文士，从前说话时向来不愿直指其事，总是颇多委婉，如今他终于承受不住心中的伤痛，把人民的疾苦吐诉而出：“牂羊坟首，三星在罶。人可以食，鲜可以饱。”

虽然是这样，但其表达仍充满了艺术性：羊瘦则首大，满身嶙峋骨，就剩下一个大头显眼，罶中无鱼而水静，三星之光明了可见，辉映出波光点点。怎样的情思，才能把自己不能接受的苦楚写得这么美且生动？实际上，现实却是这样的：灾荒连连，颗粒无收，妻离子散，饿殍满地，十里无完户，百里无炊烟，人可以吃人。

诗人的苦痛，来自诸多方面，悲时、忧民、生活境遇的落差，还有更重要的饥饿。他只能苟延残喘地卧在被人啃光树皮的树旁，看着只剩一个硕大头颅的羊的骨架、空空如也的捕鱼器具，然后攒起最大的气力来抵抗一波一波袭来的饥饿狂潮，“知我如此，不如无生”。

正因为诗人所描述的遭际和心情如此惨痛，所以这首诗才得以拥有超越时空的力量。可以说，这篇《苕之华》不仅是一首诗，还是那个时代百姓记忆中最难忘的忧苦印记。

说不尽的昏君与暴政

我在书里不断给大家强调，学习古代文化，要有独立的思考。在前一节，我们知道了在乱世中有人吃人的惨剧，那么大家想一想，造成乱世的根源是什么呢？当然，有时会遇到天灾，但所有的天灾最终能给百姓造成巨大伤害，都是因为人祸，因为昏君和暴政。

在《诗经》当中，关于昏君和暴政的诗有很多，我在这里选择了两首有代表性的介绍给大家。

wú jiāng dà chē
无将①大车②

《小雅·谷风之什》

wú jiāng dà chē，zhī zì chén xī。wú sī bǎi yōu，zhī zì qí xī。
无将大车，祇自尘兮。无思百忧，祇自疧③兮。

wú jiāng dà chē，wéi chén míng míng。wú sī bǎi yōu，bù chū yú jiǒng

无将大车，维尘冥冥④。无思百忧，不出于颎⑤。

wú jiāng dà chē，wéi chén yōng xī。wú sī bǎi yōu，zhī zì zhòng xī

无将大车，维尘雝⑥兮。无思百忧，祇自重兮。

①将：扶进，此指推车。②大车：平地载运之车，此指牛车。③疷：病痛。④冥冥：昏暗，此处形容尘土迷蒙的样子。⑤不出于颎：犹言不能摆脱烦躁不安的心境。颎，光明。郑玄笺：思众小事以为忧，使人蔽暗，不得出于光明之道。⑥雝：通“壅”，遮蔽路途。

《无将大车》的作者是一位正直而有操守的官吏，他不见容于奸佞的同僚，被君主疏远，无能为力，只得独自痛心于当朝政治的黑暗和统治者的昏庸，感时而伤乱，作歌来自我排遣，诉说自己内心饱含的沉重与忧伤。

全诗三章，均以推车起兴，寄寓深远。在古代，生产力落后，人们从事农业劳动时，多肩挑背扛，高级的生产工具很少。当时的车子做工粗糙，非常沉重，再加上道路崎岖难行，多坑洼险阻，很不易使用。当车子装载过重时，人们便在其后推车前进，这时，推车人会被车轮扬起的灰尘洒满全身，弄脏衣服和须发，辨不清方向和位置，还有可能在一片朦胧中摔倒，最终伤了自己。诗人以此起兴，说出了推车时的艰难和危险，为全诗营造了一种悲痛、伤感而又迷茫的氛围。

另外，诗人选用推车比兴，除了用来烘托氛围，还有更深层的意义在里面。在中国古代，车子是地位和身份的象征，越是体积大、做工精致的车子，其内所坐之人也越是尊崇，并且，古代原本就存有直接以乘舆指天子、诸侯的说法。因而，这里的“将大车”，就有了鲜明的政治隐喻，诗人写推车，其实是以之比喻为国效力、服侍君王的政治工作，由此，诗作获得了更深层次的内蕴和更大的表现空间。

每章的后半段，诗人由推车之艰难，兴起了“无思百忧”的感叹，人们活在世界上，就像不要去推那种大车一样，心里不要老是装着世上的种种烦恼。就像强自推车会弄脏自己的衣服须发一样，整天思考只会使自己百病缠身，痛苦不堪，甚至生不如死。结合上文的分析，这里的烦忧，正是诗人对于国家的忧虑，对于昏庸君王的痛心疾首，对于黎民百姓的同情。诗人的意思就是：人生在世，不要焦虑急躁、忧怀百事，平静安然地度过每一天就好；不要做自己力所不及的事情，太沉重的车子不要推，太黑暗的官场不要去介入，免得自己最终落到灰头土脸、性命不保的境地；无能为力的忧思，不要想起，家国大事，是时事所趋、造化所致，非一人一时所能改变，不要螳臂当车，做一些无用之功。

诗中沉痛的情绪和深切的感慨，愈积愈深，最终形成蓬勃之势，给读者以沉痛的冲击，这种情感的叠加，得益于其行文的结构。全诗三章，采用回环复沓的手法，每章仅易数字，就在反复诉说中，使诗作的表现张力和情感内蕴急剧叠加，产生极强的感染力，达到了震撼人心的效果。

诗作的三章内容，并非简单的循环往复，而是在表现上步步递进，前半部分讲尘土的浓重程度，先是“祇自尘兮”，指出有尘土的存在，但仅能在人的身体上覆盖薄薄的一层，程度上只属一般；第二章为“维尘冥冥”，尘土的量增加不少，把光线都遮挡得变暗不少，四处冥冥昏沉，是首章的递进；第三章“维尘雝兮”，尘土变得遮天蔽日，有把推车人掩埋的气势，其程度在夸张上达到了顶点。诗作的后半部分也是如此，从“祇自疧兮”发展到“不出于颎”，最终变为“祇自重兮”，先说身体上的病痛，第二章发展到精神上的忧心忡忡，第三章是前面两者叠加，悉言身体上和精神上的双重痛苦。如此步步推进，符合人们的接受心理和情感的发展趋势，便于抒情达意，产生共鸣。

菀①柳

yù liǔ

《小雅·鱼藻之什》

yǒu yù zhě liǔ, bù shàng xī yān. shàng dì shèn dǎo,
有菀者柳，不尚②息焉。上帝甚蹈③，
wú zì nì yān. bǐ yú jìng zhī, hòu yú jí yān.
无自昵焉。俾予靖④之，后予极⑤焉。

yǒu wǎn zhě liǔ, bù shàng qì yān. shàng dì shèn dǎo,
有菀者柳，不尚愒⑥焉。上帝甚蹈，
wú zì zhài yān. bǐ yú jìng zhī, hòu yú mài yān.
无自瘵⑦焉。俾予靖之，后予迈焉。

yǒu niǎo gāo fēi, yì fù yú tiān. bǐ rén zhī xīn,
有鸟高飞，亦傅⑧于天。彼人之心，
yú hé qí zhēn? hé yú jìng zhī, jū yǐ xiōng jīn?
于何其臻？曷予靖之，居以凶矜⑨？

①菀：树木茂盛。②尚：庶几。③蹈：动，变化无常。④靖：谋。⑤极：通“殛”，惩罚。⑥愒：休息。⑦瘵：病。⑧傅：至。⑨矜：危。

《菀柳》一诗的作者，是一位耿直而激愤的官吏，他才华卓著但未被重用，冷眼于当朝的黑暗统治，不满君主暴虐无常，悲慨至极。可能他还受到了难以言说的不公平待遇，非常伤心失望，于是作歌警醒同事和世人，让他们警惕无道的君主，千万不要前去亲近。

首章以“有菀者柳，不尚息焉”起兴，诗人使用祈使语气，劈面直陈，突兀强硬，产生了极强的表达力量，发人深省。一方面，诗句传达出诗人强烈的愤懑之情，另一方面，这样的开头也让读者感到一丝茫然不解，会产生进一步追问缘由的兴趣。在炎热的夏季，四处骄阳胜火、烤炙如烙，唯有茂盛粗大的垂柳，撑起一片绿荫，营建出一处温馨凉爽的避暑胜地，让人观之便无限欣喜，但为什么诗人说不可以进去休憩呢？并且还如此绝对、信誓旦旦，让人听罢心生犹豫和畏惧。

在这种氛围中，诗人接下来主动揭开了谜题，原来，他是在使用比兴手法，言在此而意在彼。作者用柳荫的阴凉，比喻君主之侧貌似光彩舒适，君主的位高权重，正如柳树的粗大茂盛，会让很多人产生亲近、寻求庇护的欲望，但殊不知，那里凶险无比，并非真的好去处。这种先设疑问的写法，便于下一步的铺展和分析，也利于读者在不经意间对诗人所陈之事加深印象，引起其情感上的共鸣。

接下来的两句，诗人就所陈之事，给出了自己的理由："上帝甚蹈，无自暱焉。"君主太过暴虐无常，心狠手辣，朝令夕改，危险至极，万万不可亲近，否则必然自招祸害，甚至最终弄得性命不保。然后，诗人唯恐未能说尽，也担心旁人不信，又现身说法，用自己的经历警醒旁人"俾予靖之，后予极焉"，当初君主请诗人入朝，共商国是，一团和气，但时日一久，君主就原形毕露，莫名其妙地责罚诗人，使诗人饱受苦楚。诗作每句结尾都为"焉"字，呼告语气强烈得无以复加。

诗人一经倾诉，便扯开了往日久久隐藏的话题，心中的感慨喷涌而出，诗人此刻心潮澎湃，怨怒正盛，单单一章的呼告当然无法尽数消解其心中的不快。于是，在第二章中，诗人继续倾吐，对众人三令五申唯恐不尽。诗作运用回环复沓的艺术手法，两章结构相同、内容相似，仅易数字，反复咏叹，以相似的语调和口吻，进一步强化诗人的谆谆告诫和拳拳用心，感染力获得无限叠加，情感势头迅速高涨。

前两章的感情蓄积，使诗人的视野、胸怀变得无限开阔，他昂头看天，看到振翅高飞的鸟儿，心有所思，话语变得更加激切。在此基础上，诗人笔锋陡转，由对众人的诉说警告，变为对统治者的怒斥，将众人远远抛开，把所陈言语的对象，直指统治者："有鸟高飞，亦傅于天。"诗人以所看到的鸟儿比兴，着眼其飞行高度，言其再高也有限度，不会高过苍苍青天。而统治者的心思，却丝毫没有限度，反复无常，不可推测，其暴虐程度，更是没有上线，让人无法估算。

"彼人之心，于何其臻"，反问的语气，斥责的口吻，显示出诗人对其德不称其位的反感和抨击。最后，诗人又一次提及自己的悲惨遭遇，"曷予靖之，居以凶矜"，往日的痛苦经历总是不停地浮现在脑海，诗人的内心定然时刻未能安宁，其受到的苦楚定然非比寻常。因此，他对于统治者的质问，虽显得过于单刀直入、激切无比，却是有因可循，情有可原。

诗作情感激烈、说理严谨，以事实服人，通过比拟、警诫、劝告、直陈等多种手法，传递出诗人的拳拳真情和无限怨恨。诗作在结构上一气呵成，脉络清晰，上下连贯，以气御文，产生了极强的情感效果。诗人通过寥寥数十字，就将一个深不得人心的君主，以及一位严词质问的受难诗人的形象，清晰地凸现在纸面上，让读者观之恻然。诗作中的反复控诉，传达了这样一个道理：昏聩的君主，和正直而心忧社稷的臣子，最能形成对照，两者同现，必然形成荒唐、无奈和凄恻的景象，历史上的各个朝代、各个时期，尽皆如此。

国殇里的盛世繁华

人们常说，“失去的总是最好的”，可能大家现在年纪还小，对这句话没有太深的体会。相信随着年龄的增长，得到和失去的东西不断增加，大家就会领略它的内涵。

对于国家也是这样。对于乱世中的百姓来说，国家总是那么糟糕，君主昏暴、官吏腐败。然而，一旦国家灭亡，那些不好的东西就会被逐渐遗忘，人们记忆中留下的总是那些美好。这种对故国的怀念伤感而凄美，下面我们就从诗歌中来体验其中的韵味吧。

我给大家带来的第一首诗叫《都人士》。

dū rén shì
都人士

《小雅·鱼藻之什》

bǐ dū rén shì，hú qiú huáng huáng。qí róng bù gǎi，chū

彼都人士，狐裘黄黄。其容不改，出

yán yǒu zhāng　xíng guī yú zhōu　wàn mín suǒ wàng
言有章。行归于周，万民所望。

bǐ dū rén shì　tái lì zī cuō　bǐ jūn zǐ nǚ　chóu
彼都人士，台笠缁撮①。彼君子女，绸②
zhí rú fà　wǒ bú jiàn xī　wǒ xīn bù yuè
直如发③。我不见兮，我心不说④。

bǐ dū rén shì　chōng ěr xiù shí　bǐ jūn zǐ nǚ　wèi
彼都人士，充耳琇⑤实。彼君子女，谓
zhī yǐn jí　wǒ bú jiàn xī　wǒ xīn yù jié
之尹吉⑥。我不见兮，我心苑结⑦。

bǐ dū rén shì　chuí dài ér lì　bǐ jūn zǐ nǚ　quán
彼都人士，垂带而厉⑧。彼君子女，卷
fà rú chài　wǒ bú jiàn xī　yán cóng zhī mài
发如虿⑨。我不见兮，言从之迈。

fěi yī chuí zhī　dài zé yǒu yú　fěi yī quán zhī　fà
匪伊垂之，带则有余。匪伊卷之，发
zé yǒu yú　wǒ bú jiàn xī　yún hé xū yǐ
则有旟⑩。我不见兮，云何盱⑪矣。

①缁撮：青布冠。②绸：通“稠”，多而密。③如发：她们的头发。如发，犹言“乃发”，乃犹“其”。④说：通“悦”，高兴。⑤琇：一种宝石。⑥尹吉：当时的两个大姓，犹晋时称王谢。⑦苑结：郁结，指心中忧闷、抑郁。⑧厉：腰带下垂的样子。⑨虿：蝎类的一种。长尾曰虿，短尾曰蝎。⑩旟：上扬。⑪盱：“吁”的借字，忧伤。

西周末年，因为周幽王的荒淫奢靡，致使周王朝的诸侯群臣都与周幽王离心离德了，后来周幽王被犬戎杀死，西周就灭亡了。申侯和其他一些诸侯拥立周平王，将京都从宗周迁到洛邑（洛阳），从此周氏便苟延残喘、气息奄奄，旧都镐京的遗民都变成了异族的奴隶。诗人看着从前穿着华丽服饰的男女被穿着怪异服饰的外族替代了，他感到十分无奈和痛苦，他的惆怅之情无法直抒出来，对新的统治者的不满，也不能表现出来。所以他只能通过“人物仪容之美”，来表现他对“文物声明之盛”时期的追忆，他希望昔日的情景“行归于周”，是真正的“万民所望”。

这首诗共有五章，每章六句。全诗用的都是赋法，在直接平淡的叙述中寄寓着诗人浓烈的感情。诗人渴望“都人士”能够“行归于周”，反映出了沦于异族铁蹄之下的遗民的心声。“彼都人士”中的“彼”字蕴含着诗人对物是人非、斗转星移的感慨。当人们出现这样的诗句之后，脑海中就会看到这样一幅画面：一个经历过战乱之苦的老人用他苍老的声音向他的后代们说：“那个时候的京都人士啊。穿着狐裘黄黄的衣着，举止得体，出言有章，不管怎么看，不管从哪个方面来看，他们都是雍容典雅，合乎礼仪。”

原来的京都人士十分具有可观可赏的特点，这样的描写其言外之意就是反讽现在生活在这里的人，完全不能和原来的京都人士同日而语。“行归于周，万民所望”，这两句充分表现了人们渴望重新回到昔日周都的心情，人们想要过安定昌隆的生活，他们渴望回到那个讲究礼仪的时代。

那时，男子的典型头饰是草笠和青布冠，女子的典型特征是有密密直直的头发。他们的耳朵上戴着漂亮的宝石饰物，他们充满贵族的气派。这些优雅的人就是当时的名门望族尹氏和吉氏的族人。但是在当时非常常见的场景，在今天却是再也看不到了。

诗中反复提到“都人士”和“君子女”的“仪容之美”，都是当时的民族文化。中国历史许多民族的消失，并不是因为其种族的灭亡，而是因为他们的文化消亡了。对于民族文化的丢失，诗人感到十分伤心，诗中的“夷夏之辨”，就是“声明文物”与“仪容之美”的文化标志。所以，诗人向往的“垂带”“卷发”，已经是一种华夏文化的象征了。通过这样的描写，表现出诗人所渴望恢复的不仅仅是那些华丽的外表，同时他更渴望复兴整个华夏文化。

本诗通过表现昔日都城男女的仪容之美，展现了周王朝曾经的繁荣昌盛，同时表现出诗人对如今在外族的入侵之下华夏文化逐渐衰微的心痛，最后诗人发出了“我心苑结”“云何盱矣”的感慨。在表现手法上，诗人一直在描写昔日京都男女的衣饰仪态之美，让读者从诗歌中感受到过去与现实的巨大落差，将那种今昔盛衰之感直接传递给世人。

在《诗经》中还有一篇《下泉》，同样是一首怀念旧都的诗歌，但《下泉》怀念的不是西周，而是东周。周景王死后，周悼王继位，王子朝攻击并杀害了周悼王，晋国攻打王子朝而拥立周敬王。因王子朝在雒邑势大，周敬王于是迁都至洛邑之东，称新都为成周，称旧都为王城。《下泉》就是在这样的背景下诞生的。下面，我们一起来学这首诗。

xià quán
下泉①

《国风·曹风》

liè bǐ xià quán, jìn bǐ bāo láng. kài wǒ wù tàn, niàn bǐ zhōu jīng.
冽彼下泉，浸彼苞②稂③。忾④我寤叹，念彼周京⑤。

liè bǐ xià quán, jìn bǐ bāo xiāo. kài wǒ wù tàn, niàn bǐ jīng zhōu.
冽彼下泉，浸彼苞萧⑥。忾我寤叹，念彼京周。

liè bǐ xià quán, jìn bǐ bāo shī. kài wǒ wù tàn, niàn bǐ jīng shī.
冽彼下泉，浸彼苞蓍⑦。忾我寤叹，念彼京师。

péng péng shǔ miáo, yīn yǔ gāo zhī. sì guó yǒu wáng, xún bó láo zhī.
芃芃⑧黍苗，阴雨膏⑨之。四国有王⑩，郇伯⑪劳之。

①下泉：从地下涌出的泉水。②苞：丛生。③稂：一种野草，或说稂是长穗而不饱实的禾。④忾：叹息。⑤周京：原指西周，这里指东周的都城洛邑，下文“京周”“京师”亦同。⑥萧：艾蒿。⑦蓍：一种用于占卦的草。⑧芃芃：茂盛而茁壮。⑨膏：滋润。⑩有王：朝聘于天子。⑪郇伯：此处是指晋大夫荀跞。

这首诗可以分为两个层次，前三章为一层，最后一章自成一层。

诗的前三章以“洌彼下泉”起始继而转向对旧都的怀念：从下面涌出的寒泉，浸泡了丛生的莠草，致使这些草木无法生长，我的境遇不正是这样吗？叹息是因为我想起了从前的京师。这三章，是《诗经》中典型的重章叠句结构，各章仅第二句末字“稂”“萧”“蓍”不同，第四句末二字“周京”“京周”“京师”不同，句式一样，只是换了韵脚，使反复的咏唱不致过于单调。而三章的意思则是完全重复的，都只为了强调自己现在的境遇每况愈下，于是愈加怀念起旧都来。

诗至此似乎已经可以完结，但诗人又加上了与前三章句式内容都不尽相同的第四章，还是一个雨过天晴般的突然转折，说到周王朝鼎盛之时，万国朝拜的盛况。这种转折不仅在语句意义上，而且在语句结构上都显得很突兀。因此古往今来，不乏对此特加注意的评论分析：有人对这样的写法大加赞赏，认为是诗人自己从消极的情绪中走出来，转向激昂的畅想；但也有人表示疑惑，认为最后一章是画蛇添足，甚至怀疑是因为编纂出现的误差。

细细体味之，最后一章与前三章在内容上也是互有关联的。前三章复沓叠咏将诗人内心的凄凉与悲剧感加强到了最高点，悲伤得无以复加，末章由悲转向喜，在悲的极点给人以希望，这样的艺术效果也是有其独到之处的。

身为弱者的悲哀

在《诗经》那个时代，人们没有民主意识，高高在上的统治者拥有绝对的权力，而身为弱者的下层百姓则饱受欺凌。这就如同人类面对蚂蚁，一个人，哪怕是个小朋友，只要轻轻一捻，蚂蚁就会粉身碎骨。然而，作为凶手的我们，却听不到弱小蚂蚁绝望的哀号。

古代有人将这种哀号写进了诗中，我们一起来听听吧。

chī xiāo
鸱鸮①

《国风·豳风》

chī xiāo chī xiāo jì qǔ wǒ zǐ wú huǐ wǒ shì ēn
鸱鸮鸱鸮，既取我子，无毁我室。恩
sī qín sī yù zǐ zhī mǐn sī
斯②勤斯③，鬻④子之闵⑤斯！
dài tiān zhī wèi yīn yǔ chè bǐ sāng tǔ chóu móu
迨天之未阴雨，彻⑥彼桑土⑦，绸缪
yǒu hù jīn rǔ xià mín huò gǎn wǔ yú
牖户⑧。今女下民⑨，或⑩敢侮予！
yú shǒu jié jū yú suǒ luō tú yú suǒ xù jū
予手拮据⑪，予所捋荼⑫；予所蓄租⑬，
yú kǒu cuì tú yuē yú wèi yǒu shì jiā
予口卒瘏⑭，曰予未有室家。
yú yǔ qiáo qiáo yú wěi xiāo xiāo yú shì qiáo qiáo
予羽谯谯⑮，予尾翛翛⑯；予室翘翘⑰。
fēng yǔ suǒ piāo yáo yú wéi yīn xiāo xiāo
风雨所漂摇。予维音哓哓⑱！

①鸱鸮：猫头鹰。②恩：爱。③斯：语助词。④鬻：育。⑤闵：病。⑥彻：通“撤”，取。⑦桑土：桑根。⑧牖户：门窗。⑨下民：下面的人。⑩或：有。⑪拮据：手病，此处意指鸟的脚爪劳累。⑫荼：茅草花。⑬租：通“苴”，茅草。⑭卒瘏：患病。卒，通“悴”。⑮谯谯：羽毛稀疏的样子。⑯翛翛：羽毛干枯无光泽的样子。⑰翘翘：危险不稳的状况。⑱哓哓：惊恐的叫声。

《鸱鸮》是一首寓言诗，也是一首弱者悲怆呼号的诗。

在诗中运用寓言的写作手法，是从战国的诸子百家开始的，在先秦时并不多见。寓言是一种通过讲故事的方式来表达人生感慨或哲理的文学类别。寓言故事中的主角可以是现实中的人，也可以是神话、传说中才有的虚幻人物，但是被运用得更多的是自然界中的虫鱼鸟兽、花草木石。

本诗共有四章，以一只失去孩子的孤弱无助的母鸟为主角。

第一章中，母鸟第一次出现在读者眼前，当它出现时，正是它的雏鸟被恶鸟“鸱鸮”攫去之时，“鸱鸮鸱鸮，既取我子，无毁我室”，母鸟面对着刚刚被鸱鸮洗劫了的危巢，看着自己的雏鸟被得意盘旋的鸱鸮叼在嘴里，不由得发出了悲怆的呼号。它目睹了这场飞来横祸，因而感到极度惊恐和哀伤。母鸟悲叹着，可恶的猫头鹰，不但夺走了我的孩子，还捣毁了我的巢，我含辛茹苦、小心翼翼养大的孩子，就这样失去了。

这句话中充满了母鸟的无奈和心酸。诗的开篇没有描述场景，而是让读者听到了一句话，但是就是在这怆然的呼号中，才能看到母鸟悲伤的姿态，看到子去巢破的惨淡景状。

那只瞪大眼睛、仰对高天、发出凄厉呼号、哀怒交集的母鸟形象跃然纸上。但是面对强大的鸱鸮，孤弱的母鸟没有办法惩治它。所以，它只能看着鸱鸮渐渐远去的身影发出怆怒的呼号。

“恩斯勤斯，鬻子之闵斯”，这是母鸟发出的伤心呜咽。这短短的几个字表现出一种深切的悲伤，在风高巢危的树顶，母鸟的鸣叫声更显得凄凉。

第二章进入了母鸟的回忆和抗争。面对自己被毁坏的巢，母鸟想起了当初建巢的辛苦，它在阴雨时节还没有到来的时候开始建巢，四处寻觅建巢用的桑树根须，然后一点一点把它们叼回来，口衔着这些韧须紧紧地缠绑窠巢。但让母鸟无奈的是，现在那些恶人都已经欺负到它的身上来了。

接下来，诗作展示了母鸟筑巢的艰辛，表达了母鸟付出辛勤的劳作之后，依然无法把握自身命运的凄凄泣诉。母鸟用自己的嘴衔草，用自己的脚爪抓树根，四处去捋白色的茅草花，然后把这些茅草花一点一点地垫在巢底作为垫子。它为了这个小窝，付出了极大的代价。艰苦的劳作下，它的羽毛一根根疏落，尾巴一天天残破，最后它都累病了，高高挂在树枝上的家，依然岌岌可危。面对风吹雨打，它会变得动荡不安，面对恶鸟，它也毫无抵抗之力。

“予手拮据”“予口卒瘏”“予羽谯谯”“予尾翛翛”，这几句都是对母鸟建造自己巢窠的描述。面对天地间的劲风疾雨，母鸟毫无回天之力，诗的结尾句“予室翘翘，风雨所漂摇，予维音哓哓”，正是母鸟“哓哓”的叫声，穿透了天地的风雨，喊出了母鸟无助的哀伤。

这首诗写出了母鸟失去雏鸟、巢窠被破坏的伤痛，同时也可以通过这只鸟看到那些备受欺凌、艰辛生存，不能把握自身命运的人们。事实上，如果我们能够换位思考，就会发现很多时候，人们其实还不如小鸟，甚至不如草木。下面这首《隰有苌楚》，表达的正是这种观点。

隰（xí）①有苌楚（yǒu cháng chǔ）②

《国风·桧风》

隰有苌楚（xí yǒu cháng chǔ），猗傩（ē nuó）③其枝（qí zhī）。夭（yāo）④之沃沃（zhī wò wò）⑤，乐子之无知（lè zǐ zhī wú zhī）！

隰有苌楚（xí yǒu cháng chǔ），猗傩其华（ē nuó qí huā）。夭之沃沃（yāo zhī wò wò），乐子之无家（lè zǐ zhī wú jiā）⑥！

隰有苌楚（xí yǒu cháng chǔ），猗傩其实（ē nuó qí shí）。夭之沃沃（yāo zhī wò wò），乐子之无室（lè zǐ zhī wú shì）！

①隰：低湿的地方。②苌楚：藤科植物，也就是今天的羊桃，又叫猕猴桃。③猗傩：同“婀娜”，轻盈柔美的样子。④夭：少，此指幼嫩。⑤沃沃：润泽的样子。⑥家：与下章“室”一样，皆为婚配之意。“无家”“无室”指无家庭拖累。

《隰有苌楚》出自《桧风》，主要表达的是人不如草木的情感。

桧国的民歌留存较少，仅有四篇被收入《诗经》。桧国位于现在的河南密县一带，西周末年被郑桓公所灭。由于周王朝和各诸侯国对其横征暴敛，劳动人民生活在水深火热之中，因此《桧风》大都表达了人民的不满、怨愤和伤感情绪。

从这个角度来看，本诗的作者确是有感而发，或许是因生活不如意而流露出羡慕草木的感情来。朱熹《诗集传》有论："政烦赋重，人不堪其苦，叹其不如草木之无知而无忧也。"就文本来说，诗人反复表达的是对苌楚无思家国的羡慕之情，"人不如草木"的感叹。

"苌楚"，是指野生的猕猴桃，到唐代它才第一次被移入庭院，之前，它只是荒野群林中的拇指般大的小桃子。《隰有苌楚》以猕猴桃起兴，引发诗人内心的忧虑，诗人十分向往猕猴桃在风中伸展枝条的自由。全诗三章，重章叠咏，每章二、四句各换一字，重复诉说同一个意思，可见其感念之深。

全诗各章的首两句均为起兴，把苌楚的枝、花、实分解各属一章，这是《诗经》重叠形式之一种：即分别讲一事物的各个部分。诗人看到洼地上猕猴桃藤蔓蜿蜒，开花结果，生机蓬勃。其自由生长、生命力旺盛的样子使诗人对自己的遭际十分惆怅，小小的植物活得如此旺盛，而诗人想到自己的境遇还不如这小小的植物，难免愁苦起来。

诗人在不知不觉中就将猕猴桃与自己的生活状况联系到一起，视角自然也从植物切换到了人身上。三、四句是描述，又好像是诗人对自己处境的嘲讽。因为赞叹羊桃充满生机时，渗透了主观情感。第四句变换了人称，直呼猕猴桃为"子"，以物为人，人与物对话，人与物对比。诗人心中的苦闷在这里爆发了，究竟是怎样的处境才能让诗人不仅自叹不如草木，还与猕猴桃对起话来？"我活得还不如你啊"，不如之处就在"知"与"家"上。人比草木高级的地方就在于有"知"，人有家室能享受天伦之乐，这一点也是草木不能及的。而恰恰是这两点成为诗人认为自己不如草木之处，寥寥数语包含着诗人诸多痛苦与愤慨。

诗人运用“婉转表达”的艺术表现手法，以猕猴桃为赞美对象来表示羡慕的同时，婉转曲折地表达了自己内心的苦恼。诗的三节先后赞美猕猴桃枝条柔美、花儿盛开、硕果累累，但是每一节的末句又分别说因为它无知觉、无思想，所以没有苦恼；因为没有养家糊口的负担，所以不必辛苦操劳；也因为没有家室，所以生长得格外自由茂盛。换而言之，如果它有思想、有知觉，便会感到苦恼；如果它有了家室，便会承受生命中那些负担与沉重。《隰有苌楚》以写美好景象来为苦恼心情做反衬，达到利用气氛来反衬心境的艺术效果。

一个流浪者的孤独

在前些年，曾有一个红遍网络的流浪汉叫作“犀利哥”，相信大家应该还有印象。“犀利哥”本名程国荣，因无意中被一名摄影师拍到而走红，当时的他顶着一头乱发，嘴里叼着烟，眼神相当犀利，因而得名。

事实上，我们的城市里，像“犀利哥”一样的流浪汉有很多。他们流浪的原因各式各样，其中自然也不乏借机骗钱的“假乞丐”，但相信他们大多数还是陷入了生活的困境当中，不得已而为之。

流浪汉自然不是现代才有的，早在《诗经》那个时代就已经存在了。下面，我为大家介绍两篇关于流浪汉的诗篇，让我们一起走进上古“犀利哥”的内心世界。

葛藟（gě lěi）①

《国风·王风》

绵绵（mián mián）② 葛藟（gě lěi），在河之浒（zài hé zhī hǔ）③。终远兄（zhōng yuǎn xiōng）

dì wèi tā rén fù wèi tā rén fù yì mò wǒ gù
弟，谓他人父。谓他人父，亦莫我顾。

mián mián gě lěi zài hé zhī sì zhōng yuǎn xiōng dì
绵绵葛藟，在河之涘。终远兄弟，
wèi tā rén mǔ wèi tā rén mǔ yì mò wǒ yòu
谓他人母。谓他人母，亦莫我有④。

mián mián gě lěi zài hé zhī chún zhōng yuǎn xiōng dì
绵绵葛藟，在河之漘。终远兄弟，
wèi tā rén kūn wèi tā rén kūn yì mò wǒ wèn
谓他人昆⑤。谓他人昆，亦莫我闻⑥。

①葛藟：葛藤。②绵绵：连绵不绝。③浒：水边。与下文“涘”“漘”同义。④有：通“佑”，帮助。⑤昆：兄。⑥闻：问。

《葛藟》一诗，悲感交加，用简练的文字，创造了这样一个情境：一位衣着肮脏、蓬头垢面的诗人，流落到黄河边上，见到绵绵不断的河水伸向远方，河边是一望无际的茂盛葛藤，不禁触景伤情，自己的身世，悲惨的境遇，一幕幕涌上心头。自己漂泊异乡、孤苦伶仃、生活没有着落，甚至“谓他人父”的遭际，无人怜悯。这些遭际映射出诗作的创作环境，也是主人公痛哭流涕、抢地呼天的缘由。

诗首章前两句写诗人到黄河岸边，先用了一个美好而又柔软的字眼“绵绵”，把景物的美好表现得淋漓尽致，让人想到河水的轻柔和舒缓，芦苇的依依摇摆，空中应该还有和煦的微风缓缓吹过，苇叶有的碧绿，有的鹅黄，在太阳的照耀下放射出生命的光泽。“绵绵”这一叠词，把人们的欣赏心境抬高，先声定式，让人产生了美好的期许。

然后，诗人开始进入正题，一反前奏，大倒苦水，悲惨的境遇连绵不绝接地进入读者的视野，一句惨过一句，最终超出常人的接受心理。“谓他人父，亦莫我顾”，设想此情景，其中包含了多少屈辱，多少痛楚。第二、三章，诗意与第一章类似，仅二、四、五、六句句尾更换一字，诗人在回环复沓中，反复吟哦，将情感一波一波交叠，最终汇聚在一起，达到催人泪下的最高峰。

在具体表达时，诗人把每一章都切成小段，分别注入眼前之景，身世之悲，自怜之感。这样，写景、叙事、抒情，一贯而下，使短暂的诗篇，包含了极多的内容。诗人只注重层次之间的内在联系，而没有用过多的修饰手法来过渡，使得文章奔腾跳跃、跌宕生姿，同时又能保证内部的气脉贯通。

此诗两句为一层，六句带有两层转折。首先描写眼前之景，由绵绵不绝的葛藟对照自己孤身一人、兄弟离散，这是一次转折，“谓他人父”却得不到怜悯，又是一次转折。每一次转折，均含无限酸楚，说明诗人内心的悲伤在叠加。然后，诗人竟然又将这叠加的悲戚，回环复加三次，由此可见诗人的境遇，真到了无以比拟的困窘。

诗人直抒情事，语句简洁，采用日常口语，不追求文采斐然和严谨逻辑，只是力图笔书所想。记忆中什么最沉重，思维就最先奔向那里，笔触也就迅速地触及那里，然后纯粹地摹写出来。诗人不是在进行艺术创作，而仅仅是用最直露的语言抒发最真实的感慨，仅仅是为了用最少的字句，在最短的时间里，把心中的悲伤和委屈吐出来。这种方式，以原汁原味、力透纸背为准则，真切地表现了飘零的凄苦和世情的冷漠，极是感人。

下面，我们再来学习一首《杕杜》。

杕杜（dì dù）

《国风·唐风》

有杕①之杜②，其叶湑湑③。独行踽踽④。
(yǒu dì zhī dù, qí yè xǔ xǔ. dú xíng jǔ jǔ.)
岂无他人，不如我同父⑤。嗟行之人，胡不比⑥焉？人无兄弟，胡不佽⑦焉？
(qǐ wú tā rén, bù rú wǒ tóng fù. jiē xíng zhī rén, hú bù bǐ yān? rén wú xiōng dì, hú bù cì yān?)

有杕之杜，其叶菁菁⑧。独行睘睘⑨。
(yǒu dì zhī dù, qí yè jīng jīng. dú xíng qióng qióng.)
岂无他人，不如我同姓⑩。嗟行之人，胡
(qǐ wú tā rén, bù rú wǒ tóng xìng. jiē xíng zhī rén, hú)

bù bǐ yān rén wú xiōng dì hú bù cì yān
不比焉？人无兄弟，胡不佽焉？

①有杕：即“杕杕”，孤立生长貌。②杜：木名。赤棠。③湑湑：形容树叶茂盛。④踽踽：单身独行、孤独无依的样子。⑤同父：指同胞兄弟。⑥比：亲近。⑦佽：资助，帮助。⑧菁菁：树叶茂盛状。⑨睘睘：孤独无依的样子。⑩同姓：一母所生的兄弟。姓，生。

这首诗同样描写了一个流落街头的流浪者。这位流浪者境遇窘迫，举目无亲，亦无人问津，显得凄惨无比，让人读罢倍感沉重。闻一多《风诗类钞》说：“杕杜喻女之未嫁者。”也就是说，这流浪者竟是一位年轻的未婚女子，更显悲哀。

诗开篇以赤棠树起兴，对照孤单一人的流浪者，更添萧索之感。赤棠还有繁茂树叶，兀自葱郁，女主人公自己却是真的孤苦无依、毫无慰藉，有种“人不如树”的凄凉感。年轻的女子总是心思细腻的，也最容易孤独寂寞，她流亡日久，心神俱疲，初经此地，看到这株写满伤感的孤树，不禁思及自身，驻足流连。也许是对孤树感到亲近，想从中找到一丝安慰，也许是压根毫无目的，不知下一步去往何处，因此她迟迟不肯离去，对着飘摇的树叶痴痴凝望，同病相怜，倍感心酸。

接下来“独行踽踽”四字独立成句，音节凝重，节奏独特，显得既厚实又余韵未歇，产生了极大的表现张力。它一并交代了事件过程、人物状态和整篇主旨，似简实丰。寥寥四字，给读者描绘出了一幅“寻寻觅觅，冷冷清清，凄凄惨惨戚戚”的画面：一位稚嫩清秀但枯瘦羸弱、尘土满身的女子，在一条坑洼曲折的乡间小道上独行，单薄而沉重；道路两旁枯草遍野，偶有荒烟袅袅升腾，间或点缀着点点鸦鸣，浓重压抑的气息四处弥漫；人烟稀少，偶有一人也是匆匆而过，不闻不问。此句未加铺叙，但以少驭多，给人无限的想象空间，这种情境本身，对天真纯朴的少女来说，就已是毁灭性的打击。

其后，诗人笔锋转移，由外到内，着力写了流浪女之思：“岂无他人，不如我同父。”路上风尘仆仆的行人，都不是自己的亲人，他们径直走过，对自己不闻不问，令人顿感世态炎凉。流浪女不禁想到了自己的父母兄弟，他们才是无法比拟和替代的。但亲情固然可贵，无奈却不在身边，或者本来就没有，或者半途离逝，正因如此，才造成了女子现在的举目无亲、孤立无援。古代的未婚女子，势单力薄，所能依靠的就只有父兄和社会上的热心人，现在，二者都对她置之不理，她的境遇，因此真正到了山穷水尽的地步。

面对此情此景，女子终于承受不住，发出了长长的叹息和怨诉：“嗟行之人，胡不比焉？人无兄弟，胡不佽焉？”一“嗟”字，有无奈的叹息，也有质询的不甘，复唱四句，连问两声，直贯最末，显得情感悠长而激越。叹息的内容平实浅近：“行人为什么不来亲近我？我没有兄弟在旁，为什么不来帮助我？”物质帮助固然重要，但更重要的是“比”，是亲近，是温暖的笑脸，是真心的安慰，最能在此刻抚平少女疲惫的身心。但可想而知，女子只是在兀自痴想，最终得到的只能是绝望，有谁会来，有谁能来？一声令人心寒的长叹中蕴藏着浓重的绝望和忧伤。

由此推想，这首诗创作的时代背景，或是战乱，或是饥荒。当时，饥馑遍地灾情严重，十室九空尽流亡，灾荒使骨肉离散，百姓沦为难民，乞食四方；社会环境也极其恶劣，民不聊生，朝不保夕。人们尚且不能自救，只得对路边的流浪者置之不理，尽管是幼小女子，也落得个无人问津的境地。

这首流浪者之歌，视角独特，通过一个稚嫩少女的命运，以点概面，真切地反映出当时的世事面貌和百姓的疾苦生活，向后世真实展示了一幅古代难民的流亡图，给人真实而强烈的震撼。

捕猎篇

古代的体育明星
打猎离不开猎犬
两个惺惺相惜的猎人
古代的军事演习
盛大的帝王围猎

古代的体育明星

在现代，我们有各种各样的体育盛会，其中最大的综合性运动会是奥运会，而影响力最大的单项体育赛事则无疑是世界杯。此外，国人比较关注的还有亚运会、欧洲杯、NBA、马拉松赛，以及各种世锦赛，等等。

伴随这些运动会的举办，涌现出一大批体育明星，咱们国内的如姚明、朱婷、邹市明、刘国梁等；国外的如贝克汉姆、梅西、乔丹、菲尔普斯、奥尼尔等。这里插一句题外话：不知道你最喜欢哪一个体育明星？为什么喜欢他？

在我国古代，显然没有现代意义上的运动会，但也不乏体育比赛，其中最古老且具有普遍性的项目便是箭术。在上古的校场上，最英俊、箭术最高超的射手，就是那个时代的贝克汉姆。

下面，我们就一起走进《诗经》，看看上古的贝克汉姆到底什么样吧。

猗嗟（yī jiē）

《国风·齐风》

猗（yī）嗟（jiē）昌（chāng）①兮（xī），颀（qí）而（ér）长（cháng）兮（xī）。抑（yì）②若（ruò）扬（yáng）兮（xī）。美（měi）目（mù）扬（yáng）兮（xī），巧（qiǎo）趋（qū）跄（qiāng）③兮（xī），射（shè）则（zé）臧（zāng）④兮（xī）。

猗（yī）嗟（jiē）名（míng）⑤兮（xī），美（měi）目（mù）清（qīng）⑥兮（xī），仪（yí）⑦既（jì）成（chéng）兮（xī）。终（zhōng）日（rì）射（shè）侯（hóu）⑧，不（bù）出（chū）正（zhèng）⑨兮（xī），展（zhǎn）⑩我（wǒ）甥（shēng）兮（xī）。

猗（yī）嗟（jiē）娈（luán）⑪兮（xī），清（qīng）扬（yáng）婉（wǎn）兮（xī），舞（wǔ）则（zé）选（xuǎn）⑫兮（xī）。射（shè）则（zé）贯（guàn）兮（xī），四（sì）矢（shǐ）反（fǎn）⑬兮（xī），以（yǐ）御（yù）乱（luàn）兮（xī）。

①昌：壮盛的样子。②抑：通“懿”，美好。③趋跄：快步走，从容而又合节拍的姿态。趋，疾行貌。④臧：善。⑤名：马瑞辰《毛诗传笺通释》：“名、明古通用，名当读明，明亦昌盛之意。”⑥清：眼睛黑白分明。⑦仪：即“仪的”，箭靶的中心，代指箭靶。⑧侯：古代赛射或习射时用的箭靶。用兽皮做的叫“皮侯”，用布做的叫“布侯”。⑨正：侯的中心贴上的圆形或方形的布块，叫作“鹄”，鹄的中心叫作“正”，也称为“质”或“的”。射箭以中“正”为胜。⑩展：诚然，真是。⑪娈：美好。与下句“婉”字义同。⑫选：指齐乐善舞。孔疏：“当谓其善舞，齐于乐节也。”按：古时射箭前必舞，谓之兴舞。⑬反：重复之意，指每箭都射中一处。

这是一首赞美少年射手的诗。诗人运用铺陈手法，以赞美的口吻、夸张的笔调，从各个角度和细节描述少年射手的神技，细致生动。全诗共三章，每章都可以分为前后两个部分，前部分写射手身材体态的健美，后半部分写他技艺的高超。寥寥数十字，就从身材、眉目、动作、技术等各个方面，用简练的线条勾画出了一个鲜明的肖像。

诗作每章均以“猗嗟”发端，“猗嗟”为叹美之词，相当于“啊”或“啊呀”。用这种叹美词开头，起到了先声夺人的效果，可以尽可能快地把读者的关注点转移到诗人所要赞美的人或事上，并显得非常口语化，使得诗作轻快自然，便于诗人抒情达意，也有利于调动读者的情绪。这种开头还在描写少年射手的形象和技艺时，起到一种渲染烘托的作用，深深扣住了主题。

诗人在赞颂少年形象之美时，遵循了很好的逻辑顺序。首先突出他身体强壮“猗嗟昌兮，颀而长兮”，形容小伙子长得高大、粗壮、结实。然后视角由整体转向局部，描摹其面部特征，说明其面色明净、眼睛明亮。最后，诗人把着笔点移至少年的动作上，“巧趋跄兮”，步履矫健，走动速度快，且十分有节奏；“舞则选兮”，身体灵活，动作优美，摇曳生姿。这种身体素质，以及其所显示出的速度和协调性，是一位优秀射手不可缺少的。

在众多描写中，最出彩的是对眼睛的描写，诗人可谓细致入微、不惜笔墨。“美目扬兮”“美目清兮”“清扬婉兮”，三次提及眼睛的美妙动人，“扬”“清”“婉”，从不同侧面刻画其目光明亮、矍铄有神。通过这种全方位的刻画，少年的特色得以浮现：少年既具备了优秀射手所必不可少的优异视觉，又神采飞扬、英姿飒爽。

诗作并非耽于外在形象的赞颂，而是继续深入、由表及里，详细说明了少年的技艺和品质。在描述内在时，诗人终于按捺不住，对少年的喜爱之情溢于言表，夸赞说：“展我甥兮。”对于“甥”字，人们的解释是多样的，目前最被广泛接受的一种是“女子称夫婿为甥”。也就是说，这里的“甥”并不是外甥，而是夫君。因此，这首诗是以一个情窦初开的女子的口吻来写的，她因某个机会，看到了一位英俊的美少年在表演射箭神技，不禁心生爱慕、倾心赞扬。她先称赞男子的外形俊美，后又称赞其技艺超群，其间不乏对这位男子终日练箭的想象，可谓心思颇多，并在诗作中间，含而不露地表露心迹“展我甥兮”，真是我理想中的好夫君啊！女孩的淳朴、大胆，跃然于纸上。

当然，拥有超凡的箭术，并不仅仅是为了在校场上表演，还要进行实战。实战的环境有两种，一种是战场，一种是猎场。神箭手上战场是为杀敌，而进猎场则是为了捕兽。咱们这一篇名为“捕猎篇”，所讲的当然是猎场捕兽的故事。下面，我们一起来看这首《叔于田》。

shū yú tián
叔①于②田③

《国风·郑风》

shū yú tián xiàng wú jū rén qǐ wú jū rén bù rú
叔于田，巷无居人。岂无居人？不如
shū yě xún měi qiě rén
叔也。洵④美且仁。

shū yú shòu xiàng wú yǐn jiǔ qǐ wú yǐn jiǔ bù
叔于狩⑤，巷无饮酒。岂无饮酒？不
rú shū yě xún měi qiě hǎo
如叔也。洵美且好。

shū shì yě xiàng wú fú mǎ qǐ wú fú mǎ bù
叔适⑥野，巷无服马⑦。岂无服马？不
rú shū yě xún měi qiě wǔ
如叔也。洵美且武。

①叔：古代兄弟次序为伯、仲、叔、季，年岁较小者统称为叔，此处指年轻的猎人。②于：去，往。③田：打猎。后作“畋”。④洵：真正的，的确。⑤狩：冬猎为“狩”，此处为田猎的统称。⑥适：往。⑦服马：骑马之人，一说用马驾车。

在讲这首诗之前，我们得先弄明白一件事，即诗中的“叔”究竟是指谁？一种观点认为，“叔”是特指郑庄公之弟太叔段。《左传·隐公元年》记载，太叔段很有才干，后被封于京地，他整顿武备，发兵攻打其兄郑庄公，最终失败。据此，如果本诗中的“叔”为太叔段，那么这首诗就应当是他的拥护者所作，但目前尚无明证。另一种观点认为，“叔”泛指年轻的猎手。从单纯的文本层面上来看，“赞美猎人说”似乎更贴合诗意，所以我们就采用这个意思。

《叔于田》采用了《诗经》中广泛应用的复沓联章的手法，与其他类似结构的《诗经》篇章一样，有一种回环往复的音乐美。这种复沓不是简单的重复，而是有变化的复沓，各章各句替换几个字，使诗在主题不变的基础上，增强了音响效果。

全诗共三章，每章第二句“巷无居人”“巷无饮酒”“巷无服马”，第三句“岂无居人”“岂无饮酒”“岂无服马”，第四句“不如叔也”，第五句“洵美且仁”“洵美且好”“洵美且武”，先否定，再反问，再自答，最后再详述缘由。运用设问自答的手法，使原本平平无奇的内容变得曲折有趣，别有一番余味。

铺陈与设问全然只为引出下文“不如叔也”这一结论。而“巷无居人”“巷无饮酒”“巷无服马”的夸张描写，则使众人的平庸与“叔”的超卓形成了强烈的反差，从而突出“叔”的“仁、好、武”。更重要的是，诗没有把“叔”这个人物神化，而是将他置于居人、饮酒、服马这样的日常生活中，更增添了写实性与人情味，这样写不仅使主题更为充实，也使对“叔”的夸张描写显得有据可证。

总结起来不难看出，《叔于田》的艺术手法多变，艺术成就很高。更重要的一点是，先民已经在日常生活中找到审美点去加以赞美，而不是一味地脱离实际，神化主人公。这一点，无论是在《诗经》所处的时代，还是在《诗经》之后的历朝历代，甚至直至今日，都实属难能可贵。

打猎离不开猎犬

问大家一个问题：你知道狗是从什么时候开始和人类成为朋友的吗？如果不知道的话，不妨来猜一猜，猜完后可以去本节的末尾找答案，看猜得对不对。

这里可以告诉大家的是，在《诗经》那个时代，狗早就已经成为人类必不可少的伙伴了。下面这首《卢令》，讲述的就是猎人与猎犬的故事。

卢①令（lú lìng）

《国风·齐风》

卢令令②，其人③美且仁。（lú lìng lìng，qí rén měi qiě rén）
卢重环④，其人美且鬈⑤。（lú chóng huán，qí rén měi qiě quán）
卢重鋂⑥，其人美且偲⑦。（lú chóng méi，qí rén měi qiě cāi）

①卢：黑毛猎犬。②令令：即“铃铃”，猎犬颈下套环发出的响声。③其人：指猎人。④重环：大环套小环，又称子母环。⑤鬈：勇壮。⑥镅：一个大环套两个小环。⑦偲：多才多智。

齐国位于山东的中北部和中部，地形复杂多山，因此人们狩猎频繁。《齐风》中的这则《卢令》，是一首赞美猎人、描写人与动物和谐关系的颂歌。全诗只有六句，二十四个字，如同一幅生动的素描画，描绘出了猎犬在猎人跟前昂首阔步、威风凛凛之状，其在跑动中套环叮咚作响，受宠貌和兴奋貌呼之欲出，形象地表现了猎犬的威风、主人的英姿，也从侧面烘托出当时狩猎风尚的浓重。

本诗起笔不凡，以“先声夺人”的表现手法，从闻者所听着笔。如孟子所说“听车马之音，见羽毛之美”，人们未见犬形，先闻铃声，一只劲戴项圈、圈上挂满铃铛、身形矫健、欢呼雀跃的猎犬形象已浮现在读者眼前，先定其势，吊足读者胃口，继而猎犬出场，并引出猎犬的主人。诗人于此时笔锋转向，对准猎人，进行全方位赞扬，着力突出其飒爽英姿和美好品质。

每章前句写犬，后句写人。“令令”“重环”“重镅”的描写，从形貌到声音，无不呼之欲出。猎犬的颈铃响声和套带的圈环所发出的金属光泽，最难被人忽视，这样的着笔，可谓抓住了典型细节。“美且仁”“美且鬈”“美且偲”，写人的外形和内在，更是把握住了各个方面，在夸赞其外形美好的同时，又夸赞其仁爱、勇敢和具有超凡才干，让人对其心生敬佩。这种组合，两相映衬，非常巧妙，反映出诗人细致的观察力和深湛的艺术技巧。

诗人通过寥寥数笔，就生动形象地给读者展示出了一幅春秋时代齐国人民养犬狩猎的广阔画面，进而反映出其爱好田猎的民情风俗，以及把猎人当作英雄偶像来仰慕的风气，主旨得以突出，过渡极其自然。优秀的猎犬是由优秀的猎人培训出来的，诗作重点反映的是古代先民衡量美男子和优秀猎手的标准，在当时的社会环境下，完美的猎手必须心灵美、外形美、德才兼备、爱护动物。通过这首诗，我们能够深入那个古老的社会，真切地把握时代的脉搏。

在上述评论占据主流之时，学者中依然不乏异声，有些人一反其褒扬的主调，认为此诗为讽刺之作，亦收奇效。其理由是：诗中不厌其烦地反复描写猎犬，对猎人的猎技没有着墨太多；诗作只是摹写猎犬出场时的姿态，没有说它追逐猎物时的迅疾敏捷。因此，学者们声称，这首诗可能是运用反语，明褒实贬，讽刺一些猎手只追求表面的光鲜和浮华，而没有真实的本事，这条狗可能只是一条权作观赏的宠物，主人可能也只是一个追求外在、善摆花架子的纨绔子弟。如此一来，诗作的主旨得到深化，内涵变得厚重，让人阅读之余有所警醒。

一些评论者结合当时的社会背景，推导出当时的田猎比赛已经非常盛行，在比赛中，人们不仅仅关注猎手和猎犬的田猎能力，还要附加上对其形象的考察。诗作中的猎人和猎犬，可能是形象良好又能力强悍的绝佳组合，也可能只是专事外在形象比赛的选手，追求的仅为表演效果。这种观点，反映出当时生产的进步和人们审美水平的提高，亦有其可取之处。

统览全篇，受人关注之处，除了主旨，还有其练字之妙。有后世评论者说："诗三字句，赋物最工。如'殷其雷'及'卢令令'等句，使人如见如闻，千载以下读之，犹觉其容满目，其音满耳。"着重提出"卢令令"三字的妙处，称其形象生动，能够使读者读其字便能观其貌、听其声，可谓神奇。

学完这首诗，我最后来公布前文的答案：狗是人类最早驯化的家畜之一，驯养的时间在 4 万年前至 1.5 万年前。怎么样，没想到狗这么早就成了人类的朋友吧？

两个惺惺相惜的猎人

在武侠片里，经常会有两个大侠惺惺相惜的情节。所谓惺惺相惜，就是有才能的人之间互相仰慕、相互欣赏，它的应用范围很广，不仅是大侠之间才能使用，其他人也可以。比如，你和小明在同一个班，两人成绩都很好，每次考试轮流考第一，但彼此之间一点也不嫉妒，还相互敬佩、相互学习，我们就可以说，你和小明俩人惺惺相惜。

在《国风·齐风》当中，有一首诗叫作《还》，讲的是两个猎人之间的惺惺相惜，我们一起来看下。

还（xuán）①

《国风·齐风》

zǐ zhī xuán xī zāo wǒ hū náo zhī jiān xī bìng qū
子之还兮，遭我乎猺②之间兮。并驱
cóng liǎng jiān xī yī wǒ wèi wǒ xuān xī
从两肩③兮，揖我谓我儇④兮。

zǐ zhī mào xī zāo wǒ hū náo zhī dào xī bìng qū
子之茂⑤兮，遭我乎猺之道兮。并驱
cóng liǎng mǔ xī yī wǒ wèi wǒ hǎo xī
从两牡⑥兮，揖我谓我好兮。

zǐ zhī chāng xī zāo wǒ hū náo zhī yáng xī bìng qū
子之昌⑦兮，遭我乎猺之阳兮。并驱
cóng liǎng láng xī yī wǒ wèi wǒ zāng xī
从两狼兮，揖我谓我臧兮。

①还：轻捷貌。②猺：齐国山名，在今山东淄博东。③肩：借为“豜”，大兽。毛传：“兽三岁为肩，四岁为特。”④儇：轻快便捷。⑤茂：美，此处指善猎。⑥牡：公兽。⑦昌：指强有力。

《还》是一首关于两个初次见面的猎人协同打猎的山歌，短短数句，男人的直率、火热、友善、矫健、简练，跃然于纸上。

这是一首叙事诗，猎人用简练的笔墨诉说了事情的来龙去脉，清楚而又生动：他外出打猎时遇上一个很出色的同行，两个人相互看重，并驱而行，协同猎取了两头狼，最后都为对方的能力所深深折服，相赞而归，回到家中，他激动地向家人夸耀那个猎人，开头就是赞扬“子之还兮”，表现出了猎人的直率、风风火火。当然，在夸奖别人的同时，他也借别人的口吻夸耀了自己，“揖我谓我儇兮”，说对方作揖告别时夸赞自己能力超群，表现出了他的自信和可爱。

另一种说法是“子之还兮”为当面赞颂之辞，诗人去猺山打猎，偶遇一位壮实的猎人，他外表不凡，动作敏捷娴熟，强壮有力，真诚而又直接的诗人心生喜欢，脱口赞扬。而后，他们并力捕兽，收获颇丰，最终于告别之际，或是二人又相互赞扬一番，或是对方为了回应当初的夸赞，作揖寒暄而归。这表现出浓浓的人情味，反映出当时人际关系的融洽、无隔阂。

两种情景，大致相似，都生动传神地描绘出一种直率和火热，把读者带到了那个质朴而又纯真的狩猎时代：男人们并力向前，初次见面就能以性命相托；男子的阳刚和强壮成为最有力的特征诠释，以力为美，反映出当时健康而又明确的审美标准；人们直率坦诚，没想过把全部功劳归自己，不会因为分功不均而反目成仇，崇尚分享合作后的劳动成果；对自己认为的美好，对自己崇尚、敬佩的人事，毫无顾忌，毫不隐瞒，会大声说出心底的赞扬。读完这首简单的诗歌，当时生机勃勃、和睦太平的社会风俗，得以慢慢地浮现在我们面前。

这种美好，不仅在于诗人所构织的情境，也流淌于诗作的字里行间。“子”是对那位同行的敬称。“遭”字表明他们并非事先约定，只是偶然相遇。首句开篇赞誉，突兀有力，更显真诚，真实表达了诗人由衷的仰慕之情。次句点明他们相遇的地点。第三句说他们共同合作，奋力追杀两只公狼。最后一句是猎后合作者对诗人的称誉：“揖我谓我儇（好、臧）兮”，诗人以“揖我”这一示敬的动作联系首句，表现两位猎人的惺惺相惜、心意一致，这使得诗篇在结果上、情感上共同达到了圆满、欣喜的境地。

第三句中，诗人只是简单地交代过程“并驱从两肩兮”，而没有具体说出逐猎的结果，但是从他兴奋的叙述中，读者完全可以读出他们的成功，那两只公狼已成为他们的捕获物，肯定是毋庸置疑的事实。这样的写法颇有好处：只需说出目标，不强调结果，因为成功是必然的，无须多言，充分体现出诗人的自信；进一步简省笔墨，使诗歌简练不拖沓，着笔于主干，忽视次要细节的描写，打破故事情节的连贯性，使得叙事更有跳跃感，更能调动读者的阅读情绪，体味诗人当时的心绪，产生身临其境之感；以动感的追逐过程代替静态的结果，使诗歌充满动感，符合猎人风风火火的性格和旺盛的生命激情。这一细节的处理，是高度自信和巧妙艺术手法的结合，充分体现了诗人的性格特征。

此篇初看时似为粗犷猎人所写，应该大气粗糙，章法上不求技巧，出自天然，但细究之下，并非如此。用韵上，有学者提到诗作运用了“富韵”手法：句句用韵，每章一韵，首章“还”“间”“肩”“儇”四字，次章“茂”“道”“牡”“好”四字，末章“昌”“阳”“狼”“臧”四字，整体上再以每句句尾“兮”字收束，堪称巧妙。句法参差，四言、六言、七言皆有，在押韵造成的舒缓中揉进错落有致的节奏，让其不致因舒缓而导致低沉，更添力度。

诗作运用“赋”的手法，章节间回环复沓，仅易数字，相互补充，在简短的章节中极尽铺陈，以诉说的口吻，把诗人所要表达的喜悦之情推向了高潮。方玉润在《诗经原始》评论说：“‘子之还兮’，己誉人也；‘谓我儇兮’，人誉己也；‘并驱’，则人己皆与有能也。寥寥数语，自具分合变化之妙。猎固便捷，诗亦轻利，神乎技矣。”充分说明了其粗豪风格下的细腻质地，实为《诗经》中的佳作。

古代的军事演习

在时事新闻中，经常会有关于军事演习的报道，即把军队分为红军和蓝军，一方进攻，另一方坚守，双方斗智斗勇，最终决出胜负。军事演习是保持军队战斗力的一种方式，虽然现在是和平年代，但我们的军队却不能因此而松懈。这跟我们平时进行模拟考试是一样的，只有不断进行模拟训练，才能在将来走进高考考场时考出好成绩。

那么，古代的军队是如何进行军事演习的呢？其中一个很有效的方法就是狩猎。在先秦时期，狩猎就是对行军布阵和指挥作战的一种演练。因为狩猎和行军打仗一样，是需要排兵布阵的，捕猎就是一场真实、危险的实战演习。在《国风·周南·兔罝》这首诗中，就描述了一场这样的军事演习，我们来看一下。

兔罝（tù jū）

《国风·周南》

sù sù tù jū zhuó zhī zhēng zhēng jiū jiū wǔ fū gōng hóu gān chéng
肃肃①兔罝②，椓③之丁丁④。赳赳⑤武夫⑥，公侯⑦干城⑧。

sù sù tù jū shī yú zhōng kuí jiū jiū wǔ fū gōng hóu hǎo qiú
肃肃兔罝，施于中逵⑨。赳赳武夫，公侯好仇⑩。

sù sù tù jū shī yú zhōng lín jiū jiū wǔ fū gōng hóu fù xīn
肃肃兔罝，施于中林。赳赳武夫，公侯腹心。

①肃肃：端庄严正的样子，另有结网之意。②罝：捕兽的网。③椓：打击。④丁丁：击打的声音。布网捕兽时，须先在地上打桩。此处即指打桩之声。⑤赳赳：轻捷有力。⑥武夫：武士。⑦公侯：周封列国爵位（公、侯、伯、子、男）之尊者，泛指统治者。⑧干城：比喻御敌的天才。⑨中逵：四通八达的交叉路口。⑩仇：匹配，辅助。

《兔罝》为我们展现了一场利用智谋进行捕猎的捕兽大战。将士们将用于捕虎的网结得又紧又密，然后安置在岔路口、林中，静静等待猎物。身为公侯心腹的将士们士气昂扬，他们一边紧张地观察着周围的动静，一边等待着猎物的到来。

从第一节的“肃肃兔罝，椓之丁丁”，到二、三节的“施于中逵”“施于中林”，都表明一场紧张的狩猎行动即将开始。“兔罝”的“兔”字，并不是指“兔子”，而是指“老虎”。因为“周南”江汉之间，一直有着将老虎称呼为“於菟”的习惯。

可以想象，这将是一场多么盛大而危险的狩猎活动，因为他们所要猎获的对象，是林中之王，是雄壮威武的猛虎。所以诗中“椓之丁丁”“施于中逵”“施于中林”几句着重描写猎手安装“兔罝”的景状，他们为了防止老虎逃脱，将网结得非常紧密，然后小心翼翼埋下网桩，再用力敲打，使它们变得更加牢固。“中逵”“中林”这两个词也从侧面展现出参与狩猎的战士众多，他们按部就班地工作，分工明确、军容整肃。这些描写无一不体现出这次狩猎活动的恢宏有力，以及这些将士的士气之高涨和军纪之严谨。

《兔罝》最为独特的地方是：虽然它详尽描述了将士为捕猎做准备的场景，却没有实际描写出捕猎的画面。诗人省略了捕猎的过程，不做详细的展开，只让读者依靠自己的想象来丰富这些画面。

虽然整首诗没有对盛大的狩猎过程进行描绘和渲染，但是字里行间却流露出诗人对狩猎将士的热烈赞美：他们不但在狩猎虎豹之时十分勇猛，在沙场上也毫不含糊，奋勇杀敌，不愧为公侯们的得力干将。由“兔罝”到“干城”，读者眼前好似出现了一种时空的转换，刚刚还在狩猎中搏虎驱豹的猎手，一下子就变成了保家卫国的士兵。

通过这种转换，诗人写出了一种欣喜自豪的心情。三章相叠的咏唱，使这种自豪之情透过“干城”“好仇”“腹心”这些词，一步步推进，从中可见诗人抑制不住的夸耀。能有这样英勇无畏的勇士为其效命，那些公侯必然会感到十分骄傲和满足。但不能否认的是，只要是战争就一定会有伤亡，所以从深层意义上看，这首诗也透露出那些因为战争离乡背井、久役不归或丧身异域的将士们隐藏在夸耀背后的无限悲哀。

盛大的帝王围猎

在古代，猎人通过打猎养家糊口，军队借助打猎来锻炼士兵，而君主们则把打猎当成一种娱乐。我知道，有不少同学喜欢玩游戏，游戏当中有不少环节就模拟了古代狩猎的场景。事实上，电子游戏和狩猎对于人的心理满足其原理是一样的。在这里，我要提醒大家的是，玩游戏并不是不可以，但一定要节制，而且要在功课完成之后才能玩。

当然，古代君主虽是以娱乐的心态来狩猎，但他却不能直接这样说，总是要给自己找一个冠冕堂皇的理由，而且面子要做足，所以仪式感必须要有，因此帝王围猎往往搞得极为隆重。下面，我就给大家介绍两首关于帝王围猎的诗篇，看看那到底是一种什么样的气派。

驷(sì)①驖(tiě)②

《国风·秦风》

驷(sì)驖(tiě)孔(kǒng)阜(fù)，六(liù)辔(pèi)③在(zài)手(shǒu)。公(gōng)之(zhī)媚(mèi)子(zǐ)④，从(cóng)公(gōng)于(yú)狩(shòu)。

奉(fèng)时(shí)⑤辰(chén)牡(mǔ)，辰(chén)牡(mǔ)孔(kǒng)硕(shuò)。公(gōng)曰(yuē)“左(zuǒ)之(zhī)”，舍(shě)⑥拔(bá)⑦则(zé)获(huò)。

yóu yú běi yuán　sì mǎ jì xián　yóu　chē luán　biāo

游于北园⑧，四马既闲。辅⑨车鸾⑩镳⑪，

zài xiǎn　xiē jiāo

载猃⑫歇骄⑬。

①驷：四马。②驖：毛色赤黑的马。③辔：马缰。原本四匹马应有八条缰绳，但由于中间两匹马的内侧两条辔绳系在御者前面的车杠上，因此只有六辔在手。④媚子：亲信、宠臣。⑤时："是"的假借，这个。⑥舍：放，发。⑦拔：箭的尾部。⑧北园：秦君狩猎时休憩用的园子。⑨辅：用于驱赶堵截野兽的轻便车。⑩鸾：通"銮"，铃。⑪镳：马嚼。⑫猃：长嘴的猎狗。⑬歇骄：短嘴的猎狗。

这是一首描写秦襄公田猎盛况的诗。"驷驖孔阜，六辔在手"，诗人选取阵列的一角为切入点：通过对四匹健壮高大的马的描写，凸显出一种凝重之感。然后镜头转向控制缰绳的人，也就是赶车之人。这里的赶车人，只是一个宠臣，却在这阵仗中显得胸有成竹，可见其主人更不是一般角色。

"公之媚子，从公于狩"，诗人点出了主人的身份，即秦襄公，他在一大批随从的陪伴下出猎，阵容颇具规模，声势也十分浩大，这正是一个国家国力强盛的表现。这一章仅仅描写了队伍的一角，就显示出了队伍的纪律严明与君主的威严，反衬出了"公"是一位治国、治军有方的君主。

"奉时辰牡，辰牡孔硕"，狩猎在第二章正式开始。一声令下，狩猎官打开牢笼，将早已准备好的"猎物"放出，所谓"猎物"是专供皇家狩猎做靶子用的时令兽，而非山林中自然生长的野生猛兽。这样一场轰轰烈烈的皇家狩猎活动便开始了，读诗人会自然地在脑海中想象当时锣鼓喧天、猎物逃窜、众人追赶的壮观画面。

"公曰'左之'，舍拔则获"，公在众猎物中相中了靠左的一只，举起弓箭，单目瞄准，猎物不出所料地倒地，一位武艺不俗、治国有法的君主的形象似乎正慢慢清晰起来。但有一点不能忘，他狩猎的对象是只经过驯养的野兽，这与《齐风·还》中徒手捕狼的猎人相比，不免有点虚浮和滑稽。但作为一国之君，能勇武到与真正的野兽去较量也未免有失真之嫌，因此这样的写法正符合主人公的身份地位，切合实际，也使本诗更增添了一分可信度。诗人的写作手法十分精湛，详略得当，以点带面地掌握了整个局势。

一反人们的期待，猎后没有丰盛的猎物，也没有推杯换盏等俗套的仪式，“游于北园，四马既闲”，人们没有忙于庆祝，而是继续去北园游玩，场景急速由狩猎场转换到了北园。地点转换的作用是突出王家苑囿之广大，国土之充实。紧张的氛围随即放松下来。

“辅车鸾镳，载猃歇骄”，此处又着眼于“驷驖”，心绪却不再是首章的紧张，而是轻松悠闲。此处“闲”字语意双关：马闲，人亦闲适。末句给了一个有趣的画面特写，打猎时奋勇追捕猎物的猎狗们此刻都乘在辅车上休息。镜头由人再次摇至马的身上，可谓一处妙笔，从动物的紧张到松弛，从人的威武到闲适，画面张弛有度而不失质感。

看完秦襄公的狩猎情形，我们不妨再来看看周宣王狩猎的盛况。

jí rì

吉日

《小雅·南有嘉鱼之什》

jí rì wéi wù, jì mà jì dǎo. tián chē jì hǎo,
吉日维戊[1]，既伯[2]既祷[3]。田车[4]既好，
sì mǔ kǒng fù. shēng bǐ dà fù, cóng qí qún chǒu.
四牡孔阜[5]。升彼大阜[6]，从其群丑。
jí rì gēng wǔ, jì chāi wǒ mǎ. shòu zhī suǒ tóng,
吉日庚午，既差[7]我马。兽之所同，
yōu lù yǔ yǔ. qī jǔ zhī cóng, tiān zǐ zhī suǒ.
麀[8]鹿麌麌[9]。漆沮[10]之从，天子之所。
zhān bǐ zhōng yuán, qí qí kǒng yǒu. biāo biāo sì sì,
瞻彼中原，其祁[11]孔有[12]。儦儦[13]俟俟[14]，
huò qún huò yǒu. xī shuài zuǒ yòu, yǐ yàn tiān zǐ.
或群[15]或友[15]。悉率左右，以燕天子。

jì zhāng wǒ gōng　jì xié wǒ shǐ　fā bǐ xiǎo bā　yì
既张我弓，既挟我矢。发彼小豝，殪
cǐ dà sì　yǐ yù bīn kè　qiě yǐ zhuó lǐ
此大兕。以御宾客，且以酌醴。

①戊：古人以天干地支相配计日。以天干奇数为刚日，偶数为柔日。刚日宜外事，柔日宜内事。田猎为外事，故以刚之戊为吉日。②伯："祃"之假借。祃，师祭。③祷："禂"之假借。禂，马祭。④田车：猎车。田，打猎，后作"畋"。⑤孔阜：非常强壮高大。⑥大阜：高大的山岗。⑦差：选择。⑧麀：母鹿。⑨麌麌：众多貌。⑩漆沮：古代二水名，在今陕西境内。⑪祁：原野辽阔。⑫有：多，指野兽多。⑬儦儦：疾行貌。⑭俟俟：缓行貌。⑮群：兽三只在一起为群。⑯友：兽二只在一起为友。

《吉日》和《诗经》中另一篇《车攻》一样，都是一篇描写宣王田猎的诗，但《吉日》和《车攻》又不尽相同：《车攻》主要是说周宣王在假借狩猎之名向诸侯炫耀武力，以达到慑服诸侯的目的，所以在《车攻》中，周宣王故意大张旗鼓地展现自己的车马、军队，壮大自己的声势，昭告天下他才是周室中兴之主，《车攻》一诗展现出的是一种霸气。而《吉日》一诗主要描写的却是周宣王在西都举行田猎之典，诗描写的重点在于田猎的细节，如怎样选择吉日来进行出兵的祭祀，怎样修整猎车，怎样挑选骏马，怎样驱车在漆沮之间出猎，随从们怎样将野兽驱赶到天子的猎所中以便宣王可以尽情狩猎。

这首诗再现了宣王田猎的全过程。第一章描写了打猎前准备的情况，仪式十分隆重。

第二章主要描写周宣王选择良马准备正式出猎。依据占卜，祭祀之后的第三天是适合狩猎的良辰吉日。所以，在选择了合适的马匹之后，周天子就骑着良马，率领所有的公卿一起来到狩猎的地方，准备开始狩猎。那里有聚集在一起的鹿群，人们沿着漆、沮的河岸设立了围挡，他们追逐着鹿群，将它们赶向天子所在的方向，保证天子能够及时发现它们。

第三章着重描写随从们驱赶群兽给天子射猎的场面。在广袤的原野上，远远眺望，一眼都望不到边，这是一个水草丰茂的地方，因此有很多野兽在这里出入，它们三五成群，有些在奔跑，有些则在缓缓行走。为了让天子能够享受到狩猎的乐趣，随从们又一次驱赶兽群，将兽群驱向了君主的方向。

第四章描写天子在射猎得胜之后返回朝堂，开始朝宴群臣。在随从们将兽群驱赶到天子附近之后，周天子就开始大显身手了。他一箭就射中了一头猪，再一箭又射中了一头野牛，由此可见，周天子是一个英勇神武的君主。在打猎结束之后，周天子狩猎了很多猎物，于是他就用自己狩猎到的野味宴请群臣，就这样，一场精彩的狩猎结束了，全诗也在欢快的气氛中收了尾。

整首诗按照事情发展的过程来进行描述，条理清楚、有条不紊。大部分章节的内容都是在记叙狩猎活动的准备过程和随从驱赶野兽供天子射猎的情景，而写天子射猎却只有“既张我弓，既挟我矢。发彼小豝，殪此大兕”这四句，这样的写作方式既完整叙述了狩猎的过程，又将狩猎的大场面完整展现了出来，同时还透露出轻松的气氛。

这一狩猎过程，实际上就是一场愉悦的游戏。在这场游戏中，宣王在狩猎之后又施恩于臣子，体现了他“与臣同乐，与民同乐”的为君之道。这首诗是帮助后人了解周朝皇家田猎情况，以及周朝民俗的重要资料。

讽刺篇

什么是讽刺诗

是赞美，还是讽刺

酣畅淋漓的痛骂

古代的仇富心理

吝啬鬼与没落贵族

谗言的危害

丑陋可怕的人殉

什么是讽刺诗

在生活里，讽刺基本上是一个贬义词，代表挖苦、嘲笑的意思。相比之下，调侃反倒还略微正面一些。举一个简单的例子：有个同学成绩差，每次考试都是班里最后一名，如果你说他“笨得像猪一样”，这就是讽刺，他非得跟你打架不可；而如果你说他“成绩在全班是最稳定的”，那就是调侃，他听了虽然也会不高兴，但还不至于翻脸。相比较而言，调侃更接近于朋友之间的玩笑，而讽刺则属于恶意的攻击了。

然而，讽刺诗却不是一个负面的词。简单来说，它指的是对生活中那些落后、消极、反动的事物进行嘲讽、讥刺的诗篇。否定之否定，就是肯定。因此，讽刺诗便具有了正面的价值。在《诗经》当中，讽刺诗大约有三十来首，其中人们最熟悉的便是下面这首《硕鼠》。

shuò shǔ
硕鼠

《国风·魏风》

shuò shǔ shuò shǔ, wú shí wǒ shǔ! sān suì huàn rǔ, mò wǒ kěn gù. shì jiāng qù rǔ, shì bǐ lè tǔ. lè tǔ lè tǔ, yuán dé wǒ suǒ!
硕鼠硕鼠，无食我黍①！三岁②贯③女，莫我肯顾。逝④将去女，适彼乐土。乐土乐土，爰⑤得我所！

shuò shǔ shuò shǔ, wú shí wǒ mài! sān suì guàn rǔ, mò wǒ kěn dé. shì jiāng qù rǔ, shì bǐ lè guó. lè guó lè guó, yuán dé wǒ zhí!
硕鼠硕鼠，无食我麦！三岁贯女，莫我肯德。逝将去女，适彼乐国⑥。乐国乐国，爰得我直⑦！

shuò shǔ shuò shǔ　wú shí wǒ miáo　sān suì guàn rǔ
硕鼠硕鼠，无食我苗！三岁贯女，
mò wǒ kěn láo　shì jiāng qù rǔ　shì bǐ lè jiāo　lè jiāo lè
莫我肯劳。逝将去女，适彼乐郊。乐郊乐
jiāo　shuí zhī　yǒng háo
郊，谁之⑧永号！

①黍：黍子，也叫黄米，是古代重要的粮食作物之一。②三岁：多年。三，非实数。③贯：借作“宦”，侍奉。④逝：通“誓”。⑤爰：于是，在此。⑥国：域，即地方。⑦直：王引之《经义述闻》说：“当读为职，职亦所也。”一说同“值”，报酬。⑧之：其，表示诘问语气。

老鼠大概是人们最讨厌的动物之一了，它生性贪婪狡猾，眼小嘴尖，一看就让人生厌。于是，当看到“硕鼠”这个题目时，人们自然明白这不会是一首快乐的颂歌，而是一首怨刺之诗。事实上，《硕鼠》确实是一首不满现实的诗，而且是一首以破口大骂的方式表达不满的诗。

那么，这首诗是对什么事不满呢？古代的学者多认为是农民“刺重敛”，今人则多认为是当时农奴对阶级剥削的反抗。两种看法虽有所不同，但分歧不大，可以互相参照。

诗一开头便大声直呼“硕鼠硕鼠，无食我黍”，仿佛直指硕鼠之面加以怒斥。鼠本来就已经很惹人厌了，还是个肥硕的大老鼠，这就更令人憎恶了。老鼠从来是偷窃之辈，靠着偷盗粮食生活，是不折不扣的寄生虫。一只普通的老鼠长成了“硕鼠”，这是偷食多少粮食的结果！这只硕鼠，便是对贪婪凶残的剥削者的绝妙比喻。日出而作，日落而息，田地里的庄稼是农民们顶着多少个烈日，受了多少次风霜才换来的果实。可是，如此艰辛的劳动所得却被这些老鼠蚕食殆尽，确实教人气愤。

古人常说，“滴水之恩，当涌泉相报”。按如此说，养育之恩便是无以为报的天大恩情了。可惜这只是君子的做法，“硕鼠”不会接受这一套。“三岁贯女，莫我肯顾”，老鼠的一身脂肪是农民多年喂养的结果，可是对于这些养活它们的农民，硕鼠却毫无顾念之心，反而变本加厉地吞食他们的血汗。

如果永远忍受这群硕鼠的索取，只怕最终连性命也不保。所以，农民决定“逝将去女，适彼乐土”，打算永远离开硕鼠，寻找一个“乐土”。所谓“乐土”，就是农民“爰得我所”的地方。

诗分三章，在反复咏叹中诗意层层递进。在第一章诗人呵斥硕鼠“无食我黍”，而硕鼠贪婪成性，无视诗人的呵斥，还啃食农民的麦子，于是诗人继续斥道：“硕鼠硕鼠，无食我麦！”到了第三章，诗人指出，硕鼠之贪婪是永远也无法满足的。吃光黍和麦后，硕鼠变本加厉，连尚未成熟的庄稼幼苗都不放过。从“无食我黍”到“无食我麦”，再到“无食我苗”，硕鼠的凶残和贪婪暴露无遗。

由于不堪硕鼠无止境的盘剥，农民们迫切希望找到一个自耕自足、不受压迫的地方，那将是他们的“乐”之所在。但是随着硕鼠的步步紧逼，他们向往乐土的心情也渐渐发生了变化。一开始，他们向往的是“乐土”，然而在硕鼠的逼迫下，他们的追求从乐土变成了乐国，又从乐国变成了乐郊。“乐土”“乐国”“乐郊”三个词看似所指相同，实则有相当大的区别。“土”当指人类脚下这片广袤的大地，而“国”是这片土地上的一个区域，而“郊”的范围就比国更小了。可见，人们虽然不堪“硕鼠”的盘剥，但也逐渐意识到现实的残酷，现实中根本不存在所谓的乐土。“乐土”到“乐国”再到“乐郊”的变化，实际上是希望逐渐落空的表现。所以，末句“乐郊乐郊，谁之永号”透出些许无奈和悲哀。

虽然农民们寻找乐土的希望最终落空了，但这并不影响《硕鼠》一诗的积极意义。本诗写出了贫苦农民的怨愤，但不只是单单表现苦难和哀怨。诗在描写痛苦、指责造成痛苦之人的同时，写出了反抗的心声，喊出了苦难中农民的追求和理想。这也许是此诗最具感染力的地方。

在《小雅》当中，还有一篇《黄鸟》，内容与《硕鼠》相近，我在这里一起介绍，大家可以对比学习。

huáng niǎo
黄鸟①

《小雅·鸿雁之什》

huáng niǎo huáng niǎo, wú jí yú gǔ, wú zhuó wǒ sù.
黄鸟黄鸟，无集于穀②，无啄我粟。
cǐ bāng zhī rén, bù wǒ kěn gǔ. yán huán yán guī, fù wǒ bāng zú.
此邦之人，不我肯穀③。言旋④言归，复⑤我邦族。

huáng niǎo huáng niǎo, wú jí yú sāng, wú zhuó wǒ liáng.
黄鸟黄鸟，无集于桑，无啄我粱。
cǐ bāng zhī rén, bù kě yǔ méng. yán huán yán guī, fù wǒ zhū xiōng.
此邦之人，不可与明⑥。言旋言归，复我诸兄。

huáng niǎo huáng niǎo, wú jí yú xǔ, wú zhuó wǒ shǔ.
黄鸟黄鸟，无集于栩⑦，无啄我黍。
cǐ bāng zhī rén, bù kě yǔ chǔ. yán huán yán guī, fù wǒ zhū fù.
此邦之人，不可与处。言旋言归，复我诸父。

①黄鸟：黄雀。②穀：名词，即楮木。③不我肯穀：宾语前置，就是不肯穀我。穀：名词用作动词，指养育。④旋：通“还”，回归。⑤复：回去。⑥明：通“盟”，讲信用。⑦栩：柞树。

《黄鸟》这首诗从诗义来看，产生的时代大约和《硕鼠》相近，也就是奴隶制开始逐步瓦解的时期。朱熹《诗集传》中说：“民适异国不得其所，故作此诗。”意思比较贴近。

当时的人们在奴隶主的残酷剥削以及无休战乱的颠簸之下，被逼无奈纷纷离开故土逃到异乡，就这样变成了“流民”。这些被迫寄人篱下的流民们，抱着满腔的希望来到了异乡，这个他们原以为会比故园好的地方，却和他们的想象完全不同，这里的人们对他们非常不友好，他们在异乡感到孤独难处。诗人用黄鸟为兴，喊出了“此邦之人，不我肯穀”“不可与明”“不可与处”这样怨愤的话，这些语言都表现了诗人急不可待回归的决心，诗人通过这样的语言告诉世人，在这个世界上已经没有一块没有剥削与压迫的乐土。

贪得无厌的黄鸟，吃光了人们所有的粮食，然后还要和人们作对。它们停在人们家门前的树上，不停鸣叫着，它们的叫声让人们感到心烦。“黄鸟”在此处指代的正是那些盘剥压榨底层老百姓的人。走投无路的穷苦百姓痛恨本国的“硕鼠”逃了出来，满怀希望，宁愿离开生养他们的故土，由此可见他们所受的压迫之深重。这些可怜的人背井离乡，原本是想要寻一处世外桃源，但是出乎他们意料的是，他们的愿望根本无从实现，逃离了“硕鼠”，又会遇见“黄鸟”，这就是残酷的现实。

无奈中，人们认识到这样一个现实：不是硕鼠为患，就是黄鸟到处作恶。在世上再也没有乐土天国可以寻找，天下何处不灾荒，哪里都没有余粮可供他们食用，天下到处都是吃人的豺狼，哪里都不是穷人的乐土，而且就连那些此邦之人也已经丧失了基本的怜悯之心，他们“不我肯穀”“不可与明”，甚至“不可与处”。

就像余冠英说的那样：“背井离乡的人在异乡遭受剥削压迫和欺凌，更增添了对邦族的怀念。”无奈之下人们只能“言旋言归，复我邦族”，就这样人们决定回到自己的故乡去，与自己的邦族、诸兄、诸父生活在一起，流着同一种血液才会彼此照应，生活于其中才会有安全感。那里虽然有硕鼠、黄鸟、恶人横行霸道，但是在那里还有他们的亲人和朋友，他们相信，在和亲人的相互依傍中，可以寻求些许暖意，这样的温暖能够给他们充满伤痛的心以解脱的慰藉和沉醉。

阅读本诗，仿佛可以听到那些身处远古的人们发出的动人心魄、直冲云霄的愤怒和悲恸的呼声。生活于乱离之世的人们，其不幸遭遇让人深深同情。

是赞美，还是讽刺

咱们的汉语可谓博大精深，有时候同样的一句话，语气稍一转变，意思就完全变了样。难怪总是有人说："大家不要整天抱怨学英语难，外国人学咱们的汉语那才真叫难呢。"

事实上，《诗经》当中的很多篇章都有争议。只不过为了方便大家学习，咱们这本书里基本上都把争议的过程给消除了，只把结果讲了出来，或者说只把目前最被人们广泛接受的观点告诉了大家。

前面的都还好说，但到了讽刺诗这一块我就有些犯难了。同一首诗，有的人说是讽刺，另一些人却说是赞美，截然相反的观点，却似乎都有道理，你说难办不难办？下面，我就来举个例子，咱们大家一起来判断，到底是赞美，还是讽刺？

gāo qiú
羔裘①

《国风·郑风》

gāo qiú rú rú　xún　zhí qiě hóu　bǐ jì zhī zǐ
羔裘如濡②，洵③直且侯④。彼其之子，
shě mìng bù yú
舍命不渝⑤。

gāo qiú bào shì　kǒng wǔ yǒu lì　bǐ jì zhī zǐ
羔裘豹饰⑥，孔武有力。彼其之子，
bāng zhī sī zhí
邦之司直⑦。

gāo qiú yàn xī　sān yīng càn xī　bǐ jì zhī zǐ
羔裘晏⑧兮，三英⑨粲兮。彼其之子，
bāng zhī yàn xī
邦之彦⑩兮。

①羔裘：羔羊皮裘，古大夫的朝服。②濡：柔软而有光泽。③洵：信，诚然，的确。④侯：美。⑤渝：改变。⑥豹饰：用豹皮装饰皮袄的袖口。⑦司直：负责劝谏君主过失的官吏。⑧晏：鲜盛貌。⑨三英：装饰袖口的三道豹皮镶边。⑩彦：才德出众之人。

对于这首诗的主旨，《毛诗序》说："《羔裘》，刺朝也。言古之君子，以风其朝焉。"意思是赞古喻今，以赞美古代君子来讽喻当时的官员。朱熹在《诗集传》却指出，这首诗是郑人"美其大夫之辞"，即赞扬郑国名臣子皮、子产的。

不得不说，朱熹是有道理的。从字面来看，这是一首以衣喻人的诗，"羔裘如濡"，以羊羔皮制作的朝服比喻穿朝服的官员的品德和才能，联想的路径相当自然。因为穿衣如人，从衣着联想到人品，再自然不过了。事实上，如果直接形容人的品质、德行，很难说得生动、形象。因此诗人用看得见的衣服，来比喻看不见的抽象品行，十分高明。比如，"羔裘豹饰，孔武有力"，从皮袍袖口上装饰的豹皮，可以联想到穿此衣服之人既威武又有力，不用过多描述，简单的一个比喻，就能将要表达的意思生动展现出来。总而言之，人衣相配，美德毕现，这位官员才德出众，不愧是国家的贤俊，显然是一种赞美。

然而，据考证《诗经》中所收的诗止于陈灵公时代，而子皮、子产等人生活的时代比陈灵公时代要晚五六十年。再说，在昭公十六年（前 526），郑六卿饯韩宣子时，子产曾赋《郑风·羔裘》，如果说这是一首人家赞美他的诗，他不可能在客人面前用这首诗来夸耀自己。于是，现在大家又都摈弃了朱熹的观点，从讽刺诗的角度去解读这短短的三章。

那么，讽刺是从什么地方体现出来的呢？人们认为，诗中礼服的高贵华丽的确衬托着君子的美德形象，服饰的华美也象征着君子高贵的人品。不过，也许在诗人看来，古代的卿大夫确实是这么回事，可如果结合当时郑国的现实，那就不同了：满朝穿着漂亮官服的是些什么人？一句话，君不像君，臣不像臣，可以说，他们都配不上自己所穿的衣服。

举个简单的例子，一个小女孩长得很漂亮，你说她漂亮，那是赞美；如果她长得不漂亮，甚至有点丑，你再说她漂亮，那不是讽刺、挖苦是什么呢？

在《国风·召南》中有一篇《羔羊》，情形与《国风·郑风·羔裘》差不多，我们一起来看下。

gāo yáng
羔羊

《国风·召南》

gāo yáng zhī pí, sù sī wǔ tuó. tuì shí zì gōng, wēi yí wēi yí.
羔羊之皮，素丝五纻①。退食自公，委蛇②委蛇。

gāo yáng zhī gé, sù sī wǔ yù. wēi yí wēi yí, zì gōng tuì shí.
羔羊之革③，素丝五绒④。委蛇委蛇，自公退食。

gāo yáng zhī fèng, sù sī wǔ zǒng. wēi yí wēi yí, tuì shí zì gōng.
羔羊之缝，素丝五总⑤。委蛇委蛇，退食自公。

①五纻：缝制细密的样子。五，通“午”，交错；纻，数（cù），即细密。②委蛇：悠闲自得的样子。③革：皮。④绒：缝。⑤总：同“纻”。

对于《羔羊》这首诗，同样有两种观点。清代以前，学者们的观点主要是：它是一首赞美在位者的诗，它所赞美的是纯正之德或节俭正直的品行。清代之后，开始有学者提出，《羔羊》这首诗其实是在批评士大夫的无所事事和无所作为。这种观点提出之后，得到了很多人的赞同，人们认为它比较符合诗文的原意。

开篇两句是从视觉角度来描写的，“羔羊之皮，素丝五纶”，那些官员们穿着用白丝线镶边、精心缝制的羔裘衣服，这种描写提示了这些衣着华丽的官员的真实身份。《毛传》说：“大夫羔裘以居。”由此可知，这些人就是当时的士大夫之流。第三句“退食自公”则是诗人的所见所想，《左传·襄公二十八年》中提道：“公膳，日双鸡。”杜预注：“谓公家供卿大夫之常膳。”可见，当时的官员们是有公膳可吃的。

在当时社会生产力水平普遍十分低下的情况下，按照《孟子·梁惠王上》的描述，在符合王道的理想社会中，普通百姓七十岁才吃得上肉，还必须是丰收之年。但是在这首诗中，那些士大夫们每天都能吃上两只鸡，可见他们的奢侈程度。

当诗人看到这些人吃饱喝足由公门出来，他便联想到这些大夫应该是退朝之后用过公膳了。虽然诗人没有明确说出这些士大夫吃了些什么，但是从当时公膳的普遍标准和他们慢条斯理、逍遥惬意的样子来看，一定是十分丰盛的了。“委蛇委蛇”的描写正是“美中寓刺”，诗人对“路有饿殍”的同情以及对士大夫们的厌恶之情都表露无遗。

后面两章的内容将第一节的内容上下前后颠倒往复，其实是在表达相同的意思。在“退食自公”这个特定的场合下，反复摹写士大夫们滑稽可笑又丑陋可憎的面孔，于不动声色中极尽挖苦和嘲弄之能。

《羔羊》将一小章就可以讲完的一件事，分成了三个小章来说明，这样写一方面是为了加深语气，表达诗人的不满，另一方面也是为了告诉人们，这种现象并不是一天两天，或者一个人两个人中存在的，而是在那个时期普遍存在的现象。那些位高权重的大夫们，每日享受着奢华的生活，但是在其位却不谋其政，每日只是碌碌无为，吸取着民脂民膏。这种回环咏叹的写法加深了全诗的讽刺意味，也正是《诗经》的突出特点。

酣畅淋漓的痛骂

上一节咱们学习的两首诗，之所以会引起争议，归根结底还是因为诗文本身太过含蓄。《诗经》里当然也有不少直抒胸臆的讽刺诗，比如，咱们前面提到的《硕鼠》，你就不可能把它当成赞美诗。不过，《硕鼠》骂得还不过瘾、不够狠，下面我再给大家介绍两篇，那骂得可谓酣畅淋漓。咱们不妨比较一下，哪一篇骂得更痛快？

第一篇叫作《相鼠》，出自《国风·鄘风》。

相鼠（xiàng shǔ）①

《国风·鄘风》

相（xiàng）鼠（shǔ）有（yǒu）皮（pí），人（rén）而（ér）无（wú）仪（yí）②。人（rén）而（ér）无（wú）仪（yí），不（bù）死（sǐ）何（hé）为（wéi）！

相（xiàng）鼠（shǔ）有（yǒu）齿（chǐ），人（rén）而（ér）无（wú）止（zhǐ）③。人（rén）而（ér）无（wú）止（zhǐ），不（bù）死（sǐ）何（hé）俟（sì）④！

相（xiàng）鼠（shǔ）有（yǒu）体（tǐ），人（rén）而（ér）无（wú）礼（lǐ）。人（rén）而（ér）无（wú）礼（lǐ），胡（hú）⑤不（bù）遄（chuán）⑥死（sǐ）！

①相：视，看。②仪：威仪。③止：假借为“耻”。④俟：等。⑤胡：何。⑥遄：速。

《相鼠》一看就知道是首骂人的诗，但至于所骂何人，历来观点不一。有学者认为是百姓刺骂统治者，有人却说是“妻谏夫之诗”，持前种说法的人更多些。统治者饱读诗书，满口尊卑礼仪，暗地却做出许多卑劣的勾当，这当然会遭到百姓的怒骂。其实，不必这么狭隘地去理解《相鼠》。无论是何种人，只要品行龌龊，就会使人侧目，哪用得着分什么贵族士大夫、平民老百姓。这么来看这首诗，也许更有典型意义。

诗以鼠起兴，直接引起人们的憎厌之情。从古至今，老鼠这种动物都很不受人欢迎。首先，老鼠长了一副不讨人喜欢的嘴脸，浑身灰色，尖嘴小眼，形象上就让人没有好感。而且老鼠喜欢在夜间活动，一出来就四处张望，显得十分狡黠。更让人无法忍受的是，老鼠偷窃成性，咬坏物品不说，还毁坏庄稼。所以一提起老鼠，人们便毫不掩饰对它的憎恶。《诗经》中所有写到“鼠”的诗里，无一不把老鼠当作痛斥和驱赶的对象。

以好衬恶，固然能显出恶之不好；而以一恶比另一恶，则更显其恶之甚。鼠已如此可厌，诗人还用它来衬托丧失礼义廉耻的人，可见人无德行所引起的反感远甚于老鼠。“相鼠有皮，人而无仪。人而无仪，不死何为！”在诗人看来，老鼠尚且还有一张皮，作为人却没有人应有的威仪，这种人不配活在世上，不如早些死掉的好。

“相鼠有齿，人而无止。人而无止，不死何俟！”诗人继续骂道：“你看看那老鼠还长着牙齿，有的人却不知羞耻。做人而无羞耻之心，不死还等什么！”及至第三章，诗人的怒气不仅未消，反而有所增长：“相鼠有体，人而无礼。人而无礼，胡不遄死！”老鼠还有体，人却不知礼。做人如果不守礼，为什么不速死！

三章语义相似，但绝不是诗人重复啰唆的谩骂。每一章在意义上都比前一章更进一步，言辞逐渐激烈，情绪逐渐加强。第一章的“仪”指人的外表，第二章的“止”是人的羞耻心，第三章的“礼”则是合乎礼法的行为。一字之变，由表及里、由浅入深地把一些人卑鄙龌龊的品质揭露无遗。在一步步揭露某些人丑陋面目的同时，诗人的情感渐次升温。从“不死何为”到“不死何俟”，再到“胡不遄死”，一问比一问尖锐，一问比一问怒不可遏，有立即将德行败坏之人从人间清除的架势。老鼠过街的后果不过是人人喊打，打跑了也就作罢，可是一个尽失为人之道的人却激起了众人“胡不遄死”的呼声。可见在古人看来，人若不守礼仪，便也不具有生存的价值了。

从人的角度看，老鼠的品性确实恶劣，但也有例外。道家著作《关尹子》（又名《文始真经》）中有“圣人师拱鼠”的记载，这也许能为解释《相鼠》提供另一个角度。关中之地流传着这样一个民间传说：孔子云游天下，来到潼关，看见田边有群鼠拱爪站立，对日作揖。孔子见秦地老鼠尚懂礼仪，便不去秦地游说。南朝刘敬叔《异苑》的记载与此传说类似：“拱鼠形如常鼠，行田野中，见人即拱手而立，人近欲捕之，跳跃而去。秦川有之。”

在这样的背景下看，“相鼠有皮”“相鼠有齿”“相鼠有体”不仅是说老鼠皮毛俱全，也有老鼠虽形容猥琐却有礼仪之心，人虽衣冠堂堂却不行礼仪的意味。如此一来，人之不如鼠辈更甚。

接下来，咱们再看《国风·陈风·墓门》。

墓门①

《国风·陈风》

墓门有棘，斧以斯之。夫②也不良，国人知之。知而不已，谁昔③然矣。

墓门有梅④，有鸮⑤萃⑥止。夫也不良，歌以讯⑦之。讯予不顾，颠倒⑧思予。

①墓门：墓道的门，一说陈国城门之名。②夫：这个人，指诗人讽刺之人。③谁昔：往昔，从前。④梅：梅树。⑤鸮：猫头鹰，古人认为它是恶鸟。⑥萃：集，栖息。⑦讯：借作“谇”，斥责，告诫。⑧颠倒：跌倒。

诗的首章以棘起兴："墓门有棘，斧以斯之。"通往墓道的门前长起了酸枣树，用刀斧就可以铲除掉。那么下面要说的定是一些无法铲除的东西，"夫也不良，国人知之"，如果国家出了一个不良之人，那么用什么方法能铲除他呢？"知而不已，谁昔然矣"，现在全国上下都知道有个只在其位不谋其职的人，而他自己却全然不知，诗句中的气愤之情直白地显露，百姓的不满对所说之人是莫大的讽刺。

诗的末章进一步对"不良之人"进行讽刺。"墓门有梅，有鸮萃止"，是人民以自己的方式在发泄心中的怨气：你家的墓地丛生了酸枣枝，每天都有成群的猫头鹰在上面哀号。此处仍以起兴开始。"夫也不良，歌以讯之"，我们唱这首歌就是希望你的不良之举有所改正。语气十所恳切，看出人民曾经对其寄予很大的希望。然后事与愿违的是"讯予不顾，颠倒思予"，但我们的歌却未打动你，你耽于享乐、声色犬马不屑于听，而等你下台潦倒之际恐怕会怀念当初我们这支歌吧！劝导的同时，不乏诅咒的意味。

《墓门》讽刺对象的认定有一段曲折的过程。《毛诗》认为这首诗是讽刺陈佗的。陈佗为春秋时期陈文公之子，文公死后，陈佗之兄桓公继位。陈佗在桓公病中杀太子免，桓公死后他又自立为君，陈国大乱。后来蔡国为陈国平乱，终于诛杀了陈佗。到了宋代，有些学者认识到了前人观点的曲解之处，如朱熹说："所谓'不良'之人，亦不知其所指也。"即不必将讽刺对象具体到某个人。

古代的仇富心理

不知道同学们还有没有印象，曾经有一段时间，"仇富"成了网络上的一个热词。其实想想便知道，"仇富"并不是现代的发明，古代早已有之，究其原因自然是众说纷纭。在我看来，与其说是嫉妒心在作祟，不如说是在为社会不公和为富不仁而愤慨。

《诗经》当中有两首关于“仇富”的诗，就证明了我的观点，我们先来看其中的第一首《葛屦》。

gě jù
葛屦①

《国风·魏风》

jiū jiū gě jù kě yǐ lǚ shuāng xiān xiān nǚ shǒu
纠纠②葛屦，可以履霜。掺掺③女手，
kě yǐ féng cháng yāo zhī jí zhī hǎo rén fú zhī
可以缝裳。要④之襋⑤之，好人⑥服之。
hǎo rén tí tí wǎn rán zuǒ bì pèi qí xiàng tì
好人提提⑦，宛然左辟⑧，佩其象揥⑨。
wéi shì biǎn xīn shì yǐ wéi cì
维⑩是褊心⑪，是以为刺。

①葛屦：指夏天所穿的用葛绳编制的鞋。②纠纠：缠绕，纠结交错。③掺掺：形容女子的手很柔弱纤细。④要：衣服齐腰处。⑤襋：衣领。⑥好人：美人，此处是指富家的女主人。⑦提提：同“媞媞”，安舒貌。⑧辟：同“避”。⑨象揥：象牙做的簪子。⑩维：因。⑪褊心：心胸狭窄。

这首《葛屦》是一首典型的讽刺诗，讽刺了一位贵妇人，同时也控诉了阶级的不平等。本诗通过描写一个缝衣女奴为女主人缝制衣服的过程，揭露出当时贫富不均的现实。本诗成功地塑造了两个对比鲜明、不同类型的女性，她们分别是不劳而获的贵妇和劳而不获的缝衣女。诗中将这两个对立的形象展现在了公众面前，通过赤裸裸的对比，给人们以震撼，发人深省。

诗中首先提出问题：“脚穿破旧的麻布鞋怎能踩踏深秋的寒霜？”“瘦弱细小的双手怎能缝制华丽的衣裳？”一个脚穿破布鞋、吃不饱、穿不暖、无偿从事劳役的瘦弱女奴形象便跃然纸上。她在霜寒中，还要劳作不止，她心灵手巧，做得一手好女红，但却只能

“苦恨年年压金线，为他人作嫁衣裳”。

同时，诗人还描绘了一个只顾自己装饰打扮、喜穿新衣，把自己的幸福建筑在别人的痛苦上的、养尊处优、虚荣心强的贵妇形象。这个贵妇心胸狭窄，她冷酷无情地对待着女奴，毫无怜悯之心。这样的压榨行为尽管相当不合理、不公平，在当时却理所当然。本诗通过描绘这两个形象构成了鲜明对比，表现出被奴役者的悲愤，末句的“维是褊心，是以为刺”就是这种愤慨的表现。

本诗共有两章，第一章先写出了缝衣女穷困的样子。那时已经天寒地冻了，但是在这样的气候中，她的脚上还穿着夏天时的鞋。她终日受到女主人的虐待，所以她在受冻的同时还要挨饿，她双手纤细，瘦弱无力。即使已经十分虚弱了，她还要为女主人缝制新衣。在她忍饥挨饿之后做成的衣服，不但不能穿在她自己的身上，她还要亲手将它穿在别人的身上。

当贵族家的女奴将缝制好的新衣，拿去请女主人试穿时，女主人做出一副视而不见、满不在乎的样子，她避开缝衣女，而去为自己佩戴高级的象牙簪子。

第一章的最后出现了“好人服之”这一句，其中“好人”这个词，指的就是外貌美好的人，在诗中是对女主人的尊称。但是，“好人”这个词在诗的具体情境下，则带着明显的讽刺意味。

在第二章中，诗人转而描写女主人的富有和她的傲慢。在穿上缝衣女辛苦缝制的衣服之后，她看都不看缝衣女一眼，而是傲慢地自顾梳妆打扮起来。这样的举动，让缝衣女感到愤慨和难以容忍。

诗中呈现出两种不同的画面，两种不同的世界情景。本诗的最后两句“维是褊心，是以为刺”点出了本诗的主题。这两句话充分地表现出了本诗的讽刺意义，全诗的题意通过这两句得到了加深。这首诗通过主仆两个不同的女性形象，表现出了诗人对劳动者的深切同情以及对剥削者的强烈讽刺。诗中揭露了当时社会中的压迫和普通劳动者的可悲命运，对后来的同类诗歌产生了很深的影响。

下面，我们再来看第二首《候人》。

hòu rén

候人①

《国风·曹风》

bǐ hòu rén xī，hè gē yǔ duì。bǐ jì zhī zǐ，sān bǎi chì fú。

彼候人兮，何②戈与祋③。彼其之子，三百赤芾④。

wéi tí zài liáng，bù rú qí yì。bǐ jì zhī zǐ，bú chèn qí fú。

维鹈⑤在梁，不濡其翼。彼其之子，不称其服。

wéi tí zài liáng，bù rú qí zhòu。bǐ jì zhī zǐ，bú suì qí gòu。

维鹈在梁，不濡其咮⑥。彼其之子，不遂其媾。

huì xī wèi xī，nán shān cháo jī。wǎn xī luán xī，jì nǚ sī jī。

荟兮蔚兮⑦，南山朝跻⑧。婉⑨兮娈兮，季女斯饥。

①候人：官名，是看守边境、迎送宾客和治理道路、掌管禁令的小官。②何：通“荷”，扛着。③祋：武器，殳的一种，竹制，长一丈二尺，有棱而无刃。④赤芾：赤色的芾。芾是祭祀时穿的衣服，是一种用皮革制作的蔽膝，上窄下宽，上端固定在腰部衣上，按官品不同而有不同的颜色。⑤鹈：即鹈鹕，喙下有囊，食鱼为生。⑥咮：禽鸟的喙。⑦荟兮蔚兮：云层蔽日，天空阴暗昏沉的样子。兮：语气词。⑧跻：升，登。⑨婉：年轻。

《候人》这首诗的讽刺对象不是某一个特定的人物，而是对“好人沉下僚，庸才居高位”这种不公社会现实的讽刺。

诗的首章就将两种不同的人、两种不同的遭际进行了对比。前两句写“彼候人”扛着戈、扛着祋，其辛苦之状可见一斑，后两句写“彼其之子”即“那个（些）人”，或更轻蔑一些呼为“那些小子”。“三百赤芾”如作为三百副赤芾解，则极言其官位高、排场大。如真是拥有三百副赤芾的人，其身份之高可想而知，恐怕是统率大官的人，即国君。

两两对比之中，已将两方的差距言说清楚，虽然诗人没有直接对双方进行善恶评价，但爱憎之情还是可以体味出的。“何戈与祋”，显示出“彼候人”官位之卑微、工作之辛苦，诗人对其寄寓了同情之心；而“三百赤芾”的“彼子”却无功受禄，谴责、不满之情已溢于言表。仅仅四句，就将本诗的主旨概括了出来，所以这章可以看作是全篇的统领，其他章节在此基础上渐次展开，同情之心慢慢收拢，讽刺批判占据主要地位。

接下来诗人弃用赋说，改用“比”法：前两句比喻，后两句主体。“维鹈在梁，不濡其翼”，用了鹈鹕的一个生活中的细节来打比方。鹈鹕是一种水鸟，它们捕食的特点是不必下水更不必打湿翅膀，只需要站在鱼梁上，颈一伸、喙一啄就可以吃到鱼，安然之态令人瞠目。由于地位的优势，近水鱼梁上的鹈鹕自然可以不劳而获。这样一说，读者自然会联想到诗人要比喻的对象是不劳而获的“彼子”，于是接下来矛头直指“彼子”，说其“不称其服”。“服”即其身份地位的象征，身份高的服“赤芾”，特权也就多，无才无德也可加官受禄，显贵一生，这与站在鱼梁上低头吃鱼的鹈鹕并无二致。诗人的不满情绪到这里显然没有结束，于是便有了下面第三章的继续。

“维鹈在梁，不濡其味”，即鹈鹕不仅可以不沾湿翅膀，甚至连喙也可以不沾湿。这是因为鱼儿有时会跃出水面，有时则会跳到坝上。而站在坝上的鹈鹕就可以连喙都不沾湿，轻易地吃到鱼儿。而后两句写到“彼子”也深一层，“彼其之子，不遂其媾”。正如不劳而获的水鸟般，“彼子”不但无才受禄，而且在男女关系上也颇有问题，常常不顾伦理道德的约束，不负责任地抛弃自己的发妻。这一章的描述，把“彼子”“不称其服”的外在形象，深入了道德品质的内里，对其表里不一，无才无德，不称其位的品性揭露无遗。

“彼子”描写完毕后，诗似乎要接近尾声，第四章前两句以写景起兴，“荟兮蔚兮，南山朝隮”为读者描绘了天色昏暗，云雾缭绕的景色。这句起兴并非无缘无故，而是与后面的叙事有着某种氛围或情绪上的联系。“婉兮娈兮，季女斯饥”，相貌婉娈的女子却在这样的环境中忍饥挨饿，艰难地生存，其惨象可想而知，阴沉的南山似乎预示着她的明天：希望渺茫，不见光明。“季女斯饥”与“荟兮蔚兮”正相映相衬。“婉”“娈”都是美的褒赞，与“斯饥”形成强烈的反差，引起人们的同情。也有人认为这“季女”就是前边“候人”之女，被强占又被抛弃，就全篇上下贯连的角度看，似乎不无道理。

诗至此戛然而止，没有结局的结局引人反思，“候人”是否依旧苦而无功，“彼子”是否依然无功受禄，诗人没有言明，其批判的意味却跃然纸上，引人深思。对于这种人不称其职，不守其责，在其位不谋其事的社会现实，作为叙述者的诗人显得很无奈，除了作诗讽刺也无办法。

吝啬鬼与没落贵族

吝啬鬼是讽刺文学当中常见的角色，同学们不妨回忆一下，你脑海中著名的吝啬鬼形象都有哪些？我印象比较深的有巴尔扎克的小说《欧也妮·葛朗台》里的葛朗台、莫里哀喜剧《悭吝人》里的阿巴贡，以及我国古典讽刺小说《儒林外史》里的严监生。

《诗经》的伟大之处，就在于它包罗万象。除了前面咱们说到的爱情、战争、劳作等社会人生当中的方方面面，里面竟然还有一首诗写到了吝啬鬼。

还等什么呢？我们一起来看看《诗经》里的吝啬鬼吧。

山有枢①

《国风·唐风》

shān yǒu shū xí yǒu yú zǐ yǒu yī cháng fú yè fú lóu zǐ yǒu chē mǎ fú chí fú qū yuàn qí sǐ yǐ tā rén shì yú
山有枢，隰有榆。子有衣裳，弗曳弗娄②。子有车马，弗驰弗驱③。宛④其死矣，他人是愉。

shān yǒu kǎo xí yǒu niǔ zǐ yǒu tíng nèi fú sǎ fú sào zǐ yǒu zhōng gǔ fú gǔ fú kǎo yuàn qí sǐ yǐ tā rén shì bǎo
山有栲⑤，隰有杻⑥。子有廷内，弗洒弗埽⑦。子有钟鼓，弗鼓弗考⑧。宛其死矣，他人是保。

shān yǒu qī xí yǒu lì zǐ yǒu jiǔ shí hé bú rì gǔ sè qiě yǐ xǐ yuè qiě yǐ yǒng rì yuàn qí sǐ yǐ tā rén rù shì
山有漆，隰有栗。子有酒食，何不日鼓瑟？且以喜乐，且以永日⑨。宛其死矣，他人入室。

①枢：木名，刺榆。②娄："搂"的假借字，牵拉之意，是穿衣的动作。③驱：车马疾走。④宛："苑"的假借字，枯死貌。⑤栲：木名。⑥杻：檍树，梓属。⑦埽：同"扫"。⑧考：敲击。⑨永日：指整天享乐。

《山有枢》为先秦时代晋地民歌，是一首嘲讽守财奴式的贵族统治者的作品。诗中"山有……，隰有……"是起兴之语，与后文中所咏对象没有多少联系，只是即兴式的起兴。

首章言主人公有衣服、车马，却不肯使用它们，诗人以为应该用"曳""娄""驰""驱"的方式，尽情享用它们，否则自己死去之后，只能留给别人。这里的"曳""娄"，是一种非同一般的穿衣打扮方式，不同于日常；"驰""驱"所指的也并不是寻常意义上的赶路，而是郊游等娱乐活动，代表一种安闲的生活方式。

第二章与第一章相似，只是把笔触转向房屋、钟鼓，说它们需要“洒埽”“鼓考”。主公人空有编钟大鼓，却从来不舍得敲响；空有庭院、房屋却不肯去洒扫，这说明主人公不仅吝啬，还非常懒惰。对于这种行为，诗人显然很不以为然，于是出言讽刺：“宛其死矣，他人是保。”等到你死了之后，这些东西就都归别人了。

第三章是整个诗篇的重点，关键四句为“子有酒食，何不日鼓瑟？且以喜乐，且以永日”，诗作三章都是口语，到这里突兀地出现了“喜乐”和“永日”两个内涵深远的词，显得不同寻常。关于“喜乐”的意思，有评论者提出是“诗意地栖居”“诗意地生存”，“永日”为“延日”之意，即延长自己的生命，使生命变得美好而隽永。这两个词，将诗的意志和内涵提升到一个非常高的高度，使得通篇口语和直接言死的粗俗得到了一定程度的缓和。

关于这首诗的讽刺对象有两种说法。一种认为它并不具体嘲讽某一个人，而是针对所有那些守财奴式的贵族统治者。一章的衣裳、车马，二章的廷内、钟鼓，三章的酒食、乐器，概括了贵族的生活起居，那些人热衷于聚敛财富，却舍不得耗费使用，是个“葛朗台”式的悭吝者、守财奴，所以诗人予以辛辣的讽刺。这种观点，充满着训诫意义，有利于警醒世人，自有其积极价值。又有一说也是主张针砭，但其将对象明确化，直指晋昭公的腐朽统治。《毛诗序》认为此诗是讽刺晋昭公：“不能修道以正其国，有财不能用，有钟鼓不能以自乐，有朝廷不能洒埽，政荒民散，将以危亡，四邻谋取其国家而不知，国人作诗以刺之也。”认为晋昭公没能很好地勤于政事、治理国家，导致国家秩序混乱、礼乐不存、百姓离散、外患四伏，而昏庸的晋昭公却丝毫不知，国人愤怒，作诗刺之。这种说法，把诗作主旨上升到政治和兴旺的层面，寓意变得极深，亦有可取之处，足以警告后世的统治者。

讽刺文学中常见的主角，除了吝啬鬼，还有没落贵族。对此，《诗经》也有涉猎，下面我们来看一首《权舆》。

quán yú
权舆

《国风·秦风》

wū wǒ hū xià wū qú qú jīn yě měi shí wú yú
於①我乎！夏屋②渠渠③。今也每食无余。
wū jiē hū bù chéng quán yú
於嗟乎！不承④权舆⑤。
wū wǒ hū měi shí sì guǐ jīn yě měi shí bù bǎo
於我乎！每食四簋⑥。今也每食不饱。
wū jiē hū bù chéng quán yú
於嗟乎！不承权舆。

①於：叹词。②夏屋：很大的食器。③渠渠：丰盛。④承：继承。⑤权舆：原意是草木初发，此处引申为起始。⑥簋：古代以青铜或陶制作的圆形食器。

这是一首反映没落贵族的生活和心态的诗篇。它以对比的手法写出了士人昔日奢华的生活与今日没落潦倒的模样，具有深刻的讽刺意义。

诗的首章是对过去生活的回忆："於我乎，夏屋渠渠。""我啊，曾经有大碗饭菜！"诗人的高明之处在于，写饮食其实是为反映出主人公身份地位已经发生的变化。这样的感叹直击读者的内心，让人自然想到如今的情形是不是和曾经相差很大，为下面的今日之惨状埋下伏笔，使今昔的强烈对比显得自然。接下来一句"今也每食无余。於嗟乎，不承权舆"道出了内心的凄凉：如今每顿吃完没有剩余，唉，不如当初了啊。

诗的末章是写今日黯淡的生活状态。末章与首章的语言相差无几，但从"每食四簋"到"每食不饱"，其中的变化让诗接连咏叹："於嗟乎！不承权舆"，充满了失望和凄凉之感。但是读罢此诗，似乎没有让读者对诗的主人公产生什么同情之心，诗中并无此人的生平事迹与贡献，无法判断其到底是一个什么样的人，相反其生活态度反而让人颇为担忧。这样看来，即便是曾经的贤士，如今其只会怨天尤人的行为也让人难以赞同。

《权舆》以第一人称的方式抒情，主人公的内心独白中流露出了抱怨、怨恨、悲观、颓废的情绪。遇到挫折，主人公既没有自我反省，也没有重新振奋精神、鼓起进取的勇气，从头至尾采取的都是一种坐享其成、怨天尤人的消极态度，这样的人既可怜又可笑。

谗言的危害

同学们可能都撒过谎。谎言固然是不好的，但与谗言比起来，它的恶劣性质及危害就是小巫见大巫了。

所谓谗言，就是刻意编织的谎言，是为了诽谤、陷害别人。在历史上，很多大忠臣就是被小人的谗言给陷害的，比如，秦惠王听信谗言处死了商鞅、秦桧进谗言害死了岳飞、明朝的民族英雄于谦被诬陷含冤遇害，等等。

在《诗经》当中，也有关于谗言的故事，我们来一起看一看。

采苓①
cǎi líng

《国风·唐风》

cǎi líng cǎi líng shǒu yáng zhī diān rén zhī wěi yán
采苓采苓，首阳②之颠。人之为言③，
gǒu yì wú xìn shě zhān shě zhān gǒu yì wú rán rén zhī
苟亦无信。舍旃④舍旃，苟亦无然。人之
wěi yán hú dé yān
为言，胡得焉？

cǎi kǔ cǎi kǔ shǒu yáng zhī xià rén zhī wěi yán
采苦⑤采苦，首阳之下。人之为言，

gǒu yì wú yǔ shě zhān shě zhān gǒu yì wú rán rén zhī
苟亦无与。舍旃舍旃，苟亦无然。人之
wěi yán hú dé yān
为言，胡得焉？

cǎi fēng cǎi fēng shǒu yáng zhī dōng rén zhī wěi yán
采葑⑥采葑，首阳之东。人之为言，
gǒu yì wú cóng shě zhān shě zhān gǒu yì wú rán rén zhī
苟亦无从。舍旃舍旃，苟亦无然。人之
wěi yán hú dé yān
为言，胡得焉？

①苓：一种药草，即大苦。②首阳：山名，在今山西永济南，即雷首山。③为言：即“伪言”，谎话。为，通“伪”。④舍旃：放弃它吧。舍，放弃；旃，“之焉”的合声。⑤苦：苦菜，野生，可食用。⑥葑：芜菁，即大头菜之类的蔬菜。

这首诗是专门为讽刺晋献公而作。当时的国主晋献公，亲信佞臣，听信谗言，杀了太子申生，所以人们便写诗来表达心中的不满。

虽然百姓因怨而作诗，规劝世间人以诚信为本，但在当时的制度下，毕竟不敢大胆地直抒胸臆，所以同《诗经》中的多数名篇一样，该诗一上来就采用“兴”的手法——先言他物以引起所咏之词。第一章的“采苓采苓，首阳之颠”，第二章的“采苦采苦，首阳之下”，第三章的“采葑采葑，首阳之东”等等，都是用“先言他物”的手法以引出了接下来的文字，借以表达“苟亦无信”“苟亦无与”“苟亦无从”的理念。

这里所说的“无信”，是在强调人们所说谎言内容的虚假；“无与”则强调的是蛊惑之言千万不能理睬；“无从”则是在强调谎言的教唆不可盲目信从。三个章节的寓意层层递进，从而强有力地道出了听信谎言的可悲之处。接下来，诗人又采用“舍旃舍旃”这个叠加的句子，进一步阐述了谎言的不可靠。到这里，诗人所要表达的“无信”“无与”“无从”的理念已经阐述得淋漓尽致，深入人心了，他给人们描绘了一个美好的情景，只要人人能做到

“无信”“无与”“无从”，伪言之人在这个世界上必然就会没有安身立足之地。所以，诗人在每一章的最后以“人之为言，胡得焉”作为结束，表明伪言者的结果只能是徒劳无功。

在中国历史上，昏君、奸臣数不胜数，有多少仁人志士、忠臣良将都是被奸佞小人的谗言害死的，又有多少国君是听信奸臣的伪言成为亡国之君的，这样的例子不胜枚举。面对小人当道，伪言横飞，那些忠臣、正直的士大夫、文人墨客很难实现自己的政治抱负，所以他们满腔的愤恨只有通过诗歌来排遣，通过讽刺昏庸的当权者，厉骂那些伪言的小人，来发泄心中的不满。

然而这个世界不都是好人，也不都是坏人，生活里总有那么一些伪言之人堂而皇之地存在着，我们已经从几千年前的《采苓》中听到了古人的呼吁。虽然诗人描绘的理想主义愿景可能并不会实现，但是真与伪、善与恶的天平往哪一边倾斜，没有时间的界限，也并不是特定的某些人的责任，始终秉持《采苓》中诗人的愿景，伪言之人才有消亡的可能。

与《采苓》相比，下面这首《青蝇》对谗言的揭露更加直接。

qīng yíng
青蝇

《小雅·甫田之什》

yíng yíng qīng yíng, zhǐ yú fán. kǎi tì jūn zǐ, wú xìn chán yán.
营营①青蝇，止于樊。岂弟②君子，无信谗言。

yíng yíng qīng yíng, zhǐ yú jí. chán rén wǎng jí, jiāo luàn sì guó.
营营青蝇，止于棘。谗人罔极③，交④乱四国。

yíng yíng qīng yíng, zhǐ yú zhēn. chán rén wǎng jí, gòu wǒ èr rén.
营营青蝇，止于榛⑤。谗人罔极，构⑥我二人。

①营营：象声词，拟苍蝇飞舞声。②岂弟：同“恺悌”，平和有礼。③罔极：没有标准。④交：都。⑤榛：榛树，一种灌木。⑥构：播弄，陷害。

《青蝇》一诗谴责谗人害人祸国，劝告君子“无信谗言”。用苍蝇来喻指进谗者，借物取喻形象生动，十分恰切。诗作和盘道出了谗人令人厌恶的特点，进而认真地指出了谗人的危害，并在说理中劝诫读者，感情痛切，有理有力。

诗三章均以“营营青蝇”起兴，“营营”二字，把苍蝇四处乱飞、嗡嗡作响的可恶形象充分地传达给了读者，把其特征和习性表现得淋漓尽致。三章中前两句仅最后一字不同，在回环复沓中情感反复叠加，让人似乎感受到了苍蝇的反复骚扰、挥之不去，诗人的厌恶情绪也随之无限强化。“樊”“棘”“榛”三字以点概面，借典型位置泛指一切地方，代表苍蝇什么场合都去凑热闹，肆无忌惮见缝就叮，可恶至极。诗篇的前半部，通过寥寥数字，就传神地表达了苍蝇的全貌，极具表现力。

然而，诗篇并非真的谴责苍蝇，而是有更高的追求，诗人只是借比兴专用“青蝇”来指称进谗诋毁、造谣生事的小人们。在诗人看来，他们形容丑陋、不择手段、无事生非、阴魂不散，用苍蝇来比喻，再适合不过了。不过，青蝇逐臭从不掩饰，而是大张旗鼓、赶也赶不走，而谗佞小人则总是躲在角落，趁人不备，道貌岸然。比较起来，他们连苍蝇也不如，他们秉性卑琐可恶，令人深恶痛绝，比苍蝇更甚。

这一比喻，形象而又厚重，深得后人认同，后来“青蝇”就成了谗言或进谗佞人的代称。在后代的文学作品中，“青蝇”经常出现，如诗仙李白《鞠歌行》中的名句“楚国青蝇何太多，连城白璧遭谗毁”等，与此诗的表现手法一脉相承，显现出了其强盛的艺术生命力。

诗篇每章的后两句表达了诗人的主张和论据，意义逐章递进。

第一章是规劝正人君子不要听信谗言，此句为全诗主旨，为诗作开宗明义。第二章列出谗言的第一个危害，即搅乱国家间的关系，这是谗言在家国层面的危害，会引起政治纷争和国家覆亡。第三章指出谗言的第二个危害，即挑拨人际关系，使朋友知己互生嫌隙、反目成仇，这是谗言在个人层面的危害。而这两种不同层次的祸害，全在于“谗人罔极”，即进谗者阴险狡诈，没有安身立命待人的准则规范，阳奉阴违，出尔反尔，颠倒黑白。

在规劝君子方面，诗作可得到另外一个角度的解读：诗人在论述谗人危害的同时，倾其心力，为君子们指出了“止谗”和“除谗”的方法，即“止于樊”和“岂弟君子”。“止谗”的防线是“樊”，“止于樊”不仅仅可以解释为“苍蝇停在篱笆上”，还可以表示为“人们把苍蝇阻止在篱笆外面”。

正因谗者无孔不入，诗人才主张应该多设几道篱笆作为“防线”，诗人言“止于樊”“止于棘”“止于榛”，不是简单的语言重复，而是有层层递进在里面：第一道用柴火秸秆，让进谗者望而却步，阻止大部分比较低等的谗人；第二道是带刺的枣树，阻止更加奸邪的谗人；第三道是密密层层的榛树，旨在能够阻止一切谗人。

这样一来，诗人的防线层层深入，愈来愈密，以期达到良好的“止谗”效果。“除谗”的方法是加强修养，成为一名“岂弟君子”。因为，谗人都是在钻疏忽、愚昧、自私的空子，如果一个人充满智慧、道德高尚，并且大公无私，那么他就不会被谗言所惑，也不会为谗言所害。

丑陋可怕的人殉

在本章的第一节，我们讲过一首《黄鸟》，那首诗出自《小雅》，讲的是背井离乡者在异乡遭受剥削压迫和欺凌的故事。事实上，在《国风·秦风》当中也有一篇《黄鸟》，比那首更加可怕，讲的是一个关于人殉的故事。

与其说这是一个故事，不如说这是一段历史，因此它是真实的。下面，我们就一起来看看这段可怕的历史吧。

huáng niǎo
黄鸟

《国风·秦风》

jiāo jiāo huáng niǎo zhǐ yú jí shuí cóng mù gōng
交交①黄鸟，止于棘②。谁从③穆公
zǐ chē yǎn xī wéi cǐ yǎn xī bǎi fū zhī tè
④？子车奄息⑤。维此奄息，百夫之特。
lín qí xué zhuì zhuì qí lì bǐ cāng zhě tiān jiān wǒ liáng
临其穴，惴惴其慄。彼苍者天，歼我良
rén rú kě shú xī rén bǎi qí shēn
人！如可赎兮，人百其身⑥。

jiāo jiāo huáng niǎo zhǐ yú sāng shuí cóng mù gōng
交交黄鸟，止于桑⑦。谁从穆公？
zǐ chē zhòng xíng wéi cǐ zhòng xíng bǎi fū zhī fáng lín qí
子车仲行。维此仲行，百夫之防。临其
xué zhuì zhuì qí lì bǐ cāng zhě tiān jiān wǒ liáng rén
穴，惴惴其慄。彼苍者天，歼我良人！
rú kě shú xī rén bǎi qí shēn
如可赎兮，人百其身。

jiāo jiāo huáng niǎo zhǐ yú chǔ shuí cóng mù gōng
交交黄鸟，止于楚⑧。谁从穆公？
zǐ chē qián hǔ wéi cǐ qián hǔ bǎi fū zhī yù lín qí
子车鍼虎。维此鍼虎，百夫之御。临其
xué zhuì zhuì qí lì bǐ cāng zhě tiān jiān wǒ liáng rén
穴，惴惴其慄。彼苍者天，歼我良人！
rú kě shú xī rén bǎi qí shēn
如可赎兮，人百其身。

①交交：鸟鸣声。②棘：酸枣树。棘之言“急”，双关语。③从：殉葬。④穆公：春秋时秦国国君，姓嬴，名任好。⑤子车奄息：子车，复姓。奄息，人名。下文“子车仲行”“子车鍼虎”与此同。⑥人

百其身：用一百人赎一条命。⑦桑：桑树。桑之言“丧”，双关语。⑧楚：荆树。楚之言“痛楚”，亦为双关语。

殉葬这种制度在上古时期是非常常见的，它是奴隶社会的一种丑陋的恶习。那时殉葬的人不单单只有奴隶，还有一些是统治者生前最亲近的人，像是本诗中所说的为秦穆公殉葬的“三良”（“子车奄息”“子车仲行”“子车鍼虎”），就是一例，他们是《黄鸟》一诗主要哀悼的对象，而当时殡葬的有 177 人，剩下的 174 人均是奴隶。

秦穆公，嬴姓名任好，是春秋时期秦国的一位国君，是春秋五霸之一。他于公元前 659 年即位，死于公元前 621 年，作为一名霸主他在继位的当年就亲自带兵讨伐了茅津的戎人，由此展开了他扩张疆土的事业。公元前 647 年，晋国攻打秦国，双方在韩原大战，秦军生俘晋惠公。公元前 628 年，“崤之战”，秦军三帅被晋俘获，“匹马只轮无返者”。公元前 626 年，与晋军再战，再次失败。公元前 624 年，秦穆公亲自率兵讨伐晋国，一雪崤战之耻。公元前 623 年，秦军出征西戎，“益国十二，开地千里，遂霸西戎”。公元前 621 年，秦穆公死。

作为一名骁勇善战的君王，他满怀着壮志未酬的遗憾，于是对军队有着深深依恋的他就决定让奄息、仲行、鍼虎这三名能够以一当百的战将和一百七十余名奴隶为他殉葬。秦穆公的这个决定，让秦国上下所有人都感到十分痛心。

本诗开篇二句通过“交交黄鸟，止于棘”来起兴。有学者认为，“棘”与“急”，是语音相谐的双关语，这样的写法为本诗渲染出一种紧迫、悲哀、凄苦的氛围，给本诗奠定了一种哀伤的基调。

“谁从穆公？子车奄息。维此奄息，百夫之特”，点明奄息为穆公殉葬的事，这里的用意是指出当权者为了自己的私欲就让一位才智超群的“百夫之特”成了牺牲品，表现秦人的无比惋惜之情。后六句写秦人为奄息送殉时的情状。“惴惴其慄”这一句，充分地描写出了秦人目睹人被活埋的惨象时那种惊恐的情景。

人们看到这样的情景，先是惊恐，随即惋惜，最终感到愤怒，忍不住发出了呼号，他们质问苍天为什么一定要“歼我良人”。人们甚至希望用百人来代替奄息，来挽救他的性命，他们甘心情愿牺牲自己。秦人对奄息的悼惜之情由此可见。

第二章主要是在哀悼仲行，第三章是在悼惜鍼虎。这两章也是通过重章的叠句，来表现人们的悲愤，这两章的结构和第一章是相同的。

优秀的人成了殉葬品，枉然送掉了性命，这是一件很可惜、令人痛断肝肠的事情。人们“惴惴其慄”地走近殉葬者的墓穴，内心感到非常恐惧，他们战栗着，感叹上天为什么不让好人好好活着，他们愿意以身代替那些优秀的将领，“百身莫赎”这个成语也是由此而来。

本诗一唱三叹，在三章中换了三个名字，哀悼了子车家族的三兄弟。虽然殉葬的人并不止这三个人，但诗人正是通过展现这三个声誉和知名度很高的人的悲惨结局，来表现诗人对古代殉葬制度的血泪控诉。

赞颂篇

众望所归的周文王

气定神闲的周公

甘棠树下的召公

访贤求策的使臣

世上只有妈妈好

隐士的生活真美妙

众望所归的周文王

在这个世界上，有坏事也有好事，有坏人也有好人。对于坏人坏事我们讽刺，对于好人好事自然就要赞颂。在《诗经》当中，得到最多赞颂的，就是那些圣明的君王。

同学们可以想一想，首先会被赞颂的贤主是哪一位？当然是周文王。看过《封神榜》的同学，对这位应该不陌生。没错，他就是那个被纣王困在羑里、拜姜子牙为军师的姬昌。这位贤王有一个本事，就是特别会算卦，据说《周易》就是他写的。

下面这首《棫朴》就是夸赞周文王的，我们来看看吧。

yù pǔ
棫朴①

《大雅·棫朴》

péng péng yù pǔ, xīn zhī yǒu zhī. jǐ jǐ bì wáng, zuǒ yòu qù zhī.
芃芃棫朴，薪之槱②之。济济③辟王④，左右趣之。

jǐ jǐ bì wáng, zuǒ yòu pěng zhāng. pěng zhāng é é, máo shì yōu yí.
济济辟王，左右奉⑤璋⑥。奉璋峨峨，髦士⑦攸宜。

pì bǐ jīng zhōu, zhēng tú jí zhī. zhōu wáng yú mài, liù shī jí zhī.
淠⑧彼泾⑨舟，烝徒⑩楫之。周王于迈，六师及之。

zhuō bǐ yún hàn, wéi zhāng yú tiān. zhōu wáng shòu kǎo, hé bú zuò rén.
倬⑪彼云汉，为章于天。周王寿考⑫，遐⑬不作人。

duī zhuó qí zhāng, jīn yù qí xiāng. miǎn miǎn wǒ wáng, gāng jì sì fāng.
追琢⑭其章，金玉其相⑮。勉勉我王，纲纪⑯四方。

①棫朴：棫，白桵（ruǐ）；朴，枹（bāo）木，二者均为灌木名。②槱：聚积木柴以备燃烧。③济济：美好貌。或读 qí，庄敬貌。④辟王：君王。⑤奉：通“捧”。⑥璋：即“璋瓒”，祭祀时盛酒的玉器。⑦髦士：俊士，优秀之士。⑧淠：船行貌。⑨泾：泾河。⑩烝徒：众人。⑪倬：广大。⑫寿考：长寿。⑬遐：通“何”。⑭追琢：即雕琢。⑮相：内质，质地。⑯纲纪：治理，管理。

显然，这是一首赞美周王的诗，但诗中却没有明确指出赞美的是哪一位周王。不过，诗中有“周王寿考”这一句，而传说周文王活了九十七岁，算得上是高寿，所以诗中赞美的对象应该就是周文王。另外，诗中还有“周王于迈，六师及之”，所以大家便认定这首诗是在说文王伐崇。

这首诗共有五章，每章有四句。其中除了第二章，每章都是通过兴来开始的。第一章是一个总述，它讲述了因为文王有德，所以能够众望所归。因为大臣有文、武之分，所以下面的二、三章又分开进行了描写，以达到补充完善第一章的目的。

“棫朴”这两个字的意思其实是为了表现灌木十分茂盛，这样的灌木人们喜欢取用。同样的道理，如果君王贤德，则人民也愿意顺从他，所以，棫朴象征的是君王。第二章的四句话都是赋。其中前两句“济济辟王，左右奉璋”是承上启下的两句，承接了第一章的最后两句“济济辟王，左右趣之”。又启出后两句：“奉璋峨峨，髦士攸宜。”“璋”这个字可以解释为“牙璋”，也就是发兵的意思；也可以解释为“璋瓒”，也就是祭祀的意思。

至于在诗中取用哪种解释，要联系上下文来分析。后文有“髦士”这两个字，在《小雅·甫田》也曾出现过，“攸介攸止，烝我髦士”，意思为文士，以此类推，在本诗中它应该也是同一个意思。所以，根据诗意分析“璋”还是理解成“璋瓒”最为恰当。第三章是通过“泾舟”两字起兴的，诗人将舟中之人自觉划动船桨这样的行为，比喻成六师之众自觉跟随文王出征的行为。

就像前面说的，本诗的前三章是通过众望所归这样的形式赞扬文王，而下面要说的后两章则是直接的歌颂。第四章用“云汉”两字起兴，“云汉”象征的是文王。末句的“遐不作人”则是一句用疑问的形式来表达肯定的句子，也就是说文王是一个能培育人的君王。最后一章相对于前面的内容有些难以理解，它的兴义需要仔细分析。当精雕细刻达到了极致，就有了最美丽的外表，当纯金碧玉达到了极致，也就拥有了最好的质地。同样的，如果周王能够勤勉到极致，那么他就和那雕琢的文采、金玉的质地一样成为天下最好的君王了。

这样的解释虽然很好，但是过分曲折复杂了，所以人们更习惯于将“追琢其章”“金玉其相”这两句中的“其”看作文王，也就是说如果文王能够既有华美的装饰又有优秀的内在，同时勤勉自己，那么他一定能成为一名能治理好四方的优秀君王。

气定神闲的周公

按理说，赞美完周文王之后，接下来赞美的应该就是周武王了。正是他讨伐暴君商纣王，建立了伟大的周王朝。事实上，在《诗经》里，赞美周武王的诗篇的确也不少，但由于篇幅所限，咱们这里就不介绍了，同学们要有兴趣的话，可以自己找全本的《诗经》来读。

我们第二个要赞美的是周公。周公？何许人也？他的名字叫姬旦，人称周公旦，是周文王的第四个儿子，周武王的弟弟，这可是个厉害人物。周武王死后，他的儿子姬诵即位，就是周成王，由于周成王年幼，便由叔叔周公旦摄政。周公旦在摄政期间，做了很多大事，《尚书·大传》称“周公摄政：一年救乱，二年克殷，三年践奄，四年建侯卫，五年营成周，六年制礼作乐，七年致政成王。”也就是说，周公旦完成一系列丰功伟业之后，并没有贪恋权势，而是恭恭敬敬地把王权还给了周成王。周公旦和他的父亲周文王一样，也很擅长占卜，不过他采用的方式是借助梦境，据说那本《周公解梦》就是他写的。

在《诗经》当中，赞美周公的诗有很多，这里我给大家挑一篇最有趣的。

狼跋①

láng bá

《国风·豳风》

láng bá qí hú zài zhì qí wěi gōng sūn shuò fū
狼跋其胡②，载③疐④其尾。公孙⑤硕肤，
chì xì jǐ jǐ
赤舄⑥几几⑦。
láng zhì qí wěi zài bá qí hú gōng sūn shuò fū dé
狼疐其尾，载跋其胡。公孙硕肤，德
yīn bù xiá
音不瑕⑧。

①跋：踩。②胡：颈下垂肉。③载：则。④疐：跌倒。⑤公孙：诸侯之孙。⑥赤舄：赤色鞋。⑦几几：鲜明。⑧瑕：疵病，过失。

如《诗经》当中的很多篇章一样，这首诗也存在很多争议，但大多数人都认为诗中所说的“公孙”就是“周公”。诗人以“狼”进退皆狼狈不堪的情景，来衬托周公进退从容、无往而不宜的智慧品德。

乍一看，这首诗很像一首讽刺诗。首章便以老狼进退的可笑之态写起。“狼跋其胡，载疐其尾”应与下一章首句放在一起理解：老狼往前走，就会踩到自己脖子下的赘肉；向后退，又会踩着尾巴。言外之意是老狼无论怎样都会令自己难堪。写物大都要喻人，诗人笔下的这位“公孙”难道也与老狼一样难堪？

“公孙硕肤，赤舄几几”，一位肥硕的公孙，穿着色彩鲜明的弯翘“赤舄”走路，肯定是憨态可掬。诗人所描摹的，是一位穿着五颜六色的衣服与佩戴各种饰物大腹便便的贵族形象，让人忍俊不禁，调侃、揶揄的意味也就自然地流露了出来。这时再回头去体会“狼跋其胡，载疐其尾”的比喻，便会觉得先人的比喻确实妙极。闻一多对此二句亦有精彩的阐发：“一只肥大的狼，走起路来，身子做跳板状，前后更迭得一起一伏，往前倾时，前脚差点踩着颈下垂着的胡，往后坐时，后脚又像要踏上拖地的尾巴——这样形容一个胖子走路时，笨重、艰难，身体摇动得厉害，而进展并未为之加速的一副模样，可谓得其神似了。”

诗的第二章继续以老狼起兴，但是语气却稍有缓和。“公孙硕肤，德音不瑕”，在用老狼的体态调侃公孙之余，又收起笑容补上一句：“您的品德声望完美无瑕。”“德音不瑕”一句的跳出化解了揶揄的分量，打趣的语气让诗有了一种诙谐之感，而对人的品德也不忘赞扬，可见这人是一位可亲近之人。

此诗的分寸把握得也好。这样的调笑，对于周公来说，也确有颇为不恭之嫌，但诗人却用了最后一句将全诗的基调大逆转，将调侃转为对人品的赞颂，这在《诗经》初见欲扬先抑手法的端倪。可以说，老狼的比喻生动形象，并无恶意，也可以由此看出我国上古先民生活中的点滴色彩，这在《诗经》中发出独特的光彩。

甘棠树下的召公

说完周公，咱们再来看召公。

召公名奭，同样是周文王姬昌的儿子，周武王姬发的弟弟。他协助周武王覆灭了商朝，功不可没。周朝建立以后，诸侯为表示敬奉，纷纷向武王进贡稀有之物，武王经不住诱惑，由此耽于玩乐。召公唯恐武王丧志误国，便劝诫哥哥，贤明的国君首要的是修养德行，应当随时检点自己的言行，切莫忽视行为细节，把良好的品德一点一滴积累起来，就如筑起一座有德望的高山。除此，召公还就治理国家向武王提出了“敬德保民”的措施。武王听取了召公的建议，从此严格检讨自己的一言一行，躬身为政，专心治国，深受百姓的爱戴，周王朝的经济也得以迅速发展。

周朝建立时，召公得到北燕的封地。周武王死后，周成王幼年即位。召公出任太保，与周公一同辅佐成王。他与周公分陕而治，陕以西归他管理。在任期间，召公对“敬德保民”的措施身体力行，成果卓越。《史记·燕召公世家》中记载：“召公之治西方，甚得兆民和。召公巡行乡邑，有棠树，决狱政事其下，自侯伯至庶人，各得其所，无失职者。召公卒，而民人思召公之政，怀棠树，不敢伐，歌咏之，作《甘棠》之诗。”

召公听讼甘棠树下的故事也以民间传说的形式流传千古：召伯南巡，所到之处不占用民房，只在甘棠树下停车驻马、听讼决狱、搭棚过夜，他死后，人们怀念他，舍不得砍伐他停歇过的树。召公作为一方的统治者，为民众排忧解纷却不肯暂用一下民房，而是听讼住宿于甘棠树之下。由于他如此克己怀德、仁柔如水地待民，后人便写了一首《甘棠》诗，寄予深情怀念。

下面我们就来看看这首诗。

甘棠（gān táng）

《国风·召南》

蔽芾①甘棠②，勿翦③勿伐④，召伯所茇⑤。
(bì fèi gān táng, wù jiǎn wù fá, shào bó suǒ bá)

蔽芾甘棠，勿翦勿败，召伯所憩。
(bì fèi gān táng, wù jiǎn wù bài, shào bó suǒ qì)

蔽芾甘棠，勿翦勿拜⑥，召伯所说⑦。
(bì fèi gān táng, wù jiǎn wù bài, shào bó suǒ shuì)

①蔽芾：树木高大茂密。②甘棠：棠梨，另一名杜梨，落叶乔木，果实圆而小，味涩可食。③翦：斩断，剪断。④伐：砍伐。⑤茇：草舍，此处作动词用，居住的意思。⑥拜：拔，一说屈，折。⑦说：通“税”，停歇，止息。

细细品味，《甘棠》诗内蕴含着浓浓的情感："高大茂盛的甘棠树啊，不要去剪它更不要去砍它，召伯当年就住宿在下边！高大茂盛的甘棠树啊，不要去剪它也不要去折它，召伯当年就曾在下边乘凉！高大茂盛的甘棠树啊，不要去剪它也不要去拔它，召伯当年就在下边休息！"

本诗虽然是一首颂歌，可诗人没有描述召公的功业，也没有渲染他的威仪，只以一种素朴的心声，表达真真切切的爱戴。全诗由观物至思人，由思人至护物，"人""物""思"交融汇合，"缠绵笃挚，隐跃言外"，笔意纯粹却见波折，措辞亦有音在弦外之妙。

召公尊重普通百姓，修养自身德行，劝农耕作，为民造福。民众爱屋及乌，因爱其人，连他曾经栖息的树也爱之，古往今来，若非真正为百姓做事的人，是不会赢得人们如此崇敬的。这首《甘棠》之所以被后人永久欣赏，后世之所以对召公永久怀念和称颂，不仅仅是出于对召公本人的敬仰，更包含着人们对统治者的喻示和劝诱，以及祈盼统治者有如召公一样待民爱民的心情。

今河南三门峡西部陕州风景区有"甘棠苑"，也称"召公祠"，它是在原遗址上重建的。召公广施惠政，体恤民情，廉明朴洁，深得民心。

访贤求策的使臣

同学们都知道，古代没有咱们现在这样发达的通信设备，更没有大数据，因此高高在上的君王想要了解民情，最快捷有效的办法就是派官员到民间去采集。《诗经》当中，很大一部分内容就是从民间采集来的诗歌。

事实上，这些下到地方采集民意的使臣也是蛮辛苦的。因此，在《诗经》中就专门有一篇诗是赞美他们的，我们一起来看一下。

huáng huáng zhě huā
皇皇①者华

《小雅·鹿鸣之什》

huáng huáng zhě huā yú bǐ yuán xí shēn shēn zhēng fū měi huái mǐ jí
皇皇者华，于彼原隰②。駪駪③征夫④，每怀靡及⑤。

wǒ mǎ wéi jū liù pèi rú rú zài chí zài qū zhōu yuán zī zōu
我马维驹，六辔⑥如濡⑦。载⑧驰载驱，周爰咨诹⑨。

wǒ mǎ wéi qí liù pèi rú sī zài chí zài qū zhōu yuán zī móu
我马维骐⑩，六辔如丝⑪。载驰载驱，周爰咨谋。

wǒ mǎ wéi luò liù pèi wò ruò zài chí zài qū zhōu yuán zī dù
我马维骆⑫，六辔沃若⑬。载驰载驱，周爰咨度。

wǒ mǎ wéi yīn liù pèi jì jūn zài chí zài qū zhōu yuán zī xún
我马维骃⑭，六辔既均。载驰载驱，周爰咨询。

①皇皇：犹言“煌煌”，形容光彩甚盛。②原隰：原野上高平之处为原，低湿之处为隰。③駪駪：众多疾行貌。④征夫：这里指使臣及其属从。⑤靡及：不及。⑥六辔：古代一车四马，马各二辔，其中两骖马的内辔，系在轼前不用，故称六辔。⑦如濡：新鲜有光泽貌。⑧载：语助词。⑨咨诹：商量，咨问。下文的“咨谋”“咨度”“咨询”与之意思相同。⑩骐：青黑色的马。⑪如丝：指辔缰有丝的光彩和韧度。⑫骆：白身黑鬣的马。⑬沃若：光泽盛貌。⑭骃：杂色的马。

这首诗共有五章，其中四章的内容，诗人都用来描写奔波在路上的各色马匹。诗人不厌其烦地描绘着它们“载驰载驱，周爰咨诹”的样子，这样写就是为了告诉我们，像他一样的使臣有很多，他们策马驰骋在路上，来去匆匆，勤劳地为君王求访民声，由此可见他们对君主的忠诚。

诗分两个部分，描写身负国君的命令的使臣四处去搜集民间意愿和情况，他们广询博访是为了向上可以宣扬国家的明德，向下可以辅助自己的不足。为了完成任务，使臣在旅途中时刻谨记君王的教导，忠于职守、忠于王命。他们行走在乡野民间，不辞辛劳，还深感自己有做得不够的地方。

本诗极具艺术效果，全诗通过“皇皇者华”一句起兴，统领全文。本诗前后各章，交相辉映，联系紧密，照顾周密。本诗语言开朗活泼，朝气蓬勃，词语变动错落有致，押韵得体，语音协调，不见重复，具有很强的可诵性。诗中语言真诚恳切，君主教导使臣的语言，和使臣对君主命令的反应，都融入了深深的感情，非常感人。

“煌煌的花枝，已盛开在原隰之上了。奉使的臣子，已骁骁然奔驰在行道之中了。怀着国家的使命，常想着自己的不足。”这一段话说得委婉而寄意深长，表达了君主对自己的使臣的慰问之情，他知道使臣为了帮助他得到民声而在路上奔波，十分辛苦，同时君主又告诫使臣一定要时刻谨记自己的职责，要忠于自己的使命，君主希望自己的使臣能够常常用“靡及”来自警。虽然这几句话说得分外委婉，但是同时它又具有十分庄重的感觉。本章同时为后面几章中君主所言的具体内容做了铺垫。

本诗从第二章至第五章都是在用使臣的口气反复表达君主的教诲，可见使臣将君主的教诲时刻记在了心上，他们时时刻刻都在告诫自己要忠贞自守。

第二章中的前三句“我马维驹，六辔如濡，载驰载驱”，都是使臣在自述他们在民间收集民声的征途上所遇到的情况。第四句“周爰咨诹”，则表明了“博访广询，多方求贤”的意义是什么，同样也告诉了我们“君教使臣”的主要内容，更是点明了“每怀靡及”一句中使臣怀思的是什么。

第三章至第五章所表述的内容和第二章基本相同，只是在几个词语上稍做了修改。“我马维骐，六辔如丝”“我马维骆，六辔沃若”“我马维骃，六辔既均”，这几句话虽然更换了几个字，但是其用意都是为了展现奉命出行的使臣在途中所看到的盛况。第二章的“载驰载驱，周爰咨诹”，第三章的“载驰载驱，周爰咨谋”，第四章、第五章“载驰载驱，周爰咨度”“载驰载驱，周爰咨询”，它们的意义都是“遍于咨询”，也就是君主要他们做到“广询博访”的意思。这些词句的不断重叠，反复表明在征途之中的使臣没有一刻忘记过君命，那么他们是否及时、准确地完成了王命就不言而喻了。

通读全诗，就会发现“每怀靡及”和“周爰咨诹”这两句，是本诗关键所在。本诗通过第一章的“每怀靡及”总领全文，引出第二章以下的“周爰咨诹”“周爰咨谋”“周爰咨度”“周爰咨询”等句子的含义，让我们明白了君教使臣的含义，同时很好地体现了君主嘱托使臣“每怀靡及”的殷殷之意。

世上只有妈妈好

同学们应该都听过那首名叫《世上只有妈妈好》的儿歌，歌词是这样的：“世上只有妈妈好 / 有妈的孩子像块宝 / 投进了妈妈的怀抱 / 幸福享不了……”这首歌，可以说是对伟大母亲最高的赞誉。

事实上，在《诗经》当中也有一首“世上只有妈妈好”，只不过它的名字叫作《凯风》，我们一起来看看吧。

kǎi fēng
凯风[1]

《国风·邶风》

kǎi fēng zì nán，chuī bǐ jí xīn。jí xīn yāo yāo，mǔ shì qú láo[2]。

凯风自南，吹彼棘心。棘心夭夭，母氏劬劳[2]。

kǎi fēng zì nán　chuī bǐ jí xīn　mǔ shì shèng shàn
凯风自南，吹彼棘薪③。母氏圣善，

wǒ wú lìng rén
我无令④人。

yuán yǒu hán quán　zài xùn zhī xià　yǒu zǐ qī rén
爰⑤有寒泉，在浚⑥之下。有子七人，

mǔ shì láo kǔ
母氏劳苦。

xiàn huǎn huáng niǎo　zǎi hǎo qí yīn　yǒu zǐ qī
睍睆⑦黄鸟，载⑧好其音。有子七

rén　mò wèi mǔ xīn
人，莫慰母心。

①凯风：南风，即夏天的风。②劬劳：劳累。③棘薪：可以当柴烧的酸枣树。④令：善。⑤爰：发语词。⑥浚：卫国地名。⑦睍睆：形容鸟鸣声清和婉转。⑧载：传载，载送。

“凯风自南，吹彼棘心。棘心夭夭，母氏劬劳”，这首诗第一章讲母亲抚育幼子，十分辛劳。“凯风”是从南方吹来的和暖之风，可以滋养万物，这种品性也正是不辞辛劳、养育儿女的母亲所具有的；酸枣树初发芽时树心红赤，“棘心”即是幼小的酸枣树，比喻年幼的儿子。“棘心夭夭”象征幼小却茁壮成长的儿子们，小酸枣树在“凯风”的吹拂下枝干渐壮，幼子的健康成长是母亲艰难抚养的结果。

“凯风自南，吹彼棘薪。母氏圣善，我无令人”，第二章与第一章的前两句只有一字之差，由“心”变为“薪”意味着枣树长成，已经可以当柴烧，比喻儿子在母亲的养育下长大成人。可是在凯风吹拂下长大的枣树，却只有薪柴之用，没有更多的用处；母亲辛苦抚养成人的儿子，也像这枣树一样，不能给母亲任何报答。“母氏圣善，我无令人”正是儿子对自己不成材，辜负母亲“圣善”养育之恩的自责。

诗人似乎觉得这样还不足以表现人子的惭愧自责之心，于是

三、四两章改换角度，加深自愧之意。“爰有寒泉，在浚之下。有子七人，母氏劳苦。”寒泉自浚邑流出，它清凉的泉水反过来可以滋润浚邑；儿子七个，让母亲辛勤操劳，却不能替母亲分忧解难。“睍睆黄鸟，载好其音。有子七人，莫慰母心。”黄雀婉转的啼叫多么悦耳动听；母亲有七个儿子，却没有一个能够安慰她的心。寒泉、黄鸟不通情意，尚且还能有所回报，我们做儿子的竟不能为母亲做点什么，真是连泉水、黄鸟都比不上。此处数字“七”不一定是实指，应表示数量多。

比兴是《诗经》的独特魅力所在，这首诗可以说将《诗经》的比兴手法发挥到了炉火纯青的程度。四章里每章的一、二两句都是兴句，但作用有所不同。对于《诗经》比兴手法的定义，人们一直纠缠不清，或混为一谈，或主张截然对立。其实，比、兴是有所区别的，但又常常一起出现，互为补充。而更多时候，比与兴是“你中有我，我中有你”的融合状态。

《凯风》中的起兴即为一种“兴中有比”的浑融状态，用清代姚际恒的话说就是“兴而比也”。“凯风自南，吹彼棘心”和“凯风自南，吹彼棘薪”是兴句，同时也是比喻句。主人公看到和暖南风吹拂下蓬勃生长的酸枣树，不禁联想到自己的母亲。她犹如徐徐而来的和风，为教养儿子长年辛劳不息，她明白事理，善良慈爱，可是我们这么多兄弟就跟那些酸枣树一样，没有一个栋梁之材，实在有愧于母亲多年的辛勤养育。

单纯的比句是以彼物喻此物，以好比好，以坏比坏。而兴中有比时，既可以以好比好，也可以以好反衬不好。此诗三、四章的兴句发挥的正是这种反衬作用。陈奂《诗毛氏传疏》说：“以寒泉之益于浚，黄鸟之好其音，喻七子不能悦其母，泉鸟之不如也。”正好指明了寒泉、黄鸟两句的反比之意。

可以说，比兴手法天衣无缝的配合，成功构造了《凯风》鲜活的形象世界，使平淡的主题具有了感人至深的艺术魅力。

古人对“孝”的要求非常高，即使至孝之人也常常觉得自己对父母还有很多亏欠之处，说自己不孝的人往往是那些至孝之人。诗中主人公反复咏叹母亲的辛劳，责备自己和兄弟们不能令母亲感到欣慰，应该也是这种心理。其实，正如《游子吟》说的那样，“谁言寸草心，报得三春晖”，父母的养育之恩恐怕是儿女永远也无法报答的。子女可能无法用同等的关爱去报答父母，但是无论如何，像此诗主人公这样念念不忘母亲的恩德，应是孝道的一项基本内容。

隐士的生活真美妙

我反复跟大家强调，《诗经》的内容包罗万象，涉及的范围极为广泛，真可以说是上古社会的一部百科全书。这不，它除了歌颂母爱的伟大，还对隐士的生活极力夸赞。

下面，我们一起来看这首《考槃》。

考槃①
kǎo pán

《国风·卫风》

kǎo pán zài jiàn shuò rén zhī kuān dú mèi wù yán
考槃在涧，硕人②之宽。独寐寤言，
yǒng shǐ fú xuān
永矢③弗谖④。

kǎo pán zài ē shuò rén zhī kē dú mèi wù gē
考槃在阿⑤，硕人之邁⑥。独寐寤歌⑦，
yǒng shǐ fú guò
永矢弗过⑧。

kǎo pán zài lù shuò rén zhī zhóu dú mèi wù sù
考槃在陆⑨，硕人之轴⑩。独寐寤宿，
yǒng shǐ fú gào
永矢弗告⑪。

①考槃：盘桓之意，指避世隐居。②硕人：形象高大丰满的人，不仅指人形体高大，更指人道德高尚。③矢：发誓。④谖：忘却。⑤阿：山阿，山凹进去的地方，一说山坡。⑥薖：宽大。⑦歌：与第一节的“言”，第三节的“宿”一样，泛指隐居者的行为。⑧过：忘记。⑨陆：高平曰陆，一说土丘。⑩轴：徘徊往复，自由自在。⑪告：哀告，诉苦。

这首诗的大意是：“远离尘嚣隐居在山涧，高大的身躯美好的形象，胸怀宽广。独身独睡独醒独自语，誓不违背高洁的理想，远离人烟。远离世俗隐居在山阿，高大的形象端庄又祥和。独身独睡独醒独自歌，誓不忘隐居的清静心欢乐。远离喧闹隐居在高原，雄伟的身躯心豪志又坚。独身独睡独醒独盘旋，誓不改变初衷，此中乐趣实难言。”

这首诗极言隐士的形象、生活的美好，以及做隐士的乐趣无边。

隐士的形象是美好的。“硕人之宽”“硕人之薖”“硕人之轴”，一再地加以赞扬。“硕人”在那个时代本就有身体健硕和品行高尚的双重含义，再加反复以“宽”“薖”“轴”来描写“硕人”，使人深受感染。“宽”的一种解释是心宽，另一种解释则是美貌；“薖”字指貌美，也可引申为心胸宽大；“轴”字一解美貌，一解自由自在。不管是貌美，还是心胸宽广，或是自由自在，都是夸赞“硕人”的美好。诗人要表现的就是隐士外在形象好，内在心胸宽广品德高尚，为人宽厚仁善不计小节。隐士远离世俗，却不被世俗遗忘，虽然隐于山水林原，仍被世人倾心尊重。

隐士居住的环境是幽雅的。“考槃在涧”“考槃在阿”“考槃在陆”，诗人采用了正面烘托的手法，点出隐士盘桓在水涧、山丘、高原。隐士所在的涧水飞泻的地方，那一定是山清水秀的福地，山风徐徐，水流泠响，翠鸟和鸣，猿鹿相伴；隐士所在的丘峦起伏的地方，那小山必会有青松翠柏，有山坳小溪，有清风明月；隐士所在的平展舒缓的高原，那原野一定是青草无际，呦呦鹿鸣，食野之苹，狐兔出没，野鹤时现，也许有一泓清水缓缓流过，群羚悠然自得地在溪河中饮水，一切都是那样的祥和。水涧、山丘、高原，都是远离人群的地方，那里没有尘世的喧嚣，没有人与人之间的俗来俗往，更不会有战争。

隐士的生活是悠然的。“独寐寤言”“独寐寤歌”“独寐寤宿”，可以想象，隐士独居在山间草堂，四周围着篱笆，篱笆内外有菜畦，有粮地。一个人耕种，可以丰衣足食。劳动之外读书、写字、弹琴，困了独自睡，醒了天已晌。正所谓“大梦谁先觉？平生我自知。草堂春睡足，窗外日迟迟”，而且是“此中有真意，欲辨已忘言”。隐士在幽静安适的环境中沉醉在自我的天地中，独睡，独思，独自张望，独自说话应答，独自咏诗歌号，独自游山玩水，这样的生活，在那个战争频繁的时代，真是舒畅自由至极。

归隐的好处是令人羡慕的。“永矢弗谖”“永矢弗过”“永矢弗告”，隐士发誓不违背初衷，要长享这远离人烟的乐趣，其实不仅仅是坚持高洁的理想。“士”指读书而有一定社会地位的男人，“隐士”就是隐居不仕之士。在古代做隐士确实很好：可以在山水之间自得其乐地尽享人生。孔老夫子在当年就曾感慨：“吾于《考槃》，见遁世之士而不闷也。”

这首诗以山涧小屋与独居的人心境对照，木屋虽小，但感觉天地宽。环境之美，留恋不出，尤其是一“独寐寤言”的勾勒，境界全出，在自我的天地之中，独自一人睡，独自一人醒，独一个人说话，早已是恍然忘世，凸现出了一个鲜明生动的隐者形象。